Desejar

NINA LANE

Desejar

Tradução

ALEXANDRE BOIDE

paralela

A Editora Paralela é uma divisão da Editora Schwarcz S.A.

Grafia atualizada segundo o Acordo Ortográfico da Língua Portuguesa de 1990, que entrou em vigor no Brasil em 2009.

TÍTULO ORIGINAL Allure
CAPA Paulo Cabral
FOTO DE CAPA © Milan_Jovic/ iStock
PREPARAÇÃO Lígia Azevedo
REVISÃO Luciane Helena Gomide e Isabel Cury

Dados Internacionais de Catalogação na Publicação (CIP)
(Câmara Brasileira do Livro, SP, Brasil)

Lane, Nina
Desejar / Nina Lane ; tradução Alexandre Boide. — 1ª ed.
— São Paulo : Paralela, 2018.

Título original: Allure.
ISBN 978-85-8439-112-7

1. Ficção norte-americana I. Título.

18-13630 CDD-813

Índice para catálogo sistemático:
1. Ficção : Literatura norte-americana 813

[2018]

EDITORA SCHWARCZ S.A.
Rua Bandeira Paulista, 702, cj. 32
04532-002 — São Paulo — SP
Telefone: (11) 3707-3500
www.editoraparalela.com.br
atendimentoaoleitor@editoraparalela.com.br
facebook.com/editoraparalela
instagram.com/editoraparalela
twitter.com/editoraparalela

Ninguém nunca mediu, nem mesmo os poetas,
quanto um coração é capaz de conter.

Zelda Fitzgerald

PARTE I

1

OLIVIA

24 DE DEZEMBRO

A gente está se beijando na chapelaria. Na *chapelaria.* Estou com as costas coladas à parede, com as mãos dele apoiadas na lateral da minha cabeça; meu rabo de cavalo está se soltando, meus dedos agarram seus ombros, e estou perdida em uma doce e dolorosa cascata de prazer.

Dean enfia as pernas no meio das minhas, puxando meu vestido para cima e baixando as mãos para agarrar a parte traseira da minha coxa. A língua dele acaricia meu lábio inferior. A excitação cresce entre nós — um alívio depois da tensão das últimas duas horas.

Toda vez que olhava para ele durante a festa de fim de ano, seus olhos estavam cravados em mim. Toda vez que nossos olhares se cruzavam, faíscas de eletricidade se espalhavam pelo ar. Toda vez que eu o via se movendo entre os convidados, meu coração acelerava.

Nós nos rondávamos como felinos espreitando a caça nos salões iluminados da Langdon House, uma mansão vitoriana clássica enfeitada com árvores de Natal coloridas, guirlandas naturais e verdejantes e ornamentos antigos.

Circulávamos por entre as aglomerações — mulheres com vestidos natalinos reluzentes; homens com ternos e gravatas caros. Entrávamos e saíamos de conversas com outros convidados, depois nos encontrávamos de novo e trocávamos olhares excitantes e promissores.

Até que ele me pegou no saguão, perto do armário em que estavam os casacos, me puxou pelo braço lá para dentro e fechou a porta. Minha pulsação disparou quando ele se aproximou de mim, me pressionando contra a parede e entre seus braços assim que sua boca encontrou a minha.

Não sei há quanto tempo estamos aqui. E nem me importo. Meu mundo inteiro está concentrado neste pequeno espaço. Tudo o que importa são o peso do seu corpo, seu peito largo, nossa respiração consonante. O aroma de pinho, canela e maçã paira no ar. Vestígios de luz surgem sob a porta. Risos e conversas atravessam as paredes.

Passo as mãos por seu tronco definido, sentindo o calor intenso da pele sob a camisa. Ele leva a boca ao meu rosto e então ao meu pescoço. Depois puxa meu vestido até a cintura.

Dean agarra minhas coxas cobertas pela meia-calça. Ele solta um grunhido de frustração ao sentir o tecido justo sobre a minha calcinha.

Então ergue a cabeça, fixando o olhar no meu antes de segurar o tecido fino de nylon pela costura e rasgar. Meu coração dispara.

"Tira isso." Ele puxa a meia com impaciência.

"Ainda bem que não é uma meia modeladora", comento em um sussurro, baixando o elástico da cintura até o meio das coxas.

"Que diabos é uma meia modeladora?" Ele baixa a mão para minha calcinha de algodão e solta um grunhido. "Ai, foda-se."

Seus dedos entram fundo na minha boceta. Suspiro, me agarrando à sua camisa, com uma sensação de urgência se espalhando pelo meu corpo. Ele enfia o indicador em mim, acariciando meu clitóris ao mesmo tempo.

"Vamos lá, bela", ele sussurra com o hálito quente no meu ouvido.

Seus lábios se colam ao meu pescoço pulsante, e um segundo dedo se junta ao indicador para me acariciar por dentro.

Arqueio o corpo em sua direção, sentindo meu sexo latejar. Um grito de prazer se armazena nos meus pulmões, e está prestes a escapar quando Dean põe a mão sobre a minha boca. Ele me puxa para a direita, para trás de uma arara com casacos pendurados perto da parede. A luz invade o guarda-volumes um instante depois de eu perceber que a porta foi aberta.

Me agarro com força à camisa de Dean. Ele tira a mão da minha boca, e por sorte o som da nossa respiração ofegante é encoberto pela conversa que vem de fora.

"Você experimentou o sushi de salmão?", uma mulher pergunta. "É uma novidade no cardápio do bufê."

"Ah, sim. Bem leve, uma delícia. Acho melhor contratar o mesmo serviço de bufê para o festival da primavera, não acha?"

Conheço essas mulheres. Fazem parte do conselho diretor da Sociedade Histórica. Florence e Ruth Wickham, duas senhorinhas adoráveis com colares de pérolas e terninhos em tons claros, que sem dúvida ficariam horrorizadas se me encontrassem seminua atrás dos casacos na chapelaria.

"Você lembra onde guardei meu casaco?", Florence pergunta à irmã. "Já contei que o comprei em uma promoção naquela lojinha na Dandelion Street? É pelo de camelo legítimo."

Está bem quente aqui atrás. A gola de pele de um dos casacos está roçando no meu pescoço, e eu a afasto com impaciência. Ainda estou latejando, frustrada por ter minha excitação interrompida.

Dean então enfia o joelho entre minhas pernas, abrindo minhas coxas. Meu olhar se volta para sua expressão cheia de desejo. Um sorriso maroto se insinua em sua boca quando ele volta a enfiar o dedo em mim.

Eu o seguro pelo pulso, ciente de que as senhoras ainda estão vasculhando o local atrás de um casaco de pele de camelo... mas ele se desvencilha do meu toque e esfrega o polegar no meu clitóris. Respiro fundo, me derretendo por dentro.

Ele cola a boca à minha outra vez, levando uma das mãos à base das minhas costas, sem deixar de trabalhar diligentemente com a outra. Abro os lábios sob os dele e sinto a avalanche de desejo me invadir outra vez. Seu toque vai se tornando mais íntimo, profundo, com movimentos circulares intensos do polegar, e...

Não consigo evitar. Nem quero. Faz tempo demais e, mesmo neste encontro furtivo e apressado no meio de uma festa, sinto como se estivesse bebendo uma limonada gelada em um dia de calor escaldante. Tento sufocar um gemido e apoio a cabeça na parede enquanto a língua dele passeia pela minha.

Com mais um movimento dos dedos, ondas de arrebatamento se espalham pelos meus nervos. Dean abafa meu grito pressionando a boca contra a minha. Eu o agarro pelos ombros, sentindo as pernas enfraquecerem com a força das vibrações que me percorrem dos pés à cabeça.

Me inclino um pouco para trás para olhá-lo, sentindo meu sangue pulsar. Ele ainda está totalmente vestido, com a ereção marcando a parte da frente da calça. Embora os casacos bloqueiem boa parte da luz, consigo ver que seus olhos estão ardendo de prazer. Os cabelos escuros estão desalinhados, com uma mecha grossa caída sobre a testa, e o rosto de contornos marcantes está corado. Ainda estamos ofegantes, e nenhum dos dois se move.

"Ah, aqui está! Olha, este não é o casaco da Shirley?" A voz de Florence vai se tornando mais distante à medida que se aproxima da porta. "Ela falou que era de pele de lince. Acredita? Nossa, mas como é macio! Passe a mão."

Ruth solta um murmúrio de concordância. Enfim a luz é apagada e a porta se fecha.

"É melhor a gente ir", sussurro.

"Eu saio primeiro." Dean acaricia meu rosto de leve. "Depois aviso quando a barra estiver limpa."

Esperamos mais alguns minutos, para que nós dois possamos nos recompor. Ajeitamos nossas roupas e saímos tateando atrás da minha bolsa e do paletó dele, que foram ao chão. Consigo recolocar a meia-calça, escondendo o rasgo com o vestido, e estendo a mão para afastar os cabelos de Dean da testa.

"Espera aqui." Ele me dá um beijo na boca e sai de fininho do guarda-volumes. Um segundo depois, ouço uma rápida batida na porta.

Saio às pressas, incapaz de conter um sorriso quando nossos olhares se cruzam no saguão. Parecemos um casal de adolescentes excitados que se esconde debaixo das arquibancadas do ginásio da escola para dar uns amassos.

É uma sensação gostosa, que não experimentei muito na vida — o prazer dos encontros furtivos, das apalpadas indiscretas e dos beijos secretos —, e a alegria de poder fazer isso de novo com meu marido é imensa.

Atravesso o saguão para ir ao banheiro e dar um jeito no meu visual bagunçado. Penteio os cabelos e refaço o rabo de cavalo, jogo uma água no rosto para diminuir a vermelhidão da pele, retoco o batom e tento esticar o vestido meio amarrotado.

Dean não está mais no saguão quando saio, provavelmente foi dar um jeito na sua aparência também. Vou até a mesa de bebidas, localizada na sala de estar, e pego uma garrafa de água.

"Ah, aí está você, querida."

Ergo os olhos e me vejo diante de Florence Wickham, já vestida com o casaco de pele de camelo e luvas de couro.

"Não queria ir embora sem me despedir e desejar um feliz Natal para você, Olivia", ela diz. "Apreciamos muito seu trabalho como voluntária no Museu Histórico e nos preparativos para o festival de fim de ano."

"Adorei fazer parte de tudo isso."

Florence me encara. Seus olhos estão adornados com sombra clara e rímel. Espero que meu rosto não esteja muito vermelho. E que Dean não tenha deixado uma marca no meu pescoço.

"Não se esqueça de pegar um presente na árvore do terraço", continua Florence. "Foram doações do comércio local, e há coisas excelentes." Ela puxa um pouco o punho da luva. "Onde está aquele moço bonito com quem você veio?"

"Acho que está conversando com alguém na cozinha."

"É seu marido?" Florence arqueia a sobrancelha cuidadosamente aparada, lançando um olhar para minha mão esquerda.

"Sim." Estendo a mão esquerda para mostrar a joia com camafeu no dedo anelar. "Este é meu anel de noivado."

Uso o camafeu junto com a aliança de casamento apenas em ocasiões especiais, e acho que é o símbolo mais profundo de que pertenço a um só homem.

"Adoro camafeus." Florence dá uma boa olhada na minha aliança. "Esse é lindo."

"Obrigada."

"Se me permite um comentário ousado, Olivia..." Ela chega mais perto e baixa o tom de voz para um sussurro conspiratório. "Seu marido é muito bonito, mas é o espírito aventureiro dele que... bom, é isso que o torna irresistível."

"Como... Como assim?"

"Minha querida, tenho setenta e três anos de idade", responde Florence. "E, depois de cinquenta e dois anos de casada, bem que gostaria que meu marido tivesse me surpreendido *uma vez que fosse* em uma chapelaria."

Ela dá uma piscadinha para mim antes de se virar e sair andando. Apesar de ruborizada de vergonha, não consigo deixar de sorrir.

Eu me imagino aos setenta e três anos, relembrando as loucuras que eu e Dean fizemos ao longo da vida.

Lembra aquela vez na chapelaria, naquela festa de fim de ano...?

Bem, talvez a gente até continue fazendo isso, eu acho. Com certeza temos muito tempo pela frente... Estou perto dos trinta, e ele tem trinta e oito... isso ainda nos dá bons anos de curtição.

Desde que seja possível consertar aquilo que se quebrou nos últimos quatro meses.

Uma tensão me domina. Levo uma das mãos à barriga.

"Vamos para casa." A voz grave de Dean reverbera dentro de mim.

Casa. O nosso lar.

Eu me viro para meu marido. Apesar do paletó amarrotado, a aparência dele é impecável, com os cabelos brilhando sob as luzes fortes, as sobrancelhas pretas e os cílios grossos emoldurando os olhos e reforçando os ângulos retos do seu maxilar. Dean assume outra vez o ar habitual de autocontrole — que parece feito sob medida para ele, assim como seus ternos. Quando seu olhar encontra o meu, vejo que sua expressão é calorosa.

Conheço bem esse olhar. Um novo arrepio de prazer me percorre até os pés quando voltamos à chapelaria — dessa vez para pegar nossos casacos. Apanho um presente embrulhado sob a árvore de Natal. Nós nos despedimos de alguns membros da Sociedade Histórica antes de sairmos para a neblina do fim da tarde.

A cidade de Mirror Lake está encoberta por uma camada de neve fresca. Papais Noéis alegres e gorduchos e renas felizes enfeitam as vitrines das lojas do centro. Luzes coloridas piscam nos postes, nos parapeitos das janelas e nos beirais dos telhados. Rajadas de vento sopram da superfície do lago congelado, que lembra um enorme prato de porcelana ao pé das montanhas nevadas.

Caminhamos até onde o carro de Dean está estacionado, e ele abre a porta do passageiro para mim. Voltamos ao nosso apartamento de dois quartos numa sobreloja da Avalon Street. Passamos por algumas pessoas fazendo compras natalinas de última hora, crianças empolgadas e diversos ambulantes que vendem pipoca e castanhas.

Subo as escadas à frente de Dean, e ele estende a mão para apertar minha bunda. Dou uma olhadinha por cima do ombro.

"Deixei você na mão, né?", pergunto, destrancando a porta.

"Deixou mesmo. Não que eu esteja reclamando."

Assim que ele fecha a porta atrás de nós, eu me viro para receber seu beijo iminente. Agora não há necessidade de termos pressa nem de sermos furtivos. Tiramos nossos casacos devagar, com as bocas ainda coladas, e ele me conduz na direção do quarto.

Fazia mais de três semanas dolorosíssimas que não nos beijávamos. Depois que nossos problemas conjugais dos últimos meses culminaram em uma briga feia, saí de casa e fui ficar com nossa amiga Kelsey March. Só ontem Dean e eu nos reconciliamos.

Eu estava morrendo de saudade. Tudo nele — a carícia do seu hálito, o som da sua voz, a força do seu corpo musculoso — me lembra de que as coisas podem ser boas entre nós e do quanto ainda o amo.

Ele me pega pela nuca, inclinando minha cabeça para intensificar a pressão do beijo. Meu corpo amolece todo quando o desejo se espalha do meu ventre para as minhas veias. Envolvo seus braços com as mãos, desfrutando da beleza desse momento de intimidade.

"Tira a roupa", murmura Dean.

Ele ergue a cabeça, passando a mão no meu rosto e dando um passo para trás. O tesão fervilha em seus olhos enquanto ele me vê segurar o vestido e tirar a peça por cima da cabeça. Arranco a meia-calça rasgada, sentindo o olhar de Dean no meu decote. Uma pontada de nervosismo me atinge. Parece que faz uma eternidade que não fico nua na frente do meu marido.

Ele aponta com o queixo para o sutiã. "Me deixa ver."

Meu coração dispara. Abro o fecho frontal do sutiã e o retiro pelos ombros. O ar frio atinge minha pele. Dean solta o ar com força, e seu olhar acaricia meus seios grandes e meus mamilos enrijecidos. Ele faz um sinal para que eu me aproxime. Dou alguns passos em sua direção, me arrepiando inteira quando ele agarra meus seios com suas mãos grandes e quentes.

Eu adoro isso. Adoro o jeito como ele me toca, deslizando as mãos para baixo e subindo de novo para beliscar os mamilos de leve. A excitação me domina, se concentrando da minha cintura para baixo.

"Você pensou na gente?", pergunto enquanto ele passa a mão pela minha barriga e a enfia sob a minha calcinha para me acariciar.

"Todas as noites." Ele desliza o indicador para dentro do meu sexo. "Estava morrendo de saudade. Pensava em você cavalgando em mim, me chupando, em você de quatro..."

Um tremor percorre o meu corpo quando ele esfrega meu clitóris. "Eu... Eu também pensei nisso."

Imagens das fantasias que tive durante as longas semanas de separação surgem na minha mente. Ainda mais apimentadas do que aquelas que eu tinha quando nos conhecemos. Pego seu pau duro e chego mais perto para esfregar meus seios nele.

Dean baixa a cabeça, passeia as mãos pelas minhas costas e então pega na minha bunda e me traz para junto de si. Nossos corpos se comprimem, e o toque do algodão de sua camisa deixa meus mamilos ainda mais sensíveis.

Depois de mais um beijo demorado e profundo, eu me afasto um pouco para tirar a calcinha. Meu corpo está louco para se aliviar outra vez. Dean encara meu corpo nu, e o calor do seu olhar faz minha pele se arrepiar com um desejo urgente. Eu me ajoelho na cama e faço um sinal para que se deite ao meu lado. É o que ele faz, ainda vestido.

Monto em seu colo e passo as mãos pela parte da frente da sua camisa, sentindo o calor do seu corpo através do tecido e a batida forte do seu coração. Desabotoo a peça, acariciando seu peito musculoso e seu abdome até encontrar o cós da sua calça.

Abro o fecho do cinto e puxo a tira de couro com força. A fivela de metal cai ruidosamente no chão. A ereção levanta a parte frontal da calça, e sem demora abro o zíper.

Minha respiração acelera. Me movo para o lado para poder tirar a calça e a cueca e jogar no chão. Ele está me observando, com o peito arfando e a respiração acelerada.

Seguro a base do seu pau e abaixo a cabeça para colocá-lo na boca. Ele enrosca os dedos nos meus cabelos. Seu gosto me invade. Fecho os olhos e respiro fundo, apertando-o com os dedos. Ele eleva os quadris. Ponho a mão sobre sua cintura para mantê-lo onde quero.

Posso sentir sua tensão, sua vontade de se mexer. Ele quer meter com força na minha boca, mas não vai fazer isso. Ainda não. Depois de alguns ajustes, encaixo minha boca nele, acariciando com a língua a veia na parte inferior. Minha pulsação ressoa nos ouvidos, e uma excitação renovada me domina.

Pego seu pau e começo a masturbá-lo, mantendo os lábios fechados sobre a cabeça. Dean agarra meus cabelos com força. Um grunhido reverbera em seu peito. Seus músculos se enrijecem. Volto a abocanhá-lo por inteiro, com os cabelos caindo sobre suas coxas e sua barriga.

Sinto instintivamente que ele está prestes a perder o controle. Eu me afasto, e nossos olhares se cruzam e chegamos a um entendimento cheio de excitação. Ele me segura pela cintura e me deita de barriga para cima, afastando as minhas pernas com os joelhos.

Em um único movimento, ele se enterra dentro de mim, e o preenchimento súbito provocado por aquele pau arranca um grito da minha garganta. "Dean!"

"Ah, caralho, Liv..." Ele começa a se mexer, soltando mais um palavrão para tentar se controlar. Ele posiciona as mãos embaixo das minhas coxas. "Que delícia."

Eu me contorço toda sob ele, sentindo o ar incendiar meus pulmões. O impacto das estocadas sacode meu corpo inteiro, e os botões de sua camisa aberta provocam uma sensação gostosa ao escorrer pela minha pele suada. Eu o agarro pelos ombros, tentando baixar sua boca até a minha, envolvendo seus quadris com as pernas para juntar nossos corpos.

Passei as últimas semanas desejando intensamente isso — a pressão do corpo forte do meu marido sobre o meu, todo o seu peso em cima de mim. Queria que ele me tomasse, me possuísse e me prometesse que sempre ia me querer. Estava desesperada para me entregar a ele de novo.

Dean tira e põe, tira e põe, sem parar, até começarmos a nos sacudir e nos contorcer em um ritmo acelerado que é ao mesmo tempo familiar e incrivelmente novo. Me contraio para apertar seu pau, e o atrito entre nós faz a excitação se espalhar pelos meus nervos.

Não preciso de mais nenhum estímulo além do homem que está em cima de mim, me acariciando por dentro. O êxtase explode no exato momento em que Dean me penetra tão fundo a ponto de me fazer senti-lo nos meus ossos. Seu grunhido faz minha pele vibrar enquanto ele goza, agarrando minhas coxas.

"Nossa!" Ele sai de cima de mim e ficamos deitados na cama, recuperando o fôlego.

Eu me apoio no cotovelo e me viro para ele. Dean está lindo desse jeito, saciado, com a camisa aberta e amarrotada e a pele molhada de suor. Ele tira a roupa e joga no chão.

"Vem cá", diz.

Aninho meu corpo no dele, acariciando seu abdome.

Isso é fácil. Se pudéssemos consertar tudo entre nós dando prazer um ao outro, já estaríamos de volta a um ponto no qual não haveria mais lugar para dúvida e desconfiança em nosso relacionamento. Nem medo. Mas, por melhor que o sexo sempre tenha sido, ambos sabemos que isso não basta. E não sei o que pode bastar.

"Dean..."

"A gente conversa amanhã, Liv." Ele me abraça e beija minha testa. "Agora só quero sentir você sem roupa perto de mim. Quero acordar com frio porque você puxou as cobertas. Quero sentir suas pernas entre as minhas, seu cabelo no meu rosto, seu braço apoiado no meu peito. Quero acordar no canto da cama de manhã porque você se esparramou e ocupou todo o espaço. Quero dormir com você."

Eu me aproximo um pouco mais e apoio a cabeça em seu ombro, bem rente ao pescoço. Inalo o cheiro de sua pele. Sinto seu coração batendo contra a palma da minha mão. Enfim estamos no lugar certo.

É manhã de Natal. As cobertas são um casulo de maciez, e o calor vem do corpo do meu marido ao meu lado. Viro para o relógio. Quatro da manhã.

Raramente acordo cedo no Natal. Quando criança, não tive muita chance de acreditar em Papai Noel. Tenho uma vaga lembrança da última vez que dormi empolgada na véspera de Natal, com a expectativa de encontrar presentes embaixo da árvore na manhã seguinte. Eu devia ter cinco anos — meu pai ainda estava vivo e casado com minha mãe.

Agora estou totalmente desperta. Levo a mão à barriga. Escuto o som ritmado da respiração de Dean. Penso na minha mãe e me pergunto onde ela está.

Chego mais perto de Dean e acaricio seu peito e seu abdome. Olho para seu rosto másculo, com ângulos retos emoldurados pelas sobrancelhas escuras. Roço os dedos nas costeletas espessas que cobrem o contorno da sua mandíbula. Ele se mexe e abre os lindos olhos cor de chocolate com toques de dourado, como se fossem um tesouro escondido.

"Feliz Natal", murmuro. Meu corpo inteiro se acalma com a sensação de tê-lo ao meu lado outra vez. Me convenço de uma vez por todas de que a nossa separação foi um erro.

"Que bom acordar e encontrar você aqui", ele diz.

"Que bom acordar e estar aqui." Estendo a mão esquerda. "Lembra?"

"Lembro."

Ele põe a palma da mão esquerda na minha. Nossas alianças fazem um leve clique quando se tocam, e eu posiciono minha mão para que as duas fiquem alinhadas. Nós entrelaçamos os dedos. Dean se deita de barriga para cima e me puxa para ele, e nossas mãos unidas repousam sobre seu peito.

"Fez algum plano para o recesso de fim de ano?", pergunto. "Você tinha falado que queria viajar. Para algum lugar quente, talvez."

"Eu não faria plano nenhum sem você. Mas ainda dá tempo, se quiser. O próximo semestre só começa em fevereiro."

"Não." Esfrego o queixo no ombro dele. "Só quero ficar aqui com você."

Ele beija minha testa. "Ei, ainda não tive a chance de contar as novidades."

"Então conta."

"Sabe aquela vaga no Instituto de Pesquisa Histórica? Por causa do sucesso do programa de estudos medievais na King's, o comitê me recomendou para o conselho diretor. Fiquei sabendo na semana passada que eles me concederam uma bolsa de cinco anos."

Levanto a cabeça para encará-lo. Os bolsistas do IPH são os mais respeitados e renomados em seus respectivos campos de estudos, além de serem premiados pelos avanços que proporcionaram à pesquisa na área. Todo acadêmico deseja ter uma bolsa do IPH, mas poucos são os escolhidos.

"Ah, Dean." Minha voz fica embargada. "Que incrível."

Ele parece ao mesmo tempo contente e um pouco sem jeito. "Pois é, isso não é pouca coisa."

"E ninguém merece mais do que você." Dou um abraço apertado nele. "Estou tão orgulhosa."

"A grana é muito boa, o que sempre vem a calhar."

"Com mais essa distinção no currículo, a King's vai ser obrigada a oferecer para você a cadeira de titular em breve."

Isso significaria estabilidade de emprego para ele na Universidade King's, o que tornaria Mirror Lake meu lar definitivo.

Não sei como me sentir a respeito disso. Passei boa parte da infância e da vida antes de conhecer Dean me sentindo deslocada e sem raízes. Nunca pensei que encontraria um lugar onde me sentisse em casa. Mesmo hoje a ideia de viver na mesma cidade por muito tempo, de ver Mirror Lake como meu lar, me parece estranha.

"Alguns professores conseguem uma cadeira de titular em alguns anos, mas eu estou na King's há pouquíssimo tempo." Dean encolhe os ombros. "Mesmo assim, essa bolsa vai ser ótima para a minha carreira e para o departamento."

"E para nós."

"Ainda mais para nós."

Abro um sorriso, feliz, mas nada surpresa com a capacidade de realização aparentemente infinita do meu marido. Me afasto dele e jogo a coberta de lado. "Só por causa disso, hoje o café da manhã é meu."

Sinto seu olhar sobre mim quando levanto da cama. Essa percepção me domina, e é muito bem-vinda depois do que aconteceu nas últimas semanas.

Vejo a camisa amarrotada de Dean caída no chão e decido vesti-la. O cheiro familiar de creme de barbear e do próprio Dean ainda está no tecido. Abotoo a camisa e dobro as mangas, apreciando o toque do algodão, como se meu marido estivesse me abraçando.

Vou pegar uma calcinha na cômoda.

"Não", ordena Dean, observando meus seios marcados sob a camisa.

O brilho em seu olhar faz meus mamilos enrijecerem. As cobertas estão enroscadas nas pernas dele, expondo o peito musculoso e a tentadora linha de pelos que desaparece sob o lençol. Mais do que nunca, ele é capaz de me deixar sem fôlego.

Eu me arrepio toda, já me sentindo molhada e com a pulsação acelerada. Ainda consigo senti-lo entre minhas pernas, um leve latejar que me faz lembrar de como ele entrou fundo em mim.

"Quer que eu fique sem?", questiono.

"Quero."

Os olhos dele baixam para as minhas pernas descobertas. O desejo começa a arder dentro de mim outra vez.

Deixo a calcinha na gaveta e vou pentear os cabelos e escovar os dentes. Me olho no espelho e fico contente ao ver que minha aparência condiz com a maneira como estou me sentindo — uma mulher desalinhada e satisfeita, em cujos olhos é possível ver a expectativa de ainda mais alegrias conjugais.

Depois de jogar água no rosto, vou para a sala de estar, acendo as luzes da árvore de Natal e começo a fazer o café.

É uma manhã gelada. Aumento a temperatura no termostato e vou olhar pela janela. As luzes dos postes iluminam a Avalon Street. Não nevou nas últimas horas, mas, a julgar pela aparência do céu, vem mais neve por aí.

"Você viu se tinha algum presente embaixo da árvore?" Dean está parado na porta do quarto, com o peito nu e uma calça de pijama com a cintura bem baixa.

"Sim, mas você não estava lá."

Ele sorri. É um velho sorriso malicioso que não vejo há muito tempo, que termina de derreter as últimas barreiras do meu coração. Vou olhar embaixo da árvore. Tem uma caixa embrulhada em papel azul escondida atrás dos galhos, com uma menorzinha em cima.

"Dean, o que..."

"Não tenta pegar, porque elas são pesadas."

Ele aponta com o queixo para o sofá, pega as caixas e coloca na mesinha de centro, à minha frente. Os laços de fita vermelha são perfeitos.

"Quando foi que você comprou isso?", pergunto.

"Na semana passada. Pode abrir."

Desfaço o laço e removo a fita adesiva da caixa maior. Sem pressa, tiro o papel e fico olhando para o presente. É um conjunto de panelas de inox de primeiríssima qualidade — três frigideiras de diâmetros e alturas diferentes, duas caçarolas e uma espagueteira.

"Isso... deve ter custado uma fortuna."

"Se você quer cozinhar direito, precisa de um bom equipamento."

Meus olhos se enchem de lágrimas quando abro a caixa menor e vejo um jogo incrível de facas Shun, com onze peças.

Panelas e facas profissionais. Pode não parecer muito romântico, mas nenhum outro presente que meu marido pudesse me dar seria tão significativo. E ele comprou na semana passada, antes da nossa ainda tênue reconciliação.

"Obrigada." Olho bem para ele. "Muito obrigada."

Ele estende a mão e prende uma mecha de cabelo atrás da minha orelha. "Bom, se você cozinhar, quem vai comer sou eu. Assim todo mundo se dá bem."

"Eu não tenho nenhum presente para dar."

"Claro que tem." Ele se inclina para a frente e me beija na testa.

Ah, esse carinho. Eu o envolvo pela cintura e encosto a boca em seu corpo rígido e firme. Ele enfia os dedos entre os meus cabelos e dá risada. "Cuidado aí."

"Te amo." Dou um apertão na bunda gostosa dele e me afasto para recolher o papel de presente rasgado. "Obrigada."

"Agora você vai ter que fazer ovos com bacon no café da manhã."

Abro a caixa do jogo de panelas e pego uma frigideira reluzente. "Sim, senhor."

"'Senhor', é?" Ele me dá uma piscadinha. "Agora sim estamos falando a mesma língua."

Levo uma hora para preparar o café da manhã, porque preciso ler as instruções detalhadas sobre como lavar e conservar as panelas e as facas. Sinto dó de usar um equipamento tão caro para uma refeição banal como ovos mexidos, então estendo uma toalha de linho florida sobre a mesa e a arrumo com pratos de porcelana e guardanapos de pano.

Em seguida frito o bacon e faço os ovos mexidos com parmesão e manjericão. Não esperava que me sentiria tão sexy preparando o café da manhã para o meu marido vestindo uma camisa dele sem nada por baixo.

Encho a caneca de Dean com café, pego um post-it e faço um desenho bem tosco de uma caneca falante. Em seguida, escrevo: "Você me deixa bem quente, gato".

Colo o bilhete na caneca e Dean aparece na cozinha, farejando o ar.

"Uau", ele comenta. "Que cheiro bom."

"Você acertou em cheio." Entrego a caneca para ele. "Nunca mais vou querer sair da cozinha."

"Eu também nunca vou querer que você saia do quarto, mas estou aberto a negociação." Ele lê o bilhete e sorri, chegando mais perto de mim para me dar um beijo. "Belo desenho."

Acaricio seu rosto, depois sirvo os ovos e ele se senta. Quando volto com o prato de torradas, vejo um papel com um desenho estranho ao lado do meu garfo: "Você sempre me adoça, docinho".

Eu dou risada. "A mensagem é uma gracinha, mas por que você desenhou uma bunda sorrindo?"

"O quê?"

"Uma bunda sorrindo." Estendo o bilhete para ele.

"É um grão de café."

"Ah." Estreito os olhos para examinar melhor o desenho. "Bom, acho que finalmente descobri alguma coisa que você não sabe fazer direito."

Ele franze a testa. "Pois fique sabendo que eu desenhava quadrinhos sofisticadíssimos quando era criança."

"Ah, é." Ponho o bilhete na mesa e me sento. "Super-heróis que eram cavaleiros medievais, certo?"

"*Capitão Lancelot vs. Dr. Mordred* foi a minha obra-prima."

Abro um sorriso. Meu gentil cavaleiro. Meu coração fica amolecido quando olho para Dean, todo lindo com a barba por fazer e os cabelos caindo por cima das orelhas. Ele devolve o olhar, com o afeto estampado no rosto.

Pego minha caneca e tomo um gole. Dean estende o braço e tira o café da minha mão.

"O que..."

"Vamos ter que comprar café descafeinado", ele diz. "Por causa da gravidez."

Droga. Esqueci. Deve ter um monte de coisas que eu não vou poder fazer agora.

Olho para Dean com cautela. Por mais angustiante que seja admitir, sei que nenhum de nós dois está pronto para ter um bebê.

Comecei a pensar em engravidar alguns meses atrás, mas então meu relacionamento com Dean virou um inferno. Descobri que ele escondia de mim que já tinha passado por três gestações perdidas e um processo amargo de divórcio.

Então, no meio de um turbilhão de confusão e mágoa, cometi o erro de beijar o professor do meu curso de culinária. Dean e eu ainda não conseguimos superar nem isso, então claramente não estamos em condições de decidir sobre filhos.

Mas agora é tarde demais.

Não pudemos conversar direito sobre a gravidez, porque só descobri ontem. Ainda nem me acostumei com a ideia, e talvez Dean também não. Principalmente porque o assunto causou tanto conflito entre nós e porque em nenhum momento concordamos em tentar...

Meu estômago se revira de apreensão e culpa. Esfrego a cicatriz na minha mão esquerda, a evidência física de como as coisas ficaram feias entre mim e meu marido. Dean observa o movimento. Ele cerra os dentes.

"Hã, então, quem diria?" Seguro meu garfo. "Estou grávida."

"Como está se sentindo?"

"Muito bem, na verdade. Só fiz o teste porque minha menstruação atrasou. Preciso marcar uma consulta com a dra. Nolan. Eu sei que ela faz pré-natal e parto, além de ser especializada em medicina de família." É impossível ler a expressão de Dean. E não consigo entender a confusão de sentimentos que se instala no meu peito. "Você quer ir comigo à consulta?"

"Claro que quero." Uma ruga aparece entre as sobrancelhas dele. "Achou que eu não fosse querer?"

"Eu não sabia o que pensar." Remexo meus ovos com o garfo. "Vou ligar para a dra. Nolan amanhã, se o consultório estiver aberto."

Sinto seu olhar sobre mim e levanto a cabeça. Ele leva a mão ao meu braço.

"Vou cuidar de você, Liv", diz. "A gente não estava planejando ter um bebê agora, é verdade. E, sim, a gente ainda está voltando a se acertar. Mas vou fazer de tudo para tornar essa experiência mais tranquila para você. O que for preciso, e quando for preciso, eu faço. A gente vai ficar bem."

A voz dele transmite carinho e uma confiança profunda. Eu me sinto grata por essa tentativa de me reconfortar, apesar de não expressar isso. Ainda.

"Vamos falar com a médica e depois vemos o que fazer", continua Dean. "Certo?"

"Certo."

Dou um apertão na mão dele e terminamos o café da manhã. Passamos um dia tranquilo juntos — arrumamos a cozinha, jogamos palavras cruzadas, fazemos amor de novo, vemos um filme. Dean trabalha um pouco no escritório e eu lavo e organizo meus novos utensílios de cozinha. Aproveito também para abrir o presente que peguei na festa de fim de ano, um vale-presente de um dos meus lugares favoritos em Mirror Lake: uma tradicional casa de chá chamada Matilda's Teapot.

"Quer ir buscar o resto das suas coisas lá na Kelsey?" Dean aparece na cozinha todo informal e delicioso, com uma calça jeans rasgada e uma camiseta desbotada.

Fecho o armário e me viro para ele. Não quero fazer essa pergunta, mas sou obrigada. "Você não acha que... talvez seja cedo demais?"

"Não, não acho que seja cedo demais." Ele franze a testa. "Você acha?"

"Não sei", confesso. "Por mais que eu tenha ficado com saudade, agora com a gravidez e... bom, e todo o resto..."

"Quero que você volte pra casa, Liv."

"Eu sei. E eu quero voltar." Mas também estou com medo. Medo do que vai vir pela frente, medo de nos magoarmos de novo, medo de que as coisas não voltem ao normal.

Dean chega mais perto e me puxa para os seus braços. Meu corpo inteiro estremece quando apoio a cabeça em seu peito e sinto seu cheiro familiar. Ele toca a minha nuca e massageia meus músculos tensos.

"Você precisa voltar pra casa", ele murmura com a boca colada aos meus cabelos.

"Está com medo?"

"Não do nosso futuro." Dean se inclina para trás para segurar meu rosto entre as mãos. "Lembra do nosso primeiro recesso de fim de ano juntos?"

O desejo me consome quando olho em seus olhos. Ele está marcado nos meus ossos, na minha alma. Dean me marcou de formas mais permanentes que o próprio tempo.

"Lembro", sussurro. Duas semanas que me mudaram para sempre.

"Vamos repetir aquilo." Dean passa o polegar pela minha boca. "Eu e você. Ninguém mais."

Queremos demais isso. Consigo sentir essa vontade pairando no ar, como na época da nossa atração inicial, tangível e intensa. Queremos que nosso casamento volte a ser um porto seguro de afeto e prazer. Queremos nosso tesão de volta, sem medo ou desconfiança. Queremos as infindáveis espirais de desejo que só conseguimos criar quando estamos um com o outro. Queremos nos isolar do mundo e nos fechar em nós mesmos. Queremos estar unidos pela gravidez e pelo bebê que vem por aí.

E, como se soubesse o que estou pensando, Dean passa a mão na minha barriga. Eu ponho a minha mão sobre a dele.

"Vamos ter que ler um montão de livros", comento.

"Tudo o que eu faço na vida envolve ler um monte de livros."

"Provavelmente vamos precisar fazer algumas aulas."

"Eu me sinto mais à vontade numa sala de aula do que em qualquer outro lugar."

"E vamos precisar comprar milhares de coisas."

"Podemos comprar o que for preciso."

Olho bem para seus olhos cor de chocolate.

"Eu só queria saber por onde começar", murmuro.

"Pode começar por aqui mesmo, bela." Ele cola os lábios nos meus.

2

DEAN

8 DE JANEIRO

Sou homem. Quando vi Liv pela primeira vez, cinco anos atrás, não pensei: *Gostaria muito de entender essa mulher.*

Pensei: *Nossa, ela é linda.*

Pensei: *Que vontade de dar um beijo nela.*

Pensei: *Como será que ela fica sem roupa?*

E teria continuado nisso se Liv não virasse aqueles olhos castanhos para mim, me fazendo perceber que estava quase às lágrimas. Então meu instinto protetor entrou em ação, e pensei: *Preciso ajudá-la.*

Acabei não fazendo porra nenhuma por Liv, que estava tendo dificuldade na transferência dos créditos da graduação anterior, mas mesmo assim ela veio me agradecer depois. Eu sabia que precisava vê-la de novo, mas não porque era um cavalheiro sensível.

Queria vê-la de novo porque, quando ficamos frente a frente na calçada, algumas mechas de cabelo caíram sobre seu rosto. Porque percebi que ela tinha uma fenda no lábio superior. Porque meu olhar foi atraído por seus seios se movendo com a respiração sob o moletom cinza, e meu sangue ferveu. Seus quadris eram generosos. As pernas estavam escondidas em uma calça jeans desbotada com um rasgo que revelava um pedaço de pele clara.

Ela era cheia de curvas. Sexy. Vibrante.

Eu sentia um calor no peito quando a olhava. Fazia muito tempo que não experimentava aquela sensação. E queria que acontecesse de novo.

Aquilo não tinha acontecido com a executiva com quem eu tinha saído algumas vezes naquelas férias de verão. Rebecca, uma morena bonita com cabelos curtos e um rosto sério, tinha minha idade e era capaz de conversar sobre sistemas financeiros e análises de processo como se estivesse falando sobre o que queria jantar. Lia livros de economia, fazia caminhadas toda manhã e parecia estar sempre pensando em coisas importantes.

Era parecida demais comigo. Meu coração não disparava quando a via. Seguimos cada um seu caminho assim que o semestre letivo começou. Pouco antes de eu conhecer Liv.

Olivia. Foi assim que pensei nela naquelas primeiras semanas, quando nos víamos no café onde trabalhava. *Olivia R. Winter.* Fiquei curioso para saber o que significava o *R.*

Um dia ela parou ao lado da minha mesa no Jitter Beans. Eu fingia estar no laptop, mas só queria olhar para Liv. Gostava de ver sua maneira de se mover, o rabo de cavalo balançando toda vez que ela virava para fazer um café, o modo como se curvava para pegar alguma coisa do balcão de doces.

"Amostra grátis", ela falou. O avental estava justo na frente, com manchas de chocolate e cacau em pó. "Nosso novo brownie com manteiga de amendoim. Aceita?"

Liv estendeu uma bandeja cheia de copinhos de papel contendo quadradinhos de bolo. O canto de sua boca estava sujo de chocolate.

Ela experimenta as amostras grátis. Guardei essa informação com as demais coisas que estava aprendendo a seu respeito.

Ela sorri para todos os clientes.

Ela se senta a uma mesa de canto durante os intervalos para ler revistas.

Ela usa uma corrente de prata com pingente.

Ela é mais velha que a maioria dos alunos de graduação, mas tem no máximo vinte e cinco anos.

Ela não gosta de paquerar.

Ela não percebe quando os homens a olham, ou então vira a cara.

Ela não vira a cara para mim.

"Claro." Estendi a mão para pegar um copinho. Quis perguntar a que horas o turno dela terminava. Quis perguntar se queria sair comigo.

Mas não podia. Conhecia bem a política da universidade quanto a relacionamentos entre docentes e alunos, sabia que era permitido sair com alguém a quem não se dava aula, mas precisava me certificar de que não teria nenhum envolvimento com a vida acadêmica de Olivia R. Winter pelo resto do ano letivo.

"Estava bom?", perguntei.

"O quê?"

Apontei para a migalha no canto da boca dela. Queria ter a liberdade de poder limpar eu mesmo. "Parece que você experimentou."

"Ah." Ela passou os dedos nos lábios. "Uma delícia, claro. Amendoim com chocolate... não tem como dar errado."

Ela sorriu. Meu coração disparou dentro do peito.

Era uma sensação estranha, desconhecida, uma ansiedade que fazia com que eu me sentisse como um adolescente que se apaixona pela primeira vez. Eu estava ocupado demais na época treinando com o time de futebol americano da escola e estudando para as aulas do programa de estudos avançados.

Minhas namoradas na época de colégio e faculdade também eram assim. Precisavam ser. Focadas nas melhores universidades, nas bolsas de estudos, nas disciplinas e nos cursos certos, em intercâmbios, pós-graduação, pesquisas, artigos publicados, palestras, bons empregos...

Determinadas. Focadas. Sérias. Entediantes.

Como eu.

Não havia nada de entediante naquela garota de cabelos compridos e sorriso bonito que ficava vermelha sempre que nossos olhares se cruzavam.

Pensei: *Quero ficar a sós com você.*

Quando finalmente consegui, na noite em que dei uma palestra em um museu local, descobri que havia algo contraditório nela, uma mistura de curiosidade e cautela. Como se quisesse ser corajosa, mas não soubesse o que aconteceria caso fosse.

Nunca senti uma vontade tão forte de me provar para alguém como aconteceu com Liv. Eu gostava demais dela. Gostava de não me sentir frio por dentro quando estava ao seu lado, de não precisar *pensar* em mais nada. Gostava que ela fosse um mistério para mim. Gostava de como ela me olhava, como se soubesse que ia protegê-la. Que eu era *capaz* de fazê-lo.

Até eu não ser mais.

Admitir isso ainda revira meu estômago.

"Ah, olha, está passando *Os piratas de Penzance* no Centro Cívico." A voz de Liv interrompe meus pensamentos, que começavam a se tornar desagradáveis. Ela está sentada diante de mim à mesa, lendo o caderno local do jornal. "Quer ir?"

"Hã, claro."

"*Cats* vai entrar em cartaz na primavera, se preferir", ela comenta.

"Não sou muito fã de gatos."

"Prefere piratas, né?" Ela me lança um olhar divertido. "Vou ver se ainda tem ingresso."

É o quanto amo minha mulher. Acabei de concordar em ficar duas horas vendo piratas cantando e dançando.

Pelo menos Liv está onde deveria. Aqui neste apartamento que ela transformou em nosso lar com suas plantas e seus toques de decoração. À minha frente na mesa do café da manhã, enrolada nesse roupão exagerado, que seria capaz de mantê-la quente em uma nevasca, com os cabelos desalinhados caídos sobre os ombros.

Com Liv de novo em casa, desfrutando da nossa rotina normal, até mesmo das coisas mais simples — com a familiaridade de coisas como café, torradas, jornais, *Liv* —, já estou quase conseguindo esquecer o inferno que foi o mês passado.

Quase.

Quase consigo acreditar que nada mudou.

Quase.

Liv dá um gole no café e faz uma careta. "Sem querer ser grossa, Dean, mas está horrível."

"É um tipo diferente, sem nenhuma cafeína mesmo."

"Não diga."

"É melhor não arriscar, já que você está grávida." Me sinto como se estivesse falando um idioma estrangeiro que não domino. *Você está grávida.*

Minha mulher está grávida.

Eu a observo enquanto passa geleia em uma torrada. Ela é tão linda, com olhos castanhos e cílios grossos, sardas no nariz, pele branca como leite, além dos cabelos castanhos e lisos que tive vontade de tocar assim que a vi. Liv continua como era cinco anos atrás — linda, doce e com um brilho todo próprio.

Então me dou conta de que ela vai mudar. Fisicamente, claro, mas também de maneiras que nem imagino.

"Você está bem?", pergunto.

"Com um pouco de enjoo de tempos em tempos, mas nada insuportável." Ela lambe a geleia do polegar. "Recebi um e-mail da dra. Anderson, que foi minha terapeuta em Madison. Ela me indicou uma pessoa em Rainwood que trata de casais também."

Liv me lança um olhar cauteloso. Pego outra torrada para não precisar responder.

"Dean."

"Já disse que vou com você." Meu tom de voz é de irritação. Merda.

"Pensei em ir sozinha primeiro", diz Liv.

"Você *quer* isso?"

"No começo." Ela engole em seco. "Preciso resolver algumas coisas comigo mesma."

Sinto um aperto no peito — em parte frustração, em parte raiva, em parte alívio —, mas sei que só existe uma resposta para isso.

"Me avisa quando quiser que eu vá", digo.

Detesto isso. Detesto saber que ela vai ter que reviver tudo, se expor por inteiro a uma pessoa desconhecida. Detesto saber que vai chorar e enfrentar sentimentos que nunca vou entender nem conseguir evitar que sinta.

E detesto ainda mais saber que a culpa é minha. Quatro meses atrás, quando Liv mencionou a ideia de ter filhos, finalmente confessei um segredo que guardava fazia cinco anos — que já havia sido casado, quando tinha vinte e poucos.

Não tinha contado ainda porque foi uma época de merda da minha vida, que eu queria esquecer. Não via minha ex-mulher desde o divórcio, quinze anos atrás, apesar de Helen ainda ser amiga da minha irmã e da minha mãe. E Liv já tinha preocupações suficientes a respeito de nossas famílias. Não precisava ficar sabendo que meu primeiro casamento foi um desastre completo.

Mas no fim tive que contar a ela o motivo de eu estar relutante sobre a ideia de ter um bebê. A revelação do meu primeiro casamento causou ainda mais perturbação entre nós, o que levou a uma separação de três semanas, que foram as piores da minha vida.

Agora Liv está em casa de novo. Grávida. E vou dar um jeito em tudo, nem que seja a última coisa que eu faça.

"Posso tomar um golinho do seu café?", ela pergunta.

Estendo minha caneca e observo sua boca se fechando sobre a borda. O tesão me domina. Pego a caneca de volta e tento me concentrar na cotação da bolsa.

"Ei, eu perguntei para a Kelsey se ela quer jantar com a gente esta semana. De repente posso sair direto da livraria e encontrar vocês", Liv diz enquanto põe granola numa tigela. "Faz uns dias que ela voltou."

"Hum-hum."

"Parece que foi legal o feriado."

"Bom saber."

Liv ergue a cabeça para me encarar. "Então... Kelsey contou que beijou você."

Sinto uma vermelhidão subir pelo pescoço, o que me deixa irritado. "Ah... é."

Ela parece se divertir com a minha falta de jeito.

"Kelsey é terrível, mas também muito sábia", Liv comenta.

"Não sei se eu diria isso."

Ela não fala mais nada, o que me deixa incomodado, além de envergonhado. Como devo lidar com isso? O que Kelsey contou? Quando Liv e eu estávamos separados — odeio a mera palavra—, Kelsey decidiu provar sua teoria idiota sobre atração física me dando um beijo.

Eu me afasto da mesa para pegar mais café.

"Você ficou vermelho", Liv comenta.

"Fiquei nada."

"É bonitinho."

"É nada."

"Ela falou que você beija muito bem." Liv arqueia as sobrancelhas.

"Pois é, ela também." Tomo um gole de café. "Para quem gosta de beijar cobras venenosas."

Liv abre um sorriso. Começo a batucar no balcão. Ela se levanta e me abraça pela cintura. Seus lábios quentes tocam meu pescoço.

"Se fosse outra pessoa, eu ficaria chateada", ela admite. "Mas Kelsey é diferente. É como se fosse minha irmã mais velha."

"Isso não ajuda em absolutamente nada."

"Será que as coisas vão ficar esquisitas entre vocês dois?", ela pergunta.

"Considerando o modo como ela agiu, não. Parecia uma aranha atacando um inseto indefeso."

Liv dá risada. "Eu jamais diria que você é indefeso."

"Foi um ataque surpresa."

O sorriso desaparece do rosto dela. "Você não está mesmo bravo com ela, está?"

"Não." Viro para pôr minha caneca na mesa. "Conheço Kelsey há tempo demais para ficar bravo com ela. E isso meio que mudou meu jeito de pensar. Mas não fala para ela. Eu jamais ia ter paz de novo."

"Onde foi que vocês se conheceram, afinal? Sei que foi na faculdade, mas ela estudava ciências, e você era do departamento de história. Como foi que...?"

"Saí com uma ex-namorada dela."

Liv levanta as sobrancelhas. "Que moderninho."

"Na verdade, não. Saí com essa garota algumas vezes, então ela resolveu que ainda amava a Kelsey. Foi meio chato."

"E como isso aconteceu?"

"A gente cruzou com Kelsey em um bar, e a garota fez um escândalo. Chorou, toda arrependida por ter rompido o namoro das duas. Disse que queria voltar. Kelsey não quis saber. Quando a menina foi embora chorando, ela me falou que eu devia ser bem ruim de cama e me pagou uma cerveja. Então ficamos amigos."

"E ela nunca soube do seu primeiro casamento?"

"Não." Faço força para afastar as lembranças ruins. "Perdemos contato por alguns anos na pós. Depois retomamos através de um amigo em comum, quando começamos a procurar emprego como professores."

"Ela tem sorte de poder contar com você." Liv passa as mãos nos cabelos e boceja. "Eu também."

"Não tanta sorte quanto eu por ter você."

Sorrimos, um pouco encabulados. Minha inquietação se acalma. Por enquanto.

"Então você está de oito semanas, Liv?" A dra. Nolan pega um calendário redondo na mesa e começa a girar de um lado para o outro. "Quando foi o primeiro dia da sua última menstruação?"

"Hã, 17 ou 18 de novembro, acho." Liv olha para mim de cima da maca. Está com o rosto vermelho. "Na verdade, sei o dia da concepção."

Uma combinação de excitação e vergonha toma conta de mim. Também sei. Primeiro de dezembro. Apesar do sexo explosivo, não foi uma noite romântica. Longe disso.

"Primeiro de dezembro", Liv diz para a médica.

"Estimamos a data com base na última menstruação." A dra. Nolan olha para o calendário outra vez, ignorando nosso histórico sexual. É uma mulher mais velha, de cabelos brancos, com um jeito direto de que tanto eu como Liv gostamos. "Certo, então a data provável é 24 de agosto. Você vai completar oito semanas no sábado."

Ela digita alguma coisa no computador. "Vamos registrar algumas questões do seu histórico médico, depois fazemos um exame físico. A enfermeira vai entregar um kit pré-natal. Aí você vai descer até o laboratório e colher amostras de sangue e urina."

"Quer que eu saia?", pergunto.

"Liv é que sabe", responde a dra. Nolan, continuando a digitar com rapidez e eficiência.

Ela faz que não com a cabeça. Parece meio nervosa, mas a dra. Nolan trata tudo com tanto profissionalismo que a ansiedade parece diminuir a cada minuto. Respondemos várias questões a respeito de nosso histórico médico e familiar. A dra. Nolan faz um exame físico em Liv e pergunta sobre seu estado atual.

"Vocês têm alguma dúvida?" A dra. Nolan vira a cadeira e me olha através dos óculos. "Dean?"

"Sim, algumas." Pego um caderno na bolsa de Liv e abro na página anotada.

Liv revira os olhos para a médica, que abre um sorriso.

Faz quinze anos que não penso a respeito de cuidados pré-natais, então tenho muito que aprender. Vou dar o meu melhor.

Repasso minha lista e faço apenas as perguntas que a dra. Nolan ainda não respondeu — se precisamos pegar receita de algum suplemento alimentar, que tipo de atividade física deve ser evitado, o que devemos fazer se Liv ficar doente, qual vai ser a frequência das consultas, se Liv pode viajar e se precisa tomar ácido fólico.

A dra. Nolan responde com paciência e eficiência. Anoto tudo.

"E quanto ao sexo?", Liv pergunta quando termino.

"O que tem o sexo?", pergunta a médica.

"Bom, a gente andou fazendo."

"Ótimo." A dra. Nolan abre um sorriso. "Sexo durante a gestação é totalmente seguro, Liv, e você está saudável. Então não tem problema nenhum. Na verdade, muita gente considera o sexo na gravidez ainda mais satisfatório."

Dou uma olhada para Liv, que pisca para mim. Se o sexo com ela for ainda mais *satisfatório*, acho que vou enlouquecer.

"E por quê?", ela pergunta.

"As mulheres ficam com o fluxo sanguíneo mais intenso na região pélvica e com mais lubrificação vaginal", a dra. Nolan explica. "As mudanças hormonais influenciam a libido. Não existe preocupação com contraceptivos. Muitas mulheres experimentam um pico de atividade sexual durante a gravidez, principalmente no segundo trimestre."

"Parece promissor", Liv comenta, descendo da maca e desaparecendo atrás da cortina para se vestir.

Depois que ela se troca, a enfermeira aparece com uma pilha de papéis com informações sobre o pré-natal. A dra. Nolan repassa tudo e nos diz para fazer uma consulta na décima segunda semana, reforçando a instrução de passarmos no laboratório para fazer os exames. Quando estamos saindo, ela toca meu braço.

"Se tiver mais alguma pergunta, é só telefonar", diz. "Está tudo ótimo. Não se preocupe, a não ser que exista motivo para isso."

Agradeço mais uma vez e abro a porta para Liv. *A não ser que*. Isso significa que algum dia pode haver motivo para preocupação.

É um medo sinistro, e mais forte do que eu imaginava. Eu o afasto para o fundo da mente, sem querer pensar a respeito, mas Liv parece notar.

Ela se dirige ao balcão no térreo e segue com a atendente para o laboratório. Eu me sento na sala de espera e pego um barbante do bolso, cruzo sobre as mãos e enrolo nos polegares e indicadores. Passo os polegares por baixo e os indicadores por cima. Puxo. Solto. Repito.

Ergo os olhos e vejo um garotinho me observando do outro lado do corredor. Abro as mãos e levanto a teia de fios entre elas.

"É um coelho", digo a ele. "Está vendo as orelhas?"

Ele examina o padrão por um instante, depois balança a cabeça e abre um sorriso banguela. A mulher ao lado dele sorri.

Desato o barbante e enfio de volta no bolso quando Liv chega.

"Prontinho." Ela me dá a mão para a caminhada até o carro. "Pode me deixar na livraria?"

"Claro. Tenho algumas reuniões lá no campus, mas deixo você antes."

Dirijo até a Emerald Street, onde fica a Happy Booker. Acompanho Liv até a entrada da livraria e depois pego o caminho do campus, mas faço um desvio por um bairro residencial perto do lago. As casas antigas e os chalés perto da montanha dão lugar a construções maiores à medida que as ruas se aproximam do centro da cidade.

Paro em frente a uma casa nova em estilo colonial com uma varanda com pilastras e venezianas brancas na janela. O jardim da frente é grande e cercado de árvores, e o imóvel tem vista para o lago. Residências caras e bem cuidadas dominam o panorama da rua.

Uma mulher está à espera na varanda. Ela acena quando me aproximo.

"Dean? Nancy Walker. Obrigada por entrar em contato."

"Por nada."

Ela faz um sinal para que eu a acompanhe para dentro da casa. É um imóvel imenso, de quatro quartos, com piso de madeira nobre, armários de cerejeira e eletrodomésticos de inox. Nos fundos, há um deque de madeira com vista para o lago, uma garagem para três carros e uma sala aberta com janelas panorâmicas. O escritório repleto de estantes de livros fica ao lado da sala de estar, que é dominada por uma lareira de mármore.

Nancy me mostra a casa toda e fala sobre a localização. A escola do bairro é excelente, e seus alunos têm o melhor desempenho da região nas provas. Os proprietários acabaram de refazer o paisagismo do jardim.

"Se quiser fazer uma proposta, posso mandar hoje mesmo", Nancy me diz quando abre a porta para me mostrar uma lavanderia com uma máquina moderníssima.

"Minha esposa precisaria ver primeiro", respondo. "Mas gostei bastante."

Ela sorri. "É a casa perfeita para uma família."

E é mesmo. Me lembra a dos meus pais.

Afasto esse pensamento. A *minha* família vai ser feliz.

"Ligo para você amanhã", digo a Nancy enquanto saímos.

Ela me entrega um cartão de visita, e, antes de nos despedirmos, discutimos a melhor estratégia caso uma eventual proposta seja aceita. Vou para a universidade e me dirijo à minha sala no departamento de história.

"Oi, Dean." Frances Hunter, professora de história americana e chefe do departamento, vem até mim. Com cabelos curtos e grisalhos e um terninho escuro, sua aparência faz jus à reputação como uma das historiadoras mais respeitadas do país.

"Boa tarde, Frances."

"Acabei de mandar o anúncio da sua bolsa do IPH para o jornal da universidade", ela diz com um sorriso. "Vai sair na edição da semana que vem, então pode esperar muitos telefonemas e e-mails, tanto para receber os parabéns como de alunos interessados."

"Obrigado."

"Você merece. Fez bastante coisa pelo departamento em pouquíssimo tempo." Ela me entrega uma pasta. "Seu horário vai ser bem leve este semestre, mas suas disciplinas já têm fila de espera, principalmente as da graduação. Aqui estão suas listas de alunos."

Ela segue seu caminho pelo corredor. Entro na minha sala e passo os olhos pelas listas — uma disciplina regular e outra composta apenas de palestras, além do planejamento do congresso de estudos medievais que a Universidade King's vai organizar. Abro minha pasta para pegar meus papéis.

"Professor West?" Sam, um dos meus orientandos, bate na porta entreaberta. "Como foi o Natal?"

"Bem, obrigado. E o seu?"

"Também. Fui esquiar na semana passada."

"Sente." Tiro uma pilha de papéis da cadeira. "Como estava a neve?"

"Esfarelada, mas firme. Bati meu recorde de velocidade. Você já foi?"

"Ainda não."

"A gente vai de novo no fim de semana antes do início do semestre, se estiver a fim."

"Vou estar ocupado, mas obrigado pelo convite." Não quero me afastar de Liv nem por um fim de semana no momento. Vejo a mochila nas costas de Sam. "O que é isso? Já começou a trabalhar?"

"Acredite se quiser..." Sam remexe na mochila e pega uma pilha de folhas impressas. "Um esboço do primeiro capítulo."

"Sério?" Pego os papéis das mãos dele, impressionado.

"Me concentrei na infraestrutura das cidades medievais e no sistema de guildas", explica Sam. "Encontrei um ensaio ótimo sobre como a estrutura de poder das guildas afetava o urbanismo local." Ele pega mais papéis na mochila e me entrega.

Passamos a hora seguinte discutindo o esboço de sua dissertação, as pesquisas que ainda precisam ser feitas, e afinando sua hipótese. Empresto a ele alguns livros e prometo enviar por e-mail cópias dos meus artigos sobre planejamento urbano medieval.

Depois que Sam sai, organizo minhas anotações para o congresso, que vai envolver mais de três mil estudiosos. Para dar conta de tantos jantares, palestras, seminários, pôsteres, banquetes e da exposição de manuscritos medievais, estamos reservando a maioria dos espaços disponíveis não só na universidade, mas na cidade.

Uma segunda batida ressoa na porta. Outra orientanda minha, Maggie Hamilton, espicha a cabeça para dentro. A expressão dela é de cautela.

Cerro os dentes. "Boa tarde, Maggie."

"Professor West." Ela aparece por inteiro, apontando com o polegar por cima do ombro. "Acabei de encontrar Sam na biblioteca, e ele me falou que você estava aqui. Posso... a gente pode conversar um minutinho?"

"Entra. Deixa a porta aberta, por favor."

Maggie já estava no mestrado quando fui contratado. Ela se tornou minha aluna porque o antigo professor de história medieval se aposentou. Logo fiquei sabendo que só tinha sido admitida no programa de pós-graduação porque sua família tem fortes laços com a universidade, e seu pai costuma fazer doações polpudas. A falta de aptidão acadêmica de Maggie já ficou evidente em sua proposta de dissertação, que discutimos muitas vezes no ano passado.

No semestre anterior, Maggie abordou Liv para pedir ajuda na aprovação da proposta. Ela recusou, então Maggie fez insinuações sobre mim. Escrevi a ela um e-mail avisando que não poderia ser mais seu orientador, sem obter resposta.

Até agora, imagino.

"Eu... hã, queria pedir desculpas pelo semestre passado." O rosto de Maggie fica vermelho. "Foi muito inadequado da minha parte falar com sua esposa."

"Foi mesmo. Você já pediu a troca de orientador?"

Ela me lança um olhar inquisitivo. "Não posso trocar de orientador, professor West! Já fiz todas as disciplinas de estudos medievais, e você é o único dessa área."

"Nós conversamos sobre isso no semestre passado, Maggie. Considerando nossas discordâncias..." — e o fato de ter mentido — "... não posso continuar como seu orientador."

"Mas meu pai quer que eu conclua o mestrado este ano, para poder cursar direito no ano que vem! Já estou inscrita no exame de admissão. Se você não for mais meu orientador, vou ter que recorrer à professora Hunter, e ela vai me obrigar a fazer mais um semestre de disciplinas, além de um curso de verão."

"A professora Hunter não vai *obrigar* você a nada, Maggie. A universidade tem requerimentos específicos para conceder títulos. Ninguém está isento disso. Nem mesmo você."

Ela levanta a cabeça e me encara. "O que está querendo dizer com isso?"

"Exatamente o que disse. Ninguém está isento de cumprir os pré-requisitos."

"Eu nunca disse que estava!"

"Ótimo, então sabe o que precisa fazer."

"Escuta, professor West, não acho que posso fazer o que quiser aqui por causa do meu pai." Maggie se aproxima da mesa, com a raiva faiscando nos olhos. "Estou aqui por causa dele, e só porque ameaçou parar de me sustentar se eu não terminar o mestrado e entrar em direito, mas não sou uma filhinha de papai."

"Maggie, não posso mais ajudar você. Vou escrever uma carta à professora Hunter explicando que estamos em um impasse e que é melhor você trocar de orientador."

"Não podemos tentar de novo? Posso revisar minha pesquisa. Prometo que..."

"Maggie, é tarde demais para isso. Não vou ser mais seu orientador."

Ela solta um suspiro e dá um passo para trás. "Certo. Então tá. O que quer que eu faça?"

Uma sensação de desconforto toma conta de mim. "Como assim?"

Os olhos dela se cravam nos meus. Vejo uma expressão calculista em seu rosto de que não gosto nem um pouco.

"Seu antecessor não se incomodava de conceder um crédito extra quando necessário", diz Maggie. "Aposto que você é igual."

Ficamos nos encarando. A raiva borbulha no meu sangue, mas não é direcionada a Maggie. De repente, contrariando todos os meus impulsos racionais, sinto pena dela.

"Maggie, para com isso." Vou até a porta e termino de escancará-la. Para o caso de alguém estar no corredor, mantenho um tom de voz profissional e cortês. "Passe no departamento administrativo para dar entrada na papelada. A professora Hunter deve entrar em contato em uma semana."

A garota não se move. Cruza os braços e fica me olhando, como se quisesse continuar.

"Até mais."

Por um instante, chego a pensar em ir embora eu mesmo, mas em seguida ela pega a mochila e dispara porta afora. Solto um suspiro de alívio, depois me sento à mesa para escrever para Frances Hunter. Começo a me sentir um pouco melhor depois que envio a mensagem.

Pego o celular e ligo para Liv.

"Oi, professor." A voz dela, macia como seda e adornada com um toque de carinho, ajuda a dispersar meu incômodo.

Viro a cadeira e olho para a janela. "Ainda está na livraria?"

"Ainda. Allie tem um monte de devoluções atrasadas, então vou ficar para ajudar. Pensei em fazer um espaguete hoje à noite, pode ser?"

"Claro."

"Vou a pé para casa para poder passar no mercado. Quer que eu compre alguma coisa?"

"Não consigo lembrar de nada agora."

"Então... por que me ligou?", pergunta Liv.

"Porque sim."

"Ah." Ela faz uma pausa, obviamente tentando entender o que está acontecendo, porque não sou o tipo de marido que liga no meio do expediente apenas *porque sim.*

"Está tudo bem?", ela pergunta.

Não sei como responder.

Respiro fundo. Preciso me concentrar em duas coisas. Minha mulher e meu trabalho. Nada mais importa.

"Sim", respondo por fim. "Está tudo bem."

"Que ótimo. A gente se vê à noite então."

"Não carrega nada pesado."

"São só livrinhos infantis."

"É sério, Liv."

"Eu sei. Estou tomando cuidado." Ela parece um pouco irritada, como se achasse que não confio em seu bom senso.

"Toma cuidado nem que seja só pra me agradar, vai?", peço.

"É a minha função na vida", ela rebate, e desliga o telefone.

Alguns segundos depois, chega uma mensagem de Liv no meu celular. *Vc e eu juntinhos pra sempre.* Acompanhada de um coraçãozinho.

Respondo com um emoji.

Jogo o celular sobre a mesa. O gelo se acumula nas beiradas da janela. Minha sala fica no sétimo andar, com vista para o gramado central coberto de neve e para as árvores sem folhas. O lago congelado fica um pouco mais adiante. O sol já se pôs.

Desvio os olhos da janela. Tenho um porta-retratos com uma foto de Liv ao lado do computador. Tirei-a no primeiro recesso de inverno que passamos juntos. Liv está em um velho sofá xadrez, com os cabelos soltos e bagunçados, e uma camisa grande demais. Ninguém que vê a foto sabe que a camisa era minha e que ela estava nua da cintura para baixo. Só eu conheço a razão para aquela expressão nos seus olhos castanhos.

Só eu sei que, quando tirei a foto, já estava totalmente apaixonado.

Passo as mãos pelos cabelos, desligo o computador e junto minhas coisas para ir embora. Vou direto para casa. O frio atinge meu rosto e se infiltra no meu casaco. Dá para ver as luzes acesas pela varanda. Uma lufada de calor me recebe. O cheiro de molho marinara domina o ar.

Quando entro e vejo minha mulher, toda a inquietação desaparece. Seus cabelos estão presos em um coque bagunçado, e ela está no fogão, mexendo na panela. Está usando um moletom vermelho e uma calça jeans que marca a curvatura da bunda. Largo minha pasta e meu casaco e vou tomá-la nos braços.

Liv solta um gritinho de surpresa.

"Me dá um beijo, bela."

Sua surpresa se desfaz em um sorriso quando vira e cola a boca à minha. Está com gosto de tomate e orégano. Os seios dela se comprimem contra meu peito. Seguro seu rosto com as duas mãos e aprofundo o beijo, respirando seu hálito. Quando ela se afasta um pouco para me olhar, apoio minha testa na sua. Meu coração dispara.

Eu a beijo outra vez, passando a língua em seu lábio inferior. Sinto meu pau ficar duro. Liv reage com uma intensidade cada vez maior, se esfregando toda em mim antes de se afastar com uma risadinha ofegante.

"Espera, eu preciso..."

"Vem." Eu a pego pelos quadris. Meu sangue está fervendo. "Preciso te comer."

O choque e a excitação ficam evidentes nos olhos dela. "Ah, Dean..."

Eu a encosto na porta da cozinha. "A médica falou que tudo bem. Que pode ser até mais *satisfatório*. A gente precisa ver se ela está certa."

"Espera... espera... preciso desligar o fogo."

Eu a solto apenas pelo tempo necessário para isso e em seguida a levo às pressas para a sala de estar. Solto seus cabelos para poder passar os dedos pelas mechas grossas. Enfio a outra mão sob sua blusa e acaricio a base de suas costas. Meus dedos se insinuam para dentro da calça jeans, passando pelo elástico da calcinha. Ela mexe os quadris, dá um passo para trás e levanta os braços.

Tiro a blusa dela, sentindo meu pau cada vez mais duro ao ver seus seios grandes esticando o tecido da camisa branca. O sutiã é quase invisível sob a roupa. Ela põe as mãos no meu peito e me empurra para o sofá. Em seguida passa uma perna por cima das minhas e sobe no meu colo. Então enfia a língua na minha boca. Seus dentes roçam meu lábio inferior.

Liv se inclina para trás a fim de abrir uma distância entre nós. Passo a mão por sua barriga e olho para seus seios sob a camisa. Delícia.

"Tira." Minha voz sai áspera.

Ela estende a mão para pegar minha gravata e soltá-la.

"A sua", explico.

"Eu sei." Liv continua abrindo os botões da minha camisa, com as mãos frias descendo para minha calça. Ela se detém um pouco para acariciar meu pau duro. Uma pressão enrijece minha espinha e meu corpo da cintura para baixo.

"Liv."

Ela leva as mãos à própria camisa e começa a abrir os botões. Sua respiração está acelerando, seus cabelos estão caídos sobre os ombros. Ela abre o fecho do sutiã. Seus seios são tão branquinhos, tão redondos. Ela os aperta um contra o outro e brinca com os mamilos. Eu poderia gozar só ao vê-la fazer isso.

Liv se volta para mim, com os olhos cheios de tesão. Agarro seus quadris e a deito no meu colo sobre o sofá. Seus seios saltam da abertura da camisa. Meu pau lateja junto à sua bunda.

Ela se remexe um pouco, leva uma das mãos aos meus cabelos e puxa minha cabeça para baixo. Abocanho um mamilo com os lábios e aperto o outro seio. Liv solta o ar com força, rebolando os quadris, agarrando meus cabelos. Sua respiração arfante faz meu sangue ferver.

"Dean, eu... você pode..."

Enfio a mão no meio das pernas dela e pressiono. Dá para sentir o calor através da calça jeans. Abro o zíper e abaixo a calça até o chão. Esfrego suas coxas macias. Ela arqueia as costas para sentir melhor a pressão dos meus dedos. Senti-la assim me deixa em chamas.

Liv se afasta apenas o suficiente para alcançar minha braguilha. Então abre minha calça e segura meu pau. Meus pensamentos se desfazem. Ela se senta sobre os calcanhares. Seus seios estão avermelhados por causa das minhas mãos e da minha boca. Liv está toda vermelha, linda e excitada.

Não consigo parar de olhá-la. Seguro um punhado de seus cabelos com a mão e a puxo para um beijo profundo. Sua língua gira sobre a minha, seus dedos apertam meu membro. Ela vai deslizando os lábios pelo meu queixo, meu pescoço, meu peito e continua descendo até abocanhar a cabeça do meu pau.

"Ah, Liv..." Aperto com mais força sua nuca. É uma sensação tensa e explosiva.

A urgência domina meu corpo enquanto ela me chupa, lambendo, sugando e saboreando sem parar. Movo o quadril, com vontade de meter com força na boca dela. A tensão se espalha pela minha espinha. Cravo os dedos em seu couro cabeludo para avisar que precisa parar, caso contrário vou perder a cabeça. Liv se inclina para trás e olha para mim.

"Como você quer?", ela pergunta.

"Você por baixo."

Liv vai para o quarto. Deita na cama com as pernas para fora e se apoia sobre os cotovelos para me olhar. Parece uma espécie de deusa com os cabelos caídos sobre os ombros, os olhos castanhos brilhando de excitação. Um leve sorriso faz sua boca maravilhosa se curvar.

Porra, como senti falta dela.

Subo na cama ao seu lado. Passo a mão nos seus seios, na sua barriga e desço para entre suas pernas. Ela está quentinha. Passo a língua por um mamilo e sinto gosto de pêssego e de Liv. Ela se volta para mim, passando as mãos nos meus cabelos.

"Dean. Estou pronta. Eu quero..."

"Eu sei o que você quer."

Fico em pé ao lado da cama e observo seu rosto vermelho e seus olhos cheios de tesão. Passo as mãos por suas coxas macias e as afasto, abrindo-a para mim. Ela suspira e belisca os mamilos, arqueando os quadris. Entro nela. Liv está molhada e tão apertada que não vou demorar muito para gozar.

Ponho as mãos em seus joelhos erguidos. Respiro fundo para recobrar o controle. Uma pressão intensa se aloja na base do meu pau.

"Dean." Ela estende os braços para me puxar para mais perto, mas então cai na cama de novo e envolve meus quadris com as pernas. "Me fode com força."

Nossa. O som da voz dela assim áspera, dizendo palavras obscenas, me domina. Meu sangue ferve de vez. Recuo e me projeto para a frente com força suficiente para sacudir o corpo dela todo. Liv dá um gritinho e se agarra a um travesseiro.

De novo. De novo. De novo. A cada estocada, o corpo dela transforma o meu em uma fornalha. Ela se contrai por dentro, me empurrando para fora e então relaxando para que eu entre de novo. Seus seios balançam, suas mãos agarram as cobertas, seus dentes se cravam no lábio inferior. Está chegando lá — dá para ver em seus olhos, na maneira como seu corpo começa a enrijecer.

"Dean", ela sussurra. "Estou quase lá... quase..."

Dou mais algumas estocadas para deixá-la à beira do orgasmo. Suor escorre pelas minhas costas. Tiro o pau e passo o polegar em seu clitóris. Duas vezes. Ela grita, agarrando meu antebraço, toda trêmula. Quando percebo que ela está completamente entregue, volto com uma estocada explosiva que me leva ao clímax. A sensação é tão violenta que me deixa ofegante, sem conseguir sentir meu próprio corpo.

Mas ainda não terminei. Ainda.

Eu me posiciono entre as pernas de Liv outra vez. Ela me olha com o peito ofegante e os seios úmidos de suor. Eu me ajoelho diante dela. Seu cheiro invade minha mente. Me inclino para a frente para prová-la, lambendo para cima e para baixo, fazendo movimentos circulares em torno do clitóris.

Liv solta um grunhido que me faz latejar e agarra meus cabelos, com o corpo todo tenso. Deslizo as mãos sob sua bunda para puxá-la mais para perto. Ela se contorce toda na cama. Sua respiração acelera.

"Dean... eu não aguento mais... ah... ai, *nossa*."

Ela ergue os quadris e crava os dedos na minha cabeça. Os espasmos de seu corpo são tão violentos que sinto a vibração nos meus ossos. Baixo um pouco a língua e ponho a mão espalmada sobre seu quadril para acalmá-la.

Quando levanto a cabeça, Liv está olhando para mim, toda vermelha. Ela abre os braços e eu vou em sua direção. Seu corpo fica imóvel junto ao meu. Liv passa as mãos pelas minhas costas. Por um longo tempo, ficamos só deitados. Sinto seu cheiro mais um pouco, então deito de barriga para cima e olho para o teto.

À medida que o prazer se dissipa, as lembranças do dia vão voltando. Não quero isso na minha cabeça. Não quero lembrar. Não quero que nada desagradável invada nossa privacidade.

Mas preciso contar a ela sobre Maggie Hamilton. Não posso me esquecer dos segredos que quase acabaram com nossa relação. As palavras se acumulam na minha mente.

"Liv."

"Dean." Ela vira para o lado e se debruça sobre mim, colando seu corpo quente ao meu. Passa um dedo pelos meus lábios e sorri com olhos carinhosos.

As palavras entalam na minha garganta. Não consigo falar com ela me olhando assim. Exatamente como era antes de toda essa merda vir à tona.

"Eu estava pensando", ela diz, encaixando a perna entre as minhas.

"Sobre?"

"Percebeu que as coisas entre nós voltaram a ser como antes? Como no nosso primeiro Natal juntos?"

"É."

"Então também pensei no que a gente ficou fantasiando quando estava separado."

Sinto meus ombros ficarem tensos. Odeio essa frase. *Quando a gente estava separado.*

"E aí?", pergunto, tentando manter um tom de voz normal.

"Acho que a gente podia contar exatamente o tipo de fantasia que teve." Ela fica olhando para mim enquanto acaricia meu lábio.

"Hã..." Levo a mão à sua bunda e dou um apertão. "Eu fantasiei que estava comendo você."

Liv dá uma risadinha. "Bom, isso eu sei. Mas estava pensando em falar sobre as situações e tudo o mais. Por exemplo, tive uma fantasia incrível com a gente transando no mato."

"No mato?"

"É, com o sol se infiltrando por entre os galhos, você me deitando em um leito de folhas secas que..."

"Espetavam sua bunda gostosa?"

Liv dá um tapinha no meu peito. "Foi muito sexy e romântico."

"Parece bem desconfortável."

"Então você não quer ouvir o que eu estava gemendo e sussurrando em um arroubo de paixão?"

Eu agarro sua nuca e a puxo para perto para um beijo. "Por que eu ia querer ouvir *o que* você gemeu e sussurrou se posso simplesmente *fazer* você gemer e sussurrar de novo?"

Ela solta uma risadinha grave e áspera que faz meu sangue acelerar. Em seguida afasta os lábios dos meus e chega mais perto, esfregando os seios em mim.

"Porque ia ser gostoso, né?", ela diz. "Diferente."

Não sei por que a gente precisaria de alguma coisa diferente, mas ela me olha com tamanha expectativa que a última coisa que eu ia querer seria decepcioná-la. E, se isso significa que posso me concentrar em Liv sem nada mais para atrapalhar, então claro que topo.

"Certo. Pode me contar suas fantasias."

Ela revira os olhos. "Não *agora*. Era uma coisa tipo para as próximas semanas."

"Tudo bem." Ainda estou meio confuso.

"E você precisa fazer a mesma coisa. É tipo uma troca de fantasias."

"Hã... e é você que determina as regras?"

Liv sorri. "Só tem uma regra."

"E qual é?"

"Nós dois saímos ganhando."

3

OLIVIA

15 DE JANEIRO

"Alerta de professor gostosão."

Desvio os olhos de mais um boleto de cobrança. Allie Lyons, minha amiga e proprietária da livraria Happy Booker, está olhando pela vitrine com um par de binóculos que veio em um kit de explorador para crianças.

"Rápido!" Ela pendura os binóculos no pescoço e corre para o balcão, ajeitando os cachos ruivos. "Como é que eu estou?"

"Seu nariz está meio oleoso." Pego a bolsa dela embaixo do balcão e lhe entrego.

Ela pega o estojo de maquiagem, passa um pouco de pó no nariz e retoca o batom. Em seguida inclina o rosto arredondado para mim em busca de aprovação. "E agora?"

"Perfeito."

O sino sobre a porta toca, e vemos Dean entrar na loja. Está mais lindo do que nunca, apesar dos cabelos castanhos agitados pelo vento e do rosto vermelho de frio. Sob o casaco aberto, usa uma camisa de flanela azul e um jeans bem justo nas pernas compridas. Apesar de passar a maior parte do tempo na sala de aula ou atrás de uma mesa, seus ombros e seu peito — seu corpo todo, aliás — são firmes e musculosos, porque ele também pratica esportes.

"Oi, Dean", Allie diz, ofegante.

"Oi, Allie. "Como aquele seu namorado anda tratando você?"

Allie sorri, e o rosto dela fica um pouco vermelho. "Muito bem, obrigada."

"Ótimo." Dean dá um puxão de leve no meu rabo de cavalo. "E como aquele seu marido anda tratando você?"

Olho para Dean, sentindo meu coração disparar ao notar a potente combinação de afeto e excitação em seu rosto. "Ele até que se vira bem."

"Melhor começar a se esforçar mais, né?"

"Não faria mal."

"Minha nossa, vocês dois. Vão procurar um quarto." Allie se abana com uma revista enquanto revira os olhos.

Dean e eu trocamos um sorriso. Ele levanta a manga e olha o relógio.

"Você sai às quatro?", Dean pergunta.

"Pode ir mais cedo se quiser, Liv." Allie lança um olhar para a loja e solta um suspiro. "Duvido que chegue um monte de gente aqui na próxima meia hora querendo pôr em dia as leituras de Ano-Novo."

A Happy Booker teve um ano difícil: aumento no preço do aluguel, clientes que gostam mais de olhar do que de comprar, um estoque cada vez menor — o que deixou várias prateleiras vazias. Todos os esforços de Allie para elevar os números de vendas — festas infantis, clubes do livro, palestras educacionais, lanches grátis — não impediram que os negócios fossem ladeira abaixo.

"Ei, uma nova biografia do Darwin." Dean pega o livro de capa dura da prateleira e me entrega. "E um livro sobre mistérios cósmicos. E, hã, um guia para jardinagem hidropônica. Estava pensando nisso outro dia."

Ele me entrega mais alguns livros. Allie balança negativamente a cabeça, com os olhos brilhando de divertimento por trás dos óculos de armação roxa.

"Você conversou com o Brent sobre abrir um café na livraria?", pergunto enquanto Dean vai dar uma olhada na seção de história.

"Sai caro demais", explica Allie. "E eu jamais conseguiria mais um empréstimo. Mal consigo pagar o que já fiz. Brent ainda está pagando o crédito estudantil, e não quero pedir ajuda pro meu pai de novo."

"Que tal abrir a loja para outros eventos, como oficinas?"

"Seria ótimo, mas não sei se ajudaria a aumentar o faturamento." Ela organiza algumas revistas e solta um suspiro de desânimo. "E as festas infantis não deram nada certo."

Dou mais uma olhada na loja. Dean circula por entre as prateleiras.

"E se eu pedir um empréstimo no meu nome?", pergunto a Allie. "Como se fosse sua sócia?"

Assim que essas palavras saem da minha boca, meu coração dispara. Eu nunca tinha pensado em ser sócia de um negócio antes.

Ela pisca algumas vezes, confusa. "Você quer investir na livraria?"

"Posso tentar. Se você quiser."

"Está brincando? Eu ia adorar ter você como sócia." A empolgação em seus olhos esfria um pouco. "Mas não quero que se sinta obrigada a fazer isso, ou que se endivide só para salvar minha pele."

"Se eu for sócia da loja, não vai ser um favor."

"Mas aí você assumiria uma parte da dívida também, o que não é justo. Não posso deixar você investir em um negócio que está falindo. *Você* não pode querer isso. É arriscado demais."

"Prefiro fazer isso a ver você pedir falência." Levanto a mão para impedir que ela volte a protestar. "Sinceramente, Allie, não entendo muito de negócios. Não sei nem o que preciso fazer para conseguir um empréstimo. Mas pelo menos me deixa pensar a respeito. Eu gostaria muito de ajudar de alguma forma."

Ela fica hesitante. "Certo, mas promete que não vai fazer nada sem conversar comigo primeiro."

"Prometido."

"Tem um livro novo sobre o cerco de Leningrado também." Dean se aproxima e põe mais três livros no balcão.

Enquanto fecho o pedido dele, percebo que posso pedir a Dean que invista na livraria de Allie. Ele faria isso sem pensar duas vezes. Mas, mesmo assim, eu tinha dito "E se eu pedir um empréstimo no meu nome?", e não "E se eu e Dean pedirmos um empréstimo no nosso nome?".

Passo o cartão de crédito dele na máquina e ponho os livros em uma sacola. "Tem certeza de que não quer que eu fique até a hora de fechar?"

"Não, Brent chega daqui a pouco." Ela faz um sinal para a porta. "Aproveitem a tarde. E obrigada!"

Pego meu casaco na sala dos fundos e o visto antes de sair com Dean para uma tarde fria de céu aberto. Nossa respiração se transforma em vapor assim que sai da boca.

"Aonde a gente vai?", pergunto ao entrar no carro.

"Você vai ver."

Ele passa pela universidade, mas então desvia para um dos bairros residenciais de casas novas e caras, com vista para o lago e as montanhas.

Quando estaciona diante de uma construção em estilo colonial que parece saída das páginas de uma revista de decoração, fico até sem fôlego. Tem uma placa de vende-se no gramado da frente.

"Dean..."

"Ainda não fiz uma proposta", ele avisa. "Mas seria uma ótima escolha."

"Eu não..."

Ele sai e vai até uma mulher de cabelo curto e terninho que está descendo de um carro parado do outro lado da rua. Eles trocam um aperto de mãos como se já tivessem se encontrado antes.

"Liv, essa é Nancy Walker, da Regent Properties", Dean apresenta. "Marquei uma visita com ela."

"Tenho certeza de que vai adorar", Nancy fala enquanto caminhamos até a varanda. "Como falei para seu marido, esta casa é perfeita para uma nova família."

O lugar é maravilhoso, com superfícies tão lisas e impecáveis que parece que estou em um museu. Tiramos as galochas na entrada para não sujar o chão. Nancy fala sobre a área construída ("mais de quatrocentos metros quadrados!"), o tamanho dos quartos ("perfeitos para filhos de todas as idades, de bebês até adolescentes!"), as bancadas de quartzo ("não dão trabalho para limpar!") e o piso de madeira nobre ("recém-reformado!").

Em seguida ela e Dean começam a conversar sobre o telhado, o sistema de aquecimento, a garantia dos equipamentos de cozinha e da lavanderia, o imposto predial, o tamanho do terreno. As vozes dos dois quase ecoam pela amplidão dos múltiplos cômodos. Só a cozinha é quase do tamanho do nosso apartamento atual.

"O que achou?", Nancy me pergunta.

Ela e Dean me olham cheios de expectativa.

"É linda", respondo, com sinceridade.

"Vou deixar vocês dois conversarem um pouquinho." Nancy pega o celular na bolsa e vai até o hall.

"Gostou?", Dean me pergunta. "Se tiver gostado, eu compro."

"Dean, amor da minha vida, você não precisa comprar uma casa só porque eu gostei."

"Não preciso mesmo. Mas quero."

"*Você* gostou?"

"Como não gostaria? Não podemos continuar morando naquele apartamento para sempre. Com o bebê chegando, vamos precisar de mais espaço, de um quintal, de um quarto extra. A escola do bairro é ótima. A gente não ia precisar pensar em mudar de novo tão cedo. É perto da universidade e do centro. Isso sem falar da vista para o lago."

Sinto um aperto no estômago. "É... Mas deve custar muito caro."

"A gente pode pagar. A herança que meu avô me deixou está investida há anos. Não seria preciso nem fazer um financiamento, a não ser que as condições fossem muito vantajosas."

Ele olha para o quintal e para a cozinha espaçosa. "Gostei da rua tranquila. Os imóveis daqui continuam valorizando, então a gente não perde nada se precisar vender. É um bom investimento, além de uma necessidade."

Passo a mão por uma bancada reluzente de quartzo. Nunca pensei em uma casa como uma necessidade. Imóveis geram dívidas e inúmeras dores de cabeça. É difícil transformar um lugar novo em um lar. E, se por uma razão ou outra a pessoa perder a casa, pode acabar sem ter para onde ir. Quando morava com minha tia Stella, morria de medo de ser expulsa de lá. Como aconteceu com minha mãe quando engravidou de mim.

"É melhor comprar agora, enquanto temos tempo para organizar tudo", Dean continua, virando para mim. "Nosso contrato de aluguel só termina em julho, então podemos passar os próximos meses escolhendo as coisas. Podemos ficar no apartamento até que a casa esteja mobiliada e pronta para morar. Tem uma loja de móveis em Rainwood. Deve ter tudo lá, inclusive o berço. Temos tempo de sobra para fazer qualquer reparo que for preciso, contratar um serviço de limpeza profissional, comprar ferramentas e um cortador de grama, mudar o endereço em todos os cadastros."

"Não precisamos fazer isso agora."

"Não vamos esperar até você estar com sete ou oito meses para comprar uma casa", ele argumenta. "Melhor evitar o estresse."

"Mas... a gente não precisa comprar uma casa. Bebês são pequenos. O apartamento está ótimo por enquanto."

"Liv, vai ser muito mais difícil fazer isso quando a gente tiver um filho." Ele olha bem para mim. "Não quer morar nesta casa?"

Apesar de Dean ter perguntado em tom de curiosidade, e não de reprovação, eu me sinto pequena e terrivelmente ingrata. Que tipo de pessoa recusa uma oferta dessas?

Solto os dedos da beirada do balcão. "Só não sei por que você acha que precisa ser uma casa tão cara."

"É por necessidade, não por extravagância. Poderíamos comprar um lugar menor, mas a gente não ia precisar se preocupar com a falta de espaço no futuro nem teria de mudar para um bairro com escolas melhores. É uma região ótima, segura."

"E o trabalho?"

"O que tem o trabalho?"

"E se você receber uma oferta de emprego melhor em outro lugar?"

"Aí a gente pensa a respeito. Mas duvido que arrume alguma coisa melhor do que a King's. O congresso está vindo aí, tenho aulas para dar, artigos para escrever, alunos para orientar, posso virar professor titular e ter estabilidade no emprego, estou ganhando bem. Não tenho por que querer outro emprego. E agora que você está grávida... o que pode ser melhor do que ficar em Mirror Lake?"

Ele pensou em tudo. Fico sem argumentos, e não quero nem pensar no motivo que me faz procurar um.

"A casa é linda", repito.

Dean abre um sorriso que enruga o canto de seus olhos.

"E então? O que decidiram?", Nancy pergunta ao voltar à cozinha.

Dean vira para ela e começa a falar sobre uma possível proposta, a margem de negociação, descontos se houver necessidade de reparos, condições de financiamento e taxas de juros do mercado atual.

Fico observando enquanto ele conversa. Está de braços cruzados e com as costas bem eretas, os pés ligeiramente afastados e uma postura firme que parece capaz de manter o mundo inteiro equilibrado. Usa termos como "patrimônio", "amortização" e "depreciação" com a mesma facilidade com que discorre sobre arquitetura medieval.

Ele não está inseguro.

Não só isso: parece *destemido*. Eu estou grávida e ele vai ser pai, mas, em vez de se atolar em uma montanha de preocupações possíveis, o professor Dean West elaborou um plano. Agora vai colocá-lo em prática e garantir que tudo saia conforme sua vontade.

Eu deveria considerar isso tranquilizador. Mas a confiança dele só alimenta minhas incertezas.

“Dean, a gente marcou de encontrar Kelsey em dez minutos”, eu o lembro.

Pegamos os casacos e saímos da casa. Dean e Nancy continuam a falar sobre a proposta, e ela fica de entrar em contato para discutir os detalhes.

“Tenho uma reunião com o advogado na semana que vem”, Dean me diz quando entramos no carro e tomamos o rumo do centro. “Preciso acertar meu testamento e o espólio para a chegada do bebê. Se acontecer alguma coisa comigo, você fica com tudo, mas o bebê precisa ser acrescentado como beneficiário. E preciso aumentar o prêmio do meu seguro de vida também.”

“Hoje conversei com a Allie sobre um empréstimo para ajudar a loja.” As palavras jorram da minha boca. Nem tinha me dado conta do quanto preciso do apoio dele.

“De quanto ela precisa?”

“Ainda não sei. Mas não seria do seu bolso. Estou pensando em pedir um empréstimo no banco e... hã, de repente virar sócia da livraria.”

“Ah.”

“‘Ah, que bom’? Ou ‘ah, que péssimo’?”

“Ah, que bom, mas investir em um negócio que está mal das pernas dá trabalho.”

“Eu sei.” Na verdade, não sei, mas quero descobrir.

“Você não pode exagerar na dose.”

“Não vou.” Começo a ficar irritada. “Não vou me prejudicar nem colocar a gravidez em risco.”

“Posso dar o...”

“Dean, se eu quisesse um empréstimo seu, já teria pedido. Mas prefiro fazer isso sozinha.”

“Para conseguir um empréstimo no banco, você precisa de uma garantia e de um...”

“Dean, por favor.” Sinto meu estômago embrulhar outra vez, como quando tinha acabado de conhecê-lo e ficava remoendo as diferenças entre nós. “Não estou falando que quero correr uma maratona. Só estou tentando ajudar uma amiga. Queria muito fazer isso.”

Ele entra na Ruby Street. "Tudo bem, mas, se quiser usar nosso dinheiro, não precisa nem perguntar."

"Eu sei." E sei mesmo.

Ele estaciona e me dá a mão enquanto andamos pela calçada quase coberta de gelo. Consigo sentir seu calor através do casaco — uma sensação de segurança que sempre adorei.

"Vocês estão atrasados." Kelsey March olha feio para nós da entrada da Matilda's Teapot, toda encolhida dentro do casaco. Seus cabelos loiros com mechas azuis brilham sob o sol, e seu rosto — sem nenhuma maquiagem além de um batom vermelho bem forte — está corado de frio.

"Por que não esperou lá dentro, então?", pergunta Dean.

Ela fecha ainda mais a cara, e eu a abraço com força. "Você está linda. Como foram as coisas com sua mãe?"

"Tudo bem. Ela mandou *blinchiki* para você." Kelsey me empurra um pote e aponta com a cabeça para a porta. "Estou morrendo de fome. Dean, hoje você paga."

"Você é quem manda." Ele abre um de seus sorrisos característicos, capazes de derreter qualquer mulher.

Em Kelsey, porém, tem o mesmo impacto de uma pena caindo sobre a superfície de uma rocha. Ela revira os olhos para mim e entra na casa de chá, que é uma construção vitoriana antiga restaurada. Toalhas de mesa e cortinas floridas dominam o ambiente, e a clientela é composta em sua maior parte de senhoras de idade. O chá e os sanduíches são servidos em jogos de porcelana.

"Então, e vocês dois?" Kelsey abre o cardápio com capa de couro e fica olhando para mim e para Dean através dos óculos de aros finos. "Está tudo bem?"

Kelsey sabe de muita coisa que aconteceu entre mim e Dean, e foi com ela que fiquei enquanto estávamos separados. Mas não sabe de tudo.

"Estamos bem", Dean responde.

Ela me lança um olhar. "Liv?"

"Estamos bem", confirmo.

É cedo demais para contar sobre a gravidez, até mesmo para Kelsey. Dean e eu conversamos a respeito e estamos tomando as providências necessárias. Ele prepara para mim uma xícara de um café descafeinado horroroso todas as manhãs e não me deixa esquecer dos suplementos vitamínicos do pré-natal. Caminho na esteira e já marquei minhas duas próximas consultas. Quando não estou enjoada, como um monte de frutas, legumes e grãos integrais.

Tento não alimentar o medo de que não sei ser mãe. Durante a maior parte da vida, nunca nem *quis* ser mãe.

"Ela fez um bolo gelado imenso chamado *krendel*, que sabe que eu adoro, então me mandou levar para os vizinhos, mas só porque o filho deles está solteiro de novo depois de..."

Adoro a mãe de Kelsey. É uma mulher gorducha e animada, a imagem perfeita de uma das mães dos meus sonhos.

Tenho muitas mães dos sonhos. A feminista de língua afiada, a dona de casa feliz, a profissional bem-sucedida, a mulher maternal e carinhosa. Elas habitam minha mente desde a infância. Agora que engravidei, sua presença está mais forte do que nunca enquanto tento imaginar que tipo de mãe vou ser.

Bom, pelo menos uma coisa sobre a maternidade eu sei: não quero *de jeito nenhum* ser como minha mãe.

Kelsey continua a falar sobre o Natal enquanto comemos. Bom, enquanto Kelsey e Dean comem. Estou meio enjoada, então peço só uma fatia de quiche.

"Não está com fome?" Kelsey olha para meu prato.

"Não... Ei, Dean contou sobre a bolsa do IPH?"

"Quê?" Kelsey fica perplexa com a notícia, e lança sobre ele uma enxurrada de perguntas e cumprimentos.

"Você vai estar no campus amanhã?", ela pergunta para Dean perto da hora de ir embora. "Está a fim de uma partida de squash?"

"Amanhã não." Dean pega a carteira. "Preciso me preparar para um seminário."

"Contei que meu departamento marcou *três* seminários para mim?" Kelsey bebe o último gole de chá. "E tenho um orientando novo este semestre. Você sabe o que isso significa."

Dean se afasta da mesa de forma tão abrupta que as pernas da cadeira se arrastam ruidosamente sobre o piso de madeira. Ele pega meu casaco e me entrega. "Está pronta para ir?"

"Claro." Lanço um olhar para ele enquanto visto o casaco. "Não esquece o cupom de desconto. Está com pressa?"

"Não." Dean vai pagar a conta enquanto Kelsey e eu pegamos nossas bolsas.

"Ei, sério mesmo." Kelsey de repente fica séria e segura meu braço. "Vocês estão bem?"

Olho para meu marido, que se dirige para o balcão, com o casaco preto em um contraste agudo com a decoração florida e amarela.

"Sim", digo a Kelsey. "Vamos ficar."

O céu se fecha, deixando o fim de tarde mais escuro que o normal, e Dean espera até que Kelsey entre em segurança em seu carro antes de ir para casa. Quando chegamos, ele se acomoda no sofá e assiste ao noticiário. Eu me ocupo regando as plantas e arrumando a sala.

Empilho as revistas esportivas de Dean na mesa de centro e pego o jornal de hoje de manhã, que não li. Passo os olhos em algumas matérias e abro o caderno de empregos.

Folheio os anúncios. *Consultor financeiro. Administrador de sistemas. Professor de jardim de infância.*

Não é nada que eu tenha qualificação ou experiência para fazer, e isso não deveria fazer nem diferença, porque em breve vou ter um bebê.

Eu me sento diante da minha escrivaninha e pego um caderno e uma caneta na gaveta. Fico olhando pela janela por alguns minutos, vendo as nuvens avermelhadas passarem por cima das montanhas cobertas de neve. Então escrevo:

Vou descobrir em que sou boa.
Vou ter sempre em mente como as coisas eram quando nos conhecemos.
Vou fazer o que puder para ajudar Allie.
Vou confiar nos meus instintos.
Vou confiar em mim mesma.

Fico olhando para a lista por um instante, então acrescento:

Vou comprar um gorro de bebê naquela loja bonitinha.

Releio a lista, fecho o caderno e escrevo na capa:

MANIFESTO DA LIV

Guardo o caderno na gaveta, ligo o laptop e digito "empréstimo para pequenas empresas" no mecanismo de busca.

Leio diversos sites sobre programas de financiamento e tipos de empréstimos. Anoto os contatos do departamento de empréstimos do banco local e começo a preencher um formulário. Com menos de um quarto das informações inseridas, começam a aparecer questões sobre referências de crédito, impostos, garantias, contas bancárias e planos de negócios. Cogito pedir ajuda para Dean, mas mudo de ideia.

Não tem nenhuma informação ali que eu não possa conseguir sozinha ou com Allie — só preciso pesquisar. Mando um e-mail para ela pedindo o plano de negócios e salvo o formulário para terminar de preencher mais tarde. Apesar de ainda ter muito trabalho pela frente, fico com a sensação de que foi um bom começo.

Quando vou para a cama, Dean está trabalhando no escritório. Durmo rápido, sabendo que em pouco tempo ele vai estar debaixo das cobertas comigo.

O sol já está de pé quando acordo na manhã seguinte. Estou aninhada ao corpo quente de Dean, com a perna apoiada sobre ele. A cama é king-size, então em geral dormimos cada um em um canto do colchão, mas em algum momento durante a noite grudei nele.

Isso vem acontecendo com frequência desde a reconciliação. Não é preciso ser nenhum gênio para explicar o motivo da tendência a me agarrar ao meu marido durante a noite.

Afasto os cabelos do rosto e olho para ele. Dean está acordado, com um braço preso sob meu ombro e o outro sobre a barriga.

"Bom dia", ele diz.

"Oi." Eu me remexo na cama. "Desculpa."

"Não precisa se desculpar... saco." Ele faz uma careta e tira o braço que estava embaixo de mim.

"Está formigando?" Faço uma massagem rápida nele. "Parece que é a única parte do seu corpo que está dormindo."

Lanço um olhar para sua ereção impressionante sob o lençol.

"Considerando a maneira como você estava se esfregando em mim, não deveria ser surpresa", ele diz.

"Eu estava dormindo. Como poderia estar me esfregando em você?"

"E de um jeito bem sedutor. Achei que estivesse tendo um sonho erótico."

Sinto meu rosto ficar vermelho. Não é preciso nem dizer para ele que meus sonhos estão *mesmo* mais picantes ultimamente.

Como sei que Dean vai reparar que estou vermelha, eu o empurro e desço pelo outro lado da cama. Quando vou para o banheiro, ele ainda está de olho em mim. Olho feio de volta.

"Para com isso", digo.

"Se você estiver com tesão ainda, posso dar uma ajudinha."

"Não estou com tesão *ainda.*" Estou começando a ficar, mas não vejo necessidade de dizer isso. Não com essa expressão tão pretensiosa em seu rosto.

Ele leva a mão ao pau e começa a se masturbar — uma visão que sabe muito bem que me deixa excitada em dois segundos. Mesmo assim consigo resistir, só por pirraça, e vou para o banheiro.

No chuveiro, sou obrigada a me conceder um orgasmo rápido e potente para quebrar a tensão, porque, sim, tive um sonho bem sexy, só não consigo me lembrar dos detalhes. Depois que os tremores passam, me sinto meio boba por ter me masturbado tendo Dean prontinho e a postos do outro lado da porta.

Os hormônios da gravidez devem estar me deixando irracional, caso contrário eu não estaria me sentindo arremessada de um lado para o outro como se estivesse em uma atração de parque de diversões.

Quando saio do chuveiro, fico nua na frente do espelho, viro de lado e me pergunto se minha barriga está mais redonda e meus seios estão maiores ou se é só impressão minha.

Faço um cálculo mental rápido. Quase nove semanas. Em mais três, vou entrar no segundo trimestre.

Não consigo me acostumar com a ideia.

Visto o roupão e abro a porta. Dean já terminou, e está deitado com os olhos fechados, relaxado e sonolento.

"Já acabou?" Eu me encosto no batente da porta.

"Posso estar à disposição de novo daqui a pouco, se estiver interessada."

"Talvez mais tarde."

Ele abre os olhos para me encarar. "Está dando uma de difícil, hein?"

"Você pareceu se virar bem sem mim."

"Não fiquei nada bem sem você."

Sinto um aperto no coração. Eu me afasto da porta e vou fazer um cafuné em seus cabelos bagunçados.

"Você não vai ficar sem mim de novo", prometo.

Dean segura meu pulso e dá um beijo na minha mão antes de se levantar. Depois que Dean vai para o banheiro, eu me esparramo no lado dele da cama. Os lençóis ainda estão quentes por causa do calor do seu corpo. Ponho a mão na barriga e tento imaginar como vai ser quando o bebê começar a mexer.

Dean sai do banheiro e se acomoda ao meu lado na cama, baixando a cabeça para um beijo delicioso com sabor de menta antes de deitar de barriga para cima. Eu me apoio no cotovelo e passo a mão em seu peito.

"Eu estava pensando...", começo.

"Ih", ele murmura.

Belisco seu braço. "Estava pensando em nós. Precisamos fazer alguma coisa bem romântica para reafirmar nosso compromisso. Um passeio de balão ou um curso de dança de salão."

"Que tal alugar um chalé em um fim de semana e transar sem parar?"

Reviro os olhos, apesar de ser uma ideia atrativa. "Quis dizer alguma coisa diferente."

"Ah."

"A gente podia renovar os votos, mas acho isso meio clichê."

"Hum."

"De repente tatuagens combinando", sugiro.

"Do quê? Uma bola de ferro com corrente?"

"Dean!" Bato nele com um travesseiro.

Dean dá risada, então me segura pela bunda e me coloca sobre ele. "Me dá um beijo, bela."

"Sem chance", resmungo, ainda que a sensação de seu corpo esguio e musculoso sob o meu me faça ficar toda assanhada de novo. "Você está zombando de uma declaração sincera de amor. Por que mereceria um beijo?"

"Porque é louca por mim."

Droga. Ele enfia a mão no meu roupão e segura a minha bunda. O calor dele me acende por baixo da calcinha. Preciso de um esforço sobre-humano para dar apenas um selinho em sua boca e descer da cama.

"Ei." Ele franze a testa para mim.

"Tenta se esforçar um pouco mais da próxima vez, professor." Vou até o closet. "Além disso, está quase na hora de ir pro trabalho. Preciso me trocar."

"Você não precisa se trocar. Está muito bem assim."

Abro um sorriso por cima do ombro, e sem nenhuma surpresa percebo que está todo satisfeito com o próprio comentário. Contentíssima por dentro, visto uma calça e uma camisa. Enquanto escolho um par de sapatos, o celular de Dean começa a tocar. Ele solta um grunhido antes de atender.

"Dean West." Depois de uma pausa, ele se apoia sobre o cotovelo. "Paige?"

Noto a tensão repentina. A única Paige que conheço é a irmã mais nova dele, que mora na Califórnia. Os dois quase nunca se falam.

"Sei... o quê?" Dean leva as pernas ao chão e se senta na beirada da cama. "Quando?"

Vou correndo me sentar ao seu lado, preocupada. Coloco a mão em suas costas.

"Certo... força aí." Ele pega uma caneta no criado-mudo e anota alguma coisa em um papel. "Obrigado por avisar. Chego o quanto antes."

Ele desliga o telefone e solta um palavrão, com os ombros tensos.

"Dean."

"Merda, Liv." Ele esfrega o rosto. "Preciso ir à Califórnia. Meu pai teve um infarto."

"Você vai ficar aqui", Dean afirma.

Ele passou a última hora entre telefonemas para a irmã e a mãe e tentativas de conseguir um voo para a Califórnia. Está andando de um lado para o outro pelo quarto, como um tigre enjaulado.

"Pelo amor de Deus, você está grávida", insiste.

"Eu sei." Dobro uma saia azul e guardo na mala. "Mas a dra. Nolan falou que não tem perigo nenhum viajar. E, se acha que vou deixar você ir sozinho à Califórnia, está muito enganado."

"Vou precisar ficar na casa dos meus pais, e você sabe que..."

"Dean, eu aguento o tranco."

"Mas não quero que você aguente nada!" Ele para no meio do quarto para me encarar, com os punhos cerrados junto ao corpo. "Por que acha que só visito minha família sozinho desde que casamos? Para você não ser obrigada a lidar com aqueles doidos."

Sinto um aperto no peito. É verdade que nunca fiz questão de ir. Por um bom tempo, foi bom deixar que Dean me protegesse quando fosse possível e me consolasse quando não fosse.

Mas agora nossa vida mudou. Eu mudei. Ele também, apesar de ainda não saber. Temos um longo caminho pela frente, e preciso começar essa nova fase encarando a realidade.

"Dean, precisamos lidar com as coisas juntos."

"Com as coisas que acontecem entre *a gente* pode ser." Ele fecha a cara. "Não com minha família."

"Sua família é parte de você." Guardo uma calça jeans na mala. "Está na hora de aceitar isso."

"Lembra o que aconteceu da última vez que se viram?"

Ah, e como...

Lanço para ele um olhar bem sério. "Você não pode me proteger de tudo. Muito menos do nosso casamento."

Tenho que me segurar para não dizer que foi essa vontade de me proteger que o fez mentir sobre seu primeiro casamento. E que esse foi um dos motivos pelos quais quase terminamos.

O telefone toca. Dean solta um palavrão e atende. "Oi, Paige."

Ele sai pisando duro do quarto, com a voz tensa e baixa. Eu me apresso para terminar de arrumar a mala, depois pego algumas camisas de Dean no armário e começo a dobrar.

"Todos os voos estavam lotados, então vou ter que ficar na lista de desistências", ele diz ao telefone quando volta para o quarto. "Se não der certo, vou amanhã de manhã. Eu te aviso. Me liga se tiver novidades."

Ele joga o telefone na cama, com os dentes cerrados.

Interrompo o movimento de guardar a calça jeans na mala. "Que foi?"

"Paige disse que Archer vai para lá também."

Meu estômago se revira com a menção ao nome de seu irmão mais novo. "Quando?"

"Não sei." A amargura em seu tom de voz é perceptível. "Vai de carro de Los Angeles."

"Alguma notícia sobre seu pai?"

"Está na mesma. Estável, mas em condição crítica. Deve precisar de cirurgia."

Ele esfrega o rosto. Sinais de estresse já aparecem em torno de sua boca e seus olhos, e ainda nem conseguimos marcar um voo.

Vou até ele e ponho a mão em seu peito. Seu coração está disparado. Dá para sentir as emoções fervilhando dentro dele — o medo de fracasso, a culpa por passar a vida inteira em uma espécie de batalha.

"Dean, por favor não insista." Depois de tudo por que passamos nos últimos meses, tenho muita coisa a provar, tanto para ele como para mim. "Se a situação fosse inversa, ia me deixar ir sozinha?"

Ele não responde, só franze os lábios. Passo a mão em sua barriga lisa.

"Você precisa de mim", continuo. "Me deixa ficar do seu lado."

"Não quero você lá!" Ele vai para o outro lado do quarto.

"Eles não podem fazer nada contra a gente, Dean."

"Não, mas ainda podem magoar *você*."

"Não se eu não permitir."

"Você sabe que não é bem assim, Liv", ele esbraveja. "Você está grávida por minha culpa e..."

"Sua culpa?" Fico chocada. "Estou grávida por sua *culpa*?"

Dean vira para mim com uma expressão de arrependimento no rosto. "Não foi o que eu quis dizer..."

Estendo as mãos para interromper a negativa. É tarde demais.

É a confirmação de um medo terrível que eu nunca quis encarar.

"Você acha que foi um erro." Mal consigo pronunciar aquelas palavras. "E está pondo a culpa em si mesmo."

"Não foi nada planejado, Liv!" Dean caminha até o closet e de volta para mim. "Não usei camisinha, então, sim, foi culpa minha. Nunca me esqueço de pôr."

Eu me sento na beirada da cama. Uma lembrança me vem à mente. "Claro que esquece. Esqueceu da última vez na casa dos seus pais."

Ele detém o passo, abalado pela recordação, e solta um palavrão. "A gente deu sorte daquela vez."

"Mas desta vez não?"

"Liv, não foi isso que eu quis dizer! Na noite em que você engravidou... eu não estava com a cabeça no lugar e esqueci de pôr a droga da camisinha. Foi um acidente, não um erro."

Erro. Erro.

A palavra ricocheteia dentro da minha cabeça. Ouço a voz da minha mãe, impessoal, de alguém que já desistiu da vida. *Você foi um erro, Liv. Eu jamais deveria ter tido você.*

Antigos sentimentos borbulham dentro de mim, confusos e descontrolados. Olho para minhas mãos. Dá para ouvir a respiração de Dean do outro lado do quarto. A frustração dele paira no ar como uma nuvem negra.

"Eu... Não deveria existir nenhum culpado." Tenho que me esforçar para pôr os pensamentos em ordem. "Uma gravidez... Quer dizer, se a gente tiver essa criança e você... se continuar pensando que não deveria ter acontecido..."

"Liv, estou tentando comprar uma casa porque vamos ter um bebê. Estou pensando na nossa situação financeira, nos nossos investimentos, na questão jurídica. Já me informei até sobre poupança para a faculdade. Só estou pensando em nossos planos para o futuro."

"Mas como você se sente a respeito de tudo isso, Dean? Se acha que cometeu um erro..."

"Liv." Dean atravessa o quarto e se ajoelha na minha frente, colocando as mãos sobre as minhas. "Liv, olha para mim."

Olho para ele através do véu de cabelos que caiu sobre meu rosto. Os olhos de Dean brilham, e sua expressão é determinada. Ele me segura pelos ombros.

"Eu nunca..." A voz dele falha. "Nunca considerei um erro alguma coisa que envolva você. Pode acreditar em mim."

A reação mais normal seria eu me jogar em seus braços e me sentir segura. A reação mais normal seria eu pressionar a testa contra seu peito e escutar sua voz grave me consolando, me oferecendo conforto para as dúvidas que infernizam minha cabeça. A reação mais normal seria eu dizer *sim, sim, claro que acredito...*

Sinto uma dor no coração. Dean vai me reconfortar, vou me sentir melhor, então ele vai para a Califórnia sozinho e eu vou ficar em nosso apartamento aconchegante, protegida da hostilidade fria e da raiva reprimida da família West.

É assim que funciona a dinâmica do homem forte e protetor e da boa moça que não quer causar problemas a ninguém.

Olho bem nos olhos do meu marido. São de um castanho muito lindo. Da cor do chocolate, do mogno, da canela. Dá para ver que ele está à espera da minha rendição.

"Não consigo acreditar em você", murmuro.

"Quê?" A expressão dele se contorce. Dean me solta.

"Passamos os últimos quatro meses fracassando." Preciso fazer força para dizer essas palavras, que saem embargadas, mas claras. "Decepcionamos um ao outro. Cometemos erros. Nos magoamos."

Ele fica de pé e se afasta. "Já passou. Superamos isso."

"Ah, já? Então você precisa parar de pensar nisso toda vez que as coisas não saem de acordo com os planos. Precisa parar de pensar que errou comigo."

"Você me disse anos atrás que não queria filhos, caralho!", Dean retruca. "Evitar a gravidez era responsabilidade minha. Eu era o encarregado das camisinhas."

"Dean, pelo amor de Deus, era uma responsabilidade nossa. E fui *eu* quem quis pelo menos falar sobre ter filhos. Talvez repensar as coisas. Só porque não chegamos a um acordo não significa que tenha dado tudo errado. Uma gravidez não planejada não é um erro."

Ou é?

Balanço a cabeça para afastar o pensamento e me levanto. *Vou confiar nos meus instintos. Vou confiar em mim mesma.* Uma determinação renovada toma conta de mim.

"Estamos nessa juntos, Dean. *Juntos.* Não é culpa de ninguém. Não precisamos apontar falhas." Respiro fundo, sabendo que ele precisa ouvir a verdade nua e crua. "Você não tem como me proteger desta vez."

Dean recua, como se minhas palavras o tivessem atingido fisicamente.

"Preciso estar ao seu lado o tempo todo", insisto. "Preciso. Quero ajudar sua família, se puder. Quero que seus pais aceitem que sou sua esposa. Quero que todos entendam que estamos juntos."

Nós mesmos precisamos entender isso, essa nova definição de *juntos.*

Dean passa a mão pelos cabelos, com o corpo inteiro tenso. "Não quero que você vá."

"Não quero ficar aqui." Abro os braços. O tempo está passando. Precisamos ir para o aeroporto. Ele precisa chegar à Califórnia. Meu coração dispara.

"Se você for sem mim, Dean, pego outro voo amanhã." Fecho minha mala com um estalo. "De uma forma ou de outra, eu vou."

Ele solta um palavrão e vai para a sala. Segundos depois, está ao telefone.

Ligo o laptop e mando e-mails para Ally, para Samantha, que é minha supervisora no Museu Histórico de Mirror Lake, e para a chefe de equipe da biblioteca em que sou voluntária. Digo a todas que tenho uma emergência familiar e que aviso o quanto antes quando vou poder voltar.

Ligo para Kelsey e deixo uma mensagem pedindo que pegue a correspondência e regue as plantas. Pego o caderno com o manifesto na escrivaninha, guardo na bolsa e vou atrás do meu casaco.

Dean está tenso e irritado, por isso não fala comigo no caminho do aeroporto. Faz alguns dias que não neva, e as estradas estão limpas. Apesar de não ter muito trânsito, demoramos quase uma hora e meia para chegar. O movimento do carro faz meu estômago se embrulhar. Respiro fundo algumas vezes e tento ignorar a sensação desagradável.

No aeroporto, Dean gasta um dinheirão para comprar as duas passagens de primeira classe disponíveis, então passamos pelo procedimento de embarque. Antes que o avião vá para a pista de decolagem, pego meu caderno para fazer um acréscimo ao manifesto.

~~Não vou ter medo.~~

Mesmo com medo, não vou deixar de agir.

Apesar da decolagem tranquila, a movimentação da aeronave e a altitude fazem meu estômago embrulhar de novo. Com menos de um quarto da distância percorrida, o enjoo vem com uma força que me pega desprevenida. Passo por Dean às pressas e vou correndo para o banheiro a tempo de me debruçar sobre o vaso. Minha garganta queima. Enxáguo a boca e seco o rosto com uma toalha de papel.

"Você está bem?" Dean me olha com preocupação quando volto.

"Deve ser só o movimento do avião." Desabo na poltrona de novo e fecho os olhos. Ouço Dean conversar com a aeromoça, que me traz biscoitos e um refrigerante.

Ponho a mão no peito e respiro fundo. O ar viciado faz o enjoo piorar. O perfume floral de uma passageira invade meu nariz e não sai mais. Meu estômago dá um nó.

"Está precisando de alguma coisa?" Dean afasta os cabelos da minha testa suada.

"Não. Só deixa o saco de vômito a postos."

Passo o restante da viagem de quatro horas lutando contra o enjoo e me arrependendo de ter insistido em vir. Quando o avião começa a descer, a ânsia fica mais forte, porém a ideia de pousar é um alívio tão grande que consigo aguentar firme.

Quando descemos do avião, no aeroporto de San Jose, vou para o banheiro jogar uma água no rosto e me recompor. Depois de garantir a Dean que estou melhor agora em terra firme, pegamos nossas malas e vamos alugar um carro.

A ensolarada Califórnia me atinge como um choque depois de sair da paisagem invernal de Mirror Lake. Está frio, mas tudo aqui é verde e límpido. Uma névoa paira nos morros que cercam o Vale do Silício. O tráfego é pesado nas vias expressas de várias pistas.

A casa da família West fica no subúrbio endinheirado de Los Gatos-Saratoga. É uma residência em estilo espanhol, com palmeiras e cactos, que exala status e riqueza. O telhado baixo e vermelho contrasta com o revestimento lateral de estuque e as janelas com arcadas. Plantas ladeiam o caminho até a porta de entrada.

Dean estaciona o carro alugado ao lado de um sedã na entrada circular.

"Não sei de quem é", ele comenta.

Tento conter uma nova onda de inquietação. Espero que não seja de Archer West.

Não deve ser. Não vejo o irmão mais novo de Dean há cinco anos, mas sei que um sedã azul não faz seu estilo.

Dean abre a porta da frente e põe nossas malas no hall. Um barulho de água corrente vem da cozinha, e sigo meu marido até lá.

Ele para à porta. A tensão toma conta de seu corpo. Ponho a mão em suas costas e fico ao seu lado. Um silêncio gelado reverbera no ar. Dean se põe à minha frente para bloquear minha visão. Espio por cima de seu ombro.

Uma loira alta está de pé em frente à pia.

Meu coração vai parar na boca. Sei exatamente quem é. Ela se vira para me olhar, e eu me vejo diante da ex-mulher do meu marido.

4

OLIVIA

Quatro meses atrás, eu nem sabia da existência de Helen Morgan, muito menos que havia sido casada com meu marido. Ela está aqui neste exato momento, uma mulher que tem algo a compartilhar com Dean, uma história dolorosa que nunca vou compreender e que nem sabia que fazia parte da vida dele até meu casamento começar a implodir.

Por que não me contou?, perguntei a ele.

A resposta surge agora à minha frente, como uma luz que se acende. Pelo mesmo motivo por que não quis que eu o acompanhasse na viagem à Califórnia. Dean nunca me mostrou seu pior lado, pelo menos não de maneira voluntária. Ele conhece muito bem o perigo e as consequências de revelar um segredo. Aprendeu essa lição aos treze anos de idade, e sua família nunca o deixou esquecer.

Eu me aproximo dele, agarrando com força seu braço, sem tirar os olhos de Helen Morgan.

"Aristocrata" é a palavra que me vem à mente. Helen tem traços bonitos e marcantes, e está vestida com uma saia até o joelho e uma camisa com caimento perfeito. Seu corpo é esguio, com quadris estreitos e seios pequenos. Tem os cabelos loiros e reluzentes, cortados curtos em um estilo casual e sofisticado que realça as maçãs do rosto pronunciadas e os olhos azuis.

Só de olhar para ela, percebo que se encaixa muito bem na família West. Consigo imaginá-la com Dean — mas não com o *meu* Dean. Não o homem carinhoso e sensual que gosta de massagens nas orelhas e filmes estrangeiros maçantes sobre a França medieval.

Não o Dean com a barba por fazer e os cabelos bagunçados que termina as palavras cruzadas que eu começo e come os farelos de torrada com manteiga de amendoim que caem na mesa. Não o Dean que não consegue fazer um desenho minimamente aceitável nem para salvar a própria vida, mas conhece todas as proporções geométricas da arquitetura de catedrais. Não o Dean do sorriso fácil e malicioso que me deixa sem fôlego.

Não.

Consigo ver Helen com o renomado professor West, que usa ternos feitos sob medida e dá palestras em universidades europeias. O investidor que entende de mercado de ações, fundos mútuos e porcentagem de ativos. O erudito consultado por curadores de museus de todo o mundo, que supervisiona escavações arqueológicas de tesouros medievais na Europa. O Dean perfeito.

Não o Dean real.

Quero antipatizar com Helen. Ela parece ser exatamente como as garotas que faziam com que eu me sentisse inadequada na adolescência — elegante, adequada, com a confiança de quem tem status. É bem-sucedida. Sabe que tipo de corte de cabelo e que roupa caem bem com seu físico. Deve ter tido uma infância cheia de privilégios.

Mas Helen também tinha um plano de vida que se desfez de uma forma que provavelmente jamais imaginara. Sofreu três abortos espontâneos e passou por um divórcio amargo do homem com quem esperava constituir uma família. Pensou que fosse ficar casada com Dean pelo resto da vida, então a imagem do casal perfeito caiu por terra.

Sei tudo sobre planos que dão terrivelmente errado.

Sei tudo sobre imagens destruídas e famílias disfuncionais.

Dean também. E, desde o começo, tentou me proteger disso.

Durante o semestre letivo movimentado em que nos conhecemos, aproveitávamos cada intervalo livre para ficar juntos. Almoçávamos ou tomávamos um café entre as aulas, ele ia me buscar no fim dos meus turnos no Jitter Beans, íamos ao cinema e passávamos os fins de semana entocados no apartamento dele ou no meu. Nesses momentos, eu obtinha informações a seu respeito e acrescentava ao meu inventário particular.

A comida favorita dele é pizza.

Ele usa relógio analógico com pulseira de couro.

Além das histórias do rei Artur, seus livros favoritos na infância eram da série Encyclopedia Brown, sobre um garoto detetive.

Ele não usa perfume, mas seu creme de barbear tem um aroma deliciosamente amadeirado.

Ele sabe fazer figuras complexas com barbante.

Ele tem uma opinião formada sobre a recorrência de imagens apocalípticas na poesia castelhana medieval.

Ele gosta quando beijo seu pescoço.

Eu também gostava. Adorava beijar e tocar Dean. Quanto mais tempo passávamos juntos, mais eu queria ficar com ele.

"Nada de contato físico", Dean falou uma vez.

Desviei a atenção das plantas que estava regando, que eu tinha levado para a casa dele poucos meses antes. Com um fícus, uma peperômia e uma hera inglesa (Groucho, Harpo e Zeppo), além de um vaso cheio de folhas secas de eucalipto, seu apartamento ficou mais aconchegante e cheiroso.

"Sem nenhum contato físico mesmo?", perguntei.

"Nenhum mesmo", Dean confirmou enquanto tirava o tabuleiro de Scrabble da caixa e punha sobre a mesa de centro.

"Nem um beijinho?"

"Não."

Joguei algumas folhas secas no lixo e me aproximei. Ele estava todo lindo e sério enquanto virava as pecinhas com as letras e colocava nos suportes.

As mangas da camisa branca estavam dobradas só o suficiente para expor seus bíceps, e uma mecha de cabelo estava caída em sua testa.

"Não sei se gosto dessas regras", comentei.

"Não quer jogar?", perguntou Dean.

"Ah, quero, sim."

Ele me lançou um olhar ao notar o tom sugestivo na minha voz. Sorri e me sentei no chão à sua frente, escondendo as pernas com a saia.

Fazia dois meses que estávamos juntos. Apesar de já termos feito algumas coisas sensuais vestidos, sempre com muitos beijos, nunca tínhamos visto um ao outro completamente sem roupa. Aquilo era uma revelação para mim — o ritmo lento e tranquilo da nossa intimidade, o fato de passarmos tanto tempo apenas desfrutando da companhia um do outro, o prazer criado pela expectativa.

“Você começa.” Dean apontou com o queixo para a caixa de Scrabble. “Quem fizer menos de cinco pontos perde a rodada. Quem pular também.”

“Mas não esquece que só pode usar palavras do inglês moderno”, aviso enquanto pegamos nossas letras. “Nada de latim, grego, inglês arcaico ou coisas do tipo.”

Eu formei a palavra FILÃO, e Dean usou o F para formar FACA. Ele anotou as pontuações no papel.

“Sete para você, treze para mim, com o bônus pelas três letras que usei”, ele falou. “Foi por pouco.”

Em seguida formei TAMPA e peguei mais peças. Dean formou KNAWE.

“Você está viajando.” Eu me inclinei para trás. “Desafio essa palavra.”

“Vai em frente.” Ele apontou com o queixo para o dicionário pesado sobre o sofá.

Abri na letra K e passei o dedo pela página. “‘Erva rasteira sazonal eurasiana com folhas estreitas e flores minúsculas’. Está de brincadeira comigo?”

“E olha que quem entende de plantas aqui é você.”

“*Ninguém* entende de ervas rasteiras sazonais eurasianas.”

“Eu entendo.”

“Ah, claro que sim. *Nerd*.” Irritada, pus o dicionário de lado.

Ele abriu um sorriso de quem diz “sei que você gosta”. Senti um frio na barriga.

Dean anotou nossas pontuações no papel. “Vinte e quatro com as palavras emendadas. Você só emendou uma letra, então fez quatro pontos.” Uma ansiedade maliciosa surgiu em seu rosto quando ele olhou para mim. “Você sabe o que isso significa.”

Meu coração acelerou. Por um instante pensei em mergulhar de cabeça na brincadeira, mas minha cautela inerente não permitiu. Levei as mãos à nuca e soltei o fecho do colar, que joguei em uma cadeira.

Dean franziu a testa. “Isso não conta.”

“Claro que conta.”

“Uma peça de *roupa*.”

“Acessórios são roupas.” Eu não estava muito certa daquilo, mas não ia recuar. “Pode verificar em qualquer revista de moda.”

Dean fez uma careta, mas apontou para o tabuleiro. “Sua vez, então.”

Consegui formar NERD, que me garantiu cinco pontos por usar uma das letras da palavra anterior. Pegamos mais peças. FILA e TETRÁGONO (juro). Depois RATO e MACHADO.

"Três." Dean me olhou com uma expressão bem safada. "Vai."

Tirei o cardigã azul-marinho que estava usando sobre a blusa de gola V e joguei sobre a cadeira. Naquele momento percebi que a remoção das duas peças seguintes — minha saia e minha blusa — ia me deixar bem exposta.

O jogo continuou. Depois de conseguir formar uma palavra de apenas quatro pontos, Dean tirou uma meia. Olhei feio para ele. Esperava que fosse tirar a camisa.

Formei CORRIDA e ele BRINQUEDO. Minha respiração acelerou um pouco enquanto eu descia a meia-calça pelas pernas. O olhar de Dean faiscava, o que me deixou excitada, apesar de saber que não estava revelando muita coisa ao tirá-la e jogar sobre a cadeira.

Dean tirou a outra meia depois de pular a vez e trocar uma peça. Em seguida formei uma palavra de quatro pontos e tirei a calcinha. Os olhos dele se cravaram na peça branca de algodão sobre a cadeira. Fiquei toda vermelha.

"Eu não... hã, não tenho nenhuma calcinha sexy." Naquele momento, desejei ter.

"Se você está usando, então é sexy." Dean me olhou nos olhos. "Pode confiar em mim nesse caso."

"Confio em você em muitos casos", respondi antes de pensar no que estava falando.

Sua expressão ficou mais séria — ele sabia que havia coisas que eu ainda não tinha lhe contado —, mas logo se descontraiu de novo. "Sua vez, bela."

Formei a palavra ASSENTO. Dean escreveu ANEL e ganhou meros três pontos. Olhei para ele toda ansiosa, sentindo meu coração se acelerar. Os dois pés já estavam sem meias, o que significava...

Ele segurou a bainha da camisa com as duas mãos e a tirou por cima da cabeça.

Minha nossa...

Eu jamais enjoaria de olhar para aquele peitoral. Fiquei com a boca seca enquanto espiava sua superfície lisa, a musculatura firme de seus ombros e os braços duríssimos. A calça jeans estava desabotoada, revelando a visão tentadora do tanquinho desaparecendo sob a cintura da peça. Fiquei curiosa para saber se ele estava de cueca boxer ou samba-canção. Ou nada.

Engoli em seco.

"Sua vez." Uma mistura de orgulho e luxúria brilhava em seus olhos.

"Hã..." Olhei para o tabuleiro em busca de uma vogal. "Eu... vou ter que pular a vez."

"Que pena."

Demorei um pouco para escolher uma peça para tirar, então lancei um olhar para Dean. Ele estava olhando para os meus seios. Ah, eu ia ser obrigada a cumprir o combinado.

Seu peito gostoso se movia mais depressa com a respiração acelerada. Tive que apertar as unhas nas palmas das mãos para conter a vontade de tocá-lo. Queria sentir sua pele firme, passar as mãos nele e...

"Liv", Dean chamou minha atenção com um tom de voz mais grave.

Droga. Segurei a saia. Se pelo menos as regras incluíssem algum tipo de contato físico...

Espera um pouco.

Ergui os olhos para ele com uma ideia bem sacana surgindo. Meu estômago se contraiu de nervosismo.

Eu não ia conseguir.

Ou ia?

Fiquei de pé bem devagar, com a respiração disparada. Seus olhos me seguiram, mas concentrados nos meus seios. Minhas mãos tremeram quando as levei para trás. Com um movimento rápido, abri o zíper da saia.

Dean soltou um suspiro de susto ao cravar os olhos nos meus. Meu coração batia forte no peito. Comecei a descer a saia pelos quadris.

"Foi ideia sua", lembrei, criando coragem e deixando a peça cair aos meus pés. A camisa tinha comprimento suficiente para cobrir meu ventre, caso contrário eu estaria nua da cintura para baixo. E toda trêmula.

"Meu Deus, Liv..." O sussurro áspero de Dean fez meu sangue ferver. Ele ficou olhando para o alto das minhas coxas, para a curvatura dos meus quadris. Só seu olhar já me deixou toda molhada. Tive que me segurar para não começar a me contorcer toda.

"Hã... sua vez." Ajoelhei diante da mesinha de centro, escondendo dele minha nudez, mas o fato de que estava sentado logo ali sem camisa...

"Não consigo mais pensar", murmurou Dean. Ele olhou para o tabuleiro de Scrabble sobre a mesa. Uma camada de suor brilhava em sua testa.

"Sem contato físico", murmurei. Já estava começando a latejar. "Foi você que fez as regras."

"Pois é, para poder mudar depois."

Respirei fundo e tive que me esforçar para fazer que não com a cabeça. "Sem chance."

Jogamos mais algumas rodadas, mas por algum motivo começamos a empatar toda hora. Logo fiquei com a impressão de que não ia ver Dean tirar a calça. Não tinha certeza de que conseguiria tirar mais alguma coisa, mas então peguei a última peça.

A decepção tomou conta de mim. Olhei para Dean.

"Acabou, não dá para formar mais nada."

Ele soltou um palavrão e escondeu o rosto entre as mãos.

"Joguei de acordo com suas regras", lembrei.

Enquanto ele mantinha a cabeça baixa, vesti de novo a saia e a calcinha.

"Mas", continuei, "agora o jogo acabou."

Ele ergueu a cabeça.

"E você não falou nada sobre contato físico depois do jogo." Senti um nó no estômago, nervosismo e excitação quando me aproximei. "Certo?"

Ele não respondeu, apenas me olhou. Não tinha colocado a camisa ainda, e eu me rendi à vontade de passar a mão em seu peito. Seus músculos se enrijeceram sob o meu toque.

Antes que eu me sentasse no sofá, ele agarrou a parte de trás das minhas coxas e me puxou para cima de suas pernas. Fiquei olhando para Dean de cima a baixo, com seus cabelos grossos sob a luz, a linha reta de seu nariz, a protuberância de seu peito.

Suas mãos grandes deslizaram para baixo da minha saia. Respirei fundo. Tremores se espalharam pelo meu corpo inteiro quando agarrou minha bunda com as mãos espalmadas. Ele enfiou um dedo sob o tecido e acariciou o contorno da minha bunda.

Meu corpo inteiro enfraqueceu. Eu me agarrei aos seus ombros para me equilibrar. Dean pegou minha calcinha e desceu até os joelhos. Em seguida me segurou pelos quadris e me pôs em seu colo. Eu me sentei de lado, com seu braço forte apoiando minhas costas.

Ele baixou a cabeça e beijou minha boca de um jeito que fez meu sangue ferver. Enfiei as mãos em seus cabelos e liberei minhas pernas da restrição de movimentos imposta pela calcinha. Dean subiu minha saia e pôs a mão entre minhas pernas.

"Porra, Liv, você está toda molhada..." O hálito de Dean esquentou minha pele quando baixou os lábios para meu pescoço.

Eu me mexi um pouco, respirando bem fundo quando fez um movimento circular com o dedo em torno do meu clitóris. Pus a mão em seu peito, seguindo os contornos dos músculos e as batidas pulsantes de seu coração.

Procurei sua boca de novo e me rendi ao beijo, arqueando os quadris na direção dele. Uma sensação de urgência se estabeleceu no meu corpo, da cintura para baixo. Ele deslizava o dedo por um lado, contornava o clitóris, depois passava para o outro...

Eu me afastei de Dean com um suspiro e o encarei. Seus olhos cheios de tesão faiscavam.

"Você está mesmo fazendo", sussurrei, ofegante.

"É o que eu espero."

"O que eu falei, quero dizer. Naquela noite em que... quando eu estava em Castleford e falamos ao telefone, você me perguntou como eu gostava de me tocar. Você está fazendo agora. Exatamente como descrevi."

"Sou um bom ouvinte." Um leve sorriso curvou sua boca. "E aprendo bem rápido."

Dean deslizou um dedo para dentro de mim. Eu me apertei toda em torno dele. Uma gota de suor escorreu pela minha têmpora. Uma deliciosa onda de prazer começou a se formar dentro de mim. Suspendi meu corpo de novo, tentando alcançar o êxtase profundo que parecia perto naquele momento.

"Que delícia." Baixei a mão para segurar seu pulso, sentindo o sangue em chamas. "Eu vou..."

Mordi o lábio inferior para não gritar. Dean esfregou o polegar no meu clitóris, e me apertou com mais força quando o prazer me dominou. Eu me contorci toda em seu colo, rebolando desavergonhadamente enquanto seus movimentos reverberavam pelo meu corpo.

"Tão linda." Ele levou a boca à minha.

A vibração do celular dele me tirou do frenesi sexual. Eu me mexi em seu colo. Ele resmungou e me puxou para perto, esfregando o nariz nos meus cabelos.

"Acho que... Acho que é o seu", falei.

"Não estou nem aí." Ele começou a beijar meu pescoço. "Seu cheiro é uma delícia."

"Dean." Senti um calafrio na espinha e me contorci toda. "Hã..."

Ele ergueu a cabeça. "Está tudo bem?"

"Preciso usar o banheiro."

"Ah." Ele deu um tapinha no meu quadril e me tirou de seu colo.

Arrumei a saia e fui para o banheiro. Lavei as mãos e joguei água no rosto. Estava toda vermelha. Meus cabelos estavam bagunçados e caídos sobre os ombros. Usei o pente de Dean para dar uma ajeitada nas mechas e saí.

Ouvi a voz dele vinda da sala, bem grave e com um toque de raiva. Meu peito se contraiu em preocupação.

Detive o passo, me sentindo culpada por ouvir a conversa, mas incapaz de conter a curiosidade.

"Não, Paige", Dean esbravejava ao telefone. "Se ele quer falar comigo, pode muito bem me ligar... Não estou nem aí. *Não*. Não estou a fim de lidar com essa merda de novo."

Voltei para o banheiro e fechei a porta.

Dean e a irmã deviam estar falando do irmão deles. Eu só sabia que Archer West tinha fama de encrenqueiro. Ao que parecia, a mãe e a irmã de Dean recorriam a ele para dar um jeito nas coisas.

A informação tinha se alojado no local do meu cérebro onde ficavam guardados meu medo e minha cautela.

Esperei até que o rugido de sua voz silenciasse antes de voltar. Dean estava vestindo a camisa outra vez, com movimentos tensos e carregados de inquietação.

"Está tudo bem?", perguntei.

"Está." Ele enfiou os braços nas mangas e deu as costas para mim.

Passei as mãos na minha blusa enquanto ele caminhava até as janelas.

"Era sua irmã?", perguntei, dolorosamente ciente de que estava entrando em águas perigosas.

"Era."

"Estavam falando sobre seu irmão?"

"Sim." Ele era curto e grosso. Passou a mão pelos cabelos e suspirou. "Escuta só, preciso sair um pouco, dar uma corrida. Tudo bem para você?"

"Tudo bem." Tentei suprimir meu desejo de que confiasse em mim. *Não é da sua conta, Liv. Fica na sua.* "Pode ir. Eu fico aqui."

"Legal." Ele me beijou de novo antes de ir até o quarto se trocar. "Vou demorar uma hora, uma hora e meia." Dean pegou as chaves e o celular. "Se precisar de mim pode ligar."

Fiz que sim com a cabeça. *Se precisar de mim.* Eu estava começando a precisar dele mais do que deveria. Mais do que gostaria.

Depois que saiu, fui até a cozinha e abri a geladeira. Peguei os potes de sopa, salada de macarrão e almôndegas ao molho que tínhamos comprado na rotisserie. Arrumei a mesa com pratos bonitos que tinha encontrado em promoção na Target. Pus a comida em tigelas, peguei uma garrafa de vinho e preparei tudo.

"Ei, obrigado. Não precisava fazer isso", Dean disse quando voltou. Seu rosto estava vermelho de frio e de esforço, e a gola da camiseta, molhada de suor. "Ficou ótimo. Só vou tomar um banho rápido, tá?"

"Claro."

Ele entrou no banheiro. Esquentei as almôndegas. Quando estava pondo na mesa, o telefone fixo tocou.

O identificador de chamadas anunciava que a chamada vinha da Califórnia.

Meu coração disparou. Dean devia ter desligado o celular. Fui até o aparelho e vi o código de área 408 estampado no visor. O telefone tocou de novo.

Não faz isso, Liv.

Pus a mão no aparelho.

Não. Isso não é da sua conta.

Mais um toque.

Peguei o fone.

Mais um toque.

Para, Liv!

Apertei o botão de atender. "Alô?"

Do outro lado da linha, fez-se o silêncio.

"Residência de Dean West." Eu estava apertando o aparelho com tanta força que não sei como o plástico resistiu.

"Ah." Era a voz de uma mulher mais velha, aguda e cautelosa. "Dean está?"

"Ele... hã, não pode atender agora. Quer deixar recado?"

Dava para ouvir o som da voz de outra mulher ao fundo. Houve um ruído abafado, uma discussão incoerente, um farfalhar.

"Quem está falando?", a mulher quis saber.

"Liv." O constrangimento bloqueou minha garganta. "Sou amiga do Dean."

"Bom, Liv, amiga do Dean, onde ele está?"

"No banho." Assim que falei isso, fiz uma careta de arrependimento.

"No banho?" Ela repetiu o que falei como se eu tivesse dito que Dean havia se jogado de um avião.

"É a mãe dele?", perguntei.

"Sim. Joanna West."

"Vou avisar quc você ligou, sra. West."

"Sim, por favor", ela respondeu. "E diga para ele deixar o celular ligado."

Ouvi um clique quando ela desligou. Devolvi o aparelho à base.

Fiquei morrendo de vergonha. O que eu estava querendo fazer — mostrar para a família dele que tínhamos um envolvimento mais sério? Que Dean e eu éramos próximos a ponto de eu me sentir no direito de atender ao telefone de seu apartamento?

Sacudi a cabeça e corri para terminar de organizar o jantar. Alguns minutos depois, Dean apareceu com os cabelos molhados, vestindo camisa e calça jeans. Meu estômago se revirou com uma combinação de satisfação e inquietação. Por mais poderosa que fosse a atração física, era fragilizada pela estranha sensação de segredos e evasivas.

"Sua... sua mãe ligou", contei enquanto ele abria a garrafa de vinho.

Dean se interrompeu. "Você atendeu o telefone?"

"Eu não sabia que não podia."

"É melhor não fazer isso de novo."

"Ah." Tentei disfarçar que estava chateada. "Certo. Desculpa."

"Liv."

Eu não queria ser o tipo de mulher que fica magoada por qualquer coisa, mas... sério mesmo? Ele não queria que eu atendesse o telefone?

Coloquei os pratos na mesa. As mãos dele se fecharam em torno dos meus ombros.

"Liv."

Eu me virei para encará-lo. "Ela me perguntou quem eu era, Dean. Você não contou? Fiquei sem saber o que dizer."

Uma irritação renovada endureceu seu olhar. "Não contei para ela nem para ninguém da família, porque não é da conta deles. Não falo sobre minha vida pessoal com eles."

"Você não me contou nada sobre eles", lembrei. "É porque não é da minha conta também?"

"Não." Ele abriu os braços. "É porque gosto *disso*, Liv. De ter você para mim. E não quero que tenha que lidar com as cagadas da minha família."

"Por quê? Me acha frágil demais?" O pensamento desagradável voltou. "Ou porque precisa dar um jeito em mim primeiro?"

"Quê?"

"Sua família recorre a você para dar um jeito nas coisas, não é? Não quero que me veja assim."

"Gosto da gente do jeito que está, e isso quer dizer que quero consertar você?"

"Parece que é isso que faz com todo mundo", argumentei. "Se sua família é tão problemática assim, como você se salvou?"

"Quê?"

"Você sempre foi o menino de ouro, né?" As diferenças entre nós de repente pareceram largas como um precipício. "Jogador de futebol americano, orador da turma, recebeu bolsa de estudos, fez doutorado... O bonitão da escola. Aposto que namorava a rainha do baile."

"Mas o que..."

"Eu repeti um ano na escola, nunca contei? Minha mãe mudava tanto de casa que eu tinha dificuldade de acompanhar o ritmo. Um colégio se recusou a aceitar minha matrícula porque eu estava defasada nas matérias, então precisei fazer de novo o quinto ano, e ainda tive aulas de reforço. Foi sorte não me voltarem para o *quarto* ano."

"Liv..." Dean deu um passo na minha direção.

"Existe um motivo para eu ser como sou, Dean." Levantei a mão para afastá-lo, detestando o fato de ter despertado velhos sentimentos de inadequação e medo. "Existe um motivo para eu não ter muitos amigos e me dedicar tanto aos estudos. Existe um motivo para eu ainda ser virgem aos vinte e quatro anos e para não confiar em ninguém. Só não consigo entender como você pode ser assim se sua família não for *perfeita* também."

"Você pensa que é por isso que ralei tanto para me dar bem?" Ele fechou a cara. "Porque só podia fazer isso? Pois é, os West são perfeitos... tão perfeitos que ninguém faz ideia de como somos problemáticos."

Um músculo saltou em seu maxilar. Ele foi andando até a janela e voltou.

"Meu pai é ministro da Suprema Corte da Califórnia", ele falou. "Minha mãe faz parte do conselho diretor de várias instituições de caridade e organiza eventos beneficentes entre as compras e as viagens. Eles moram em um subúrbio endinheirado no Vale do Silício, são um casal bem conhecido e têm um casamento de merda desde que me entendo por gente. Minha mãe teve um caso uns anos atrás." As palavras jorravam da boca dele. "Meu pai não se separou porque precisava do dinheiro da família e não podia arriscar a chance de ser indicado para a corte de apelações. Meu irmão não terminou nem o ensino médio e não para em emprego nenhum. A família inteira tem raiva de mim porque meu avô me deixou boa parte da herança em testamento quando morreu. Por eu ser assim perfeito."

Ele parou de falar e virou-se para mim, com uma expressão tão vulnerável que fiquei angustiada e não consegui pensar em mais nada além de consolá-lo, de aliviar aquela dor que parecia arraigada nele.

"Você é a melhor coisa que aconteceu comigo em... na minha vida inteira, Liv. É a única pessoa que não espera nada de mim. Que não se importa se eu não for perfeito."

"Mas você *é*", eu disse, com toda a sinceridade. "Perfeito para *mim*."

"E é por isso que gosto tanto do que existe entre a gente", ele falou, com a tensão se aliviando visivelmente ao se aproximar de mim. "Porque você é perfeita para mim também."

"Então somos o quê, hein?", perguntei. "Se alguém me perguntar quem eu sou, como vou responder?"

"Você responde: 'Oi, eu sou a Liv, a amiga gostosa e sexy do Dean'."

Não consegui segurar uma risadinha. "É sério."

"Concubina?"

"Não."

"Coelhinha?"

"Nossa, não mesmo."

"Companheira? Namorada?"

"Namorada." Encostei a cabeça em seu peito. "Acho."

"Não é a palavra ideal, mas para usar em público serve." Ele me deu um beijo na testa. "Entre nós, você pode ser só minha bela."

Ah, ele é bom nisso. Minha irritação derreteu em carinho.

"Me dá um beijo, bela."

Dean murmurou as palavras bem perto do meu ouvido, como sempre fazia. Eu adorava sua maneira de transformar qualquer frase em uma ordem, um pedido ou uma pergunta apenas com modulações sutis de sua voz grave. Daquela vez, era um comando gentil, a que obedeci de bom grado.

Levantei a cabeça e diminuí a curta distância entre nós pressionando minha boca contra a sua. Um calor me invadiu. Ele deslizou a mão até minha nuca e inclinou a cabeça para que nossas bocas ficassem bem coladas. Depois de um beijo longo e profundo, se afastou e encostou a testa na minha.

Eu era louca por ele. Adorava o fato de se dedicar a tudo o que fazia com tanta intensidade, de concentrar sua atenção em mim e me escutar de verdade quando eu falava. Adorava sua mente brilhante, seu interesse ao mesmo tempo impenetrável e adoravelmente nerd por história medieval. Adorava a forma como me olhava, acariciava meus cabelos, me beijava. Adorava as coisas gostosas que me fazia sentir.

Estava começando a me *apaixonar* por ele. Só não sabia daquilo ainda.

"Fica comigo, Liv", ele falou. "Fica comigo e mais nada."

Olhei para Dean e, pela primeira vez, me peguei pensando que nada precisaria ser diferente naquele momento.

5

DEAN

16 DE JANEIRO

Puta merda.

Minha ex-mulher está parada no meio da cozinha. Liv está agarrada ao meu braço. Sua postura tensa me diz que sabe exatamente de quem se trata.

"O que está fazendo aqui?", pergunto secamente a Helen.

Ela pisca algumas vezes e larga a esponja na pia. "Olá para você também, Dean." Então nos encara e cruza os braços. "Eu estava com Paige quando sua mãe ligou. Avisei que ia passar aqui e arrumar tudo enquanto estivessem no hospital. A faxineira só vem amanhã."

"Obrigado", digo. "Agora estou aqui, então você já pode ir."

A expressão dela endurece. "Estou aqui para ajudar Paige e sua mãe, Dean, não por você. Elas ainda são minhas amigas."

O tom de voz dela implica que sou considerado tudo menos isso. Não nos vemos há quinze anos. O único contato que tivemos foi um e-mail meses atrás, quando ela avisou que ia submeter uma proposta para o congresso que estou organizando.

Seus olhos se voltam para Liv. "Sou Helen Morgan. Dean e eu fomos casados."

"Sou Olivia West", responde Liv. "Dean e eu *somos* casados."

O tom de posse na voz dela me faz bem.

"Liv e eu vamos ao hospital depois de guardar nossas coisas", digo a Helen.

"Ótimo. Fiz café, se quiserem tomar alguma coisa antes." Helen tamborila no balcão, com uma expressão ligeiramente triunfal.

Ela está mostrando que domina a cozinha da casa da minha infância. Para mim não faz diferença, porque não quero saber de nada daqui.

Conduzo Liv para meu antigo quarto no andar de cima, que felizmente não guarda nenhum vestígio do adolescente que o ocupou um dia. Ela esfrega a mão nas minhas costas.

"Tudo bem?", pergunta.

"Tudo. Desculpa. Não sabia que ela ia estar aqui." Eu me viro para encará-la. Liv parece ter melhorado depois de sair do avião, mas ainda está pálida. "É melhor você deitar um pouco."

"Posso tirar um cochilo quando a gente voltar do hospital."

"Você não está se sentindo bem, Liv. Não precisa ver meus pais agora."

"Já estou melhor, é sério. Foram só as sacudidas do avião." Ela me lança um olhar cheio de teimosia e vai para o banheiro. "Vou tomar um banho rápido."

Esfrego o rosto e tento me convencer de que o estresse de uma discussão só vai piorar as coisas. Depois que nós dois tomamos banho e trocamos de roupa, voltamos lá para baixo. Helen aponta para um prato com bolinhos e me entrega uma xícara de café.

"Sem leite?", ela pergunta.

"Sim, obrigado." Fico vagamente surpreso por ela lembrar como gosto.

"Não faz essa cara." A expressão dela é de divertimento. "Era uma coisa ou outra. Com leite ou sem." Ela olha para Liv. "E você?"

"Não quero, obrigada."

Pego uma garrafa de refrigerante na geladeira e entrego a Liv. O olhar de Helen a segue.

"Tiveram um voo tranquilo?", Helen pergunta, virando para esvaziar a lava-louça.

"Sim."

"Eu me ofereci para fazer umas comprinhas para sua mãe", ela continua. "Abasteci a geladeira para os próximos dias."

"Isso... hã, é muita gentileza sua", respondo.

"Imagina."

Eu a observo enquanto circula pela cozinha. Está bonita — com cabelos mais curtos, um pouco mais cheinha, mais atraente. Passada a surpresa de vê-la novamente, reaparece a antiga sensação de culpa.

Helen e eu supostamente éramos perfeitos um para o outro. Foi por isso que casei com ela. A união ideal de um historiador com uma historiadora da arte. Precisava provar para todo mundo, e para mim mesmo, que minha vida estava se encaixando como as peças de um quebra-cabeça, apesar do caos familiar. Mas no fim o casamento acabou se tornando meu maior fracasso.

"Então, Dean." A voz de Helen ganha um tom de animação enquanto ela guarda os talheres lavados. "Imagética medieval. Um ótimo tópico para um congresso. Todos estão comentando em Stanford. Já leu minha proposta?"

"Ainda não. Foi para os outros membros do comitê primeiro. Com certeza vai ser aceita. Eles vão adorar a interdisciplinaridade."

"E você?"

"É um ótimo tema, com certeza."

"Eu estava pensando mais especificamente nos ícones." Helen lança um olhar para mim. "A visão dos pré-rafaelitas sobre a Idade Média, em especial através de Keats. E o uso feito por Rossetti da iconografia dos manuscritos com iluminuras."

"Você deveria dar uma olhada no manuscrito *Roman de la Rose* da Biblioteca Britânica", sugiro. "E acho que vai encontrar várias conexões estilísticas com *Defense of Guinevere*."

"Também quero falar sobre as ideias de Ruskin sobre visão e percepção", Helen continua. "Está tudo relacionado à estética pré-rafaelita."

"Imagino que também tenha influência de Tennyson e seus poemas arturianos", comenta Liv. "E da desconexão do perfeccionismo com a vida cotidiana, como Guinevere diz quando fala de Artur. 'Seu único defeito é não ter nenhum defeito.'"

Helen fica olhando para Liv, que dá de ombros.

"Sou formada em literatura", ela explica.

"Ah." Helen vira para fechar a lava-louça.

Liv dá uma piscadinha para mim. Seu afeto desfaz um pouco da minha tensão.

"Vamos para o hospital?", Liv pergunta, levantando da mesa.

"Sim, claro." Ponho a xícara na pia. "Obrigado, Helen."

"Por nada."

Liv e eu pegamos nossas coisas e saímos. Abro a porta para ela e me acomodo ao volante.

"Ela parece... legal." Liv escolheu as palavras com cautela.

"Não é má pessoa" respondo. "E teve que passar por poucas e boas com os abortos. Mas não temos nada a ver. E vivemos um inferno até entendermos isso." Estendo o braço para dar um tapinha na coxa de Liv. "Já eu e você fomos feitos um para o outro."

Isso parece acalmar a inquietação dela. A última coisa que quero é que fique preocupada por causa de Helen, apesar de saber que Liv é capaz de suportar muita coisa se for preciso.

Estaciono ao chegar ao hospital e entramos. Com as paredes brancas, os odores antissépticos e a atmosfera de doença, minha cabeça se enche de lembranças do meu avô com o corpo reduzido a pele e osso, a tosse áspera e carregada. Da raiva com que encarava a morte iminente.

"Vamos comprar flores."

A voz suave de Liv afasta os pensamentos ruins. Antes que eu possa responder, ela entra na loja de presentes e escolhe um arranjo de flores amarelas e cor-de-rosa que meu pai não vai nem notar.

"Dean, finalmente", diz minha irmã ao levantar da cadeira de vinil quando entramos na ala de cardiologia. Paige é uma versão mais jovem da nossa mãe, com uma aparência toda impecável em um vestido de tricô que deve ter custado uma fortuna.

Depois de trocarmos um breve abraço, Paige estreita os olhos na direção de Liv. Entro na frente da minha mulher para protegê-la da hostilidade.

"Oi, Olivia."

"Que bom ver você, Paige."

"Você não me falou que Helen estava em casa", digo a ela.

Um sorriso seco contorce a boca de minha irmã. "Se eu dissesse você viria?"

Boa pergunta.

"Como está papai?", pergunto.

"Dormindo. Mamãe está lá dentro com ele." Paige inclina a cabeça para o corredor que leva aos quartos particulares. "Quarto 311."

Liv e eu vamos até lá. Bato na porta antes de abrir. Minha mãe está sentada em uma poltrona perto da janela, olhando para a parede oposta. Tem a aparência de sempre, com um terninho de marca, joias de bom gosto e o rosto irretocavelmente maquiado.

"Ah, Dean." Um olhar de alívio surge no rosto da minha mãe. Ela se levanta para me dar um abraço com cheiro de perfume e laquê. "Que bom que está aqui."

Olho para trás dela. Meu peito se comprime quando vejo meu pai deitado numa cama de hospital. Apesar de nossas relações tensas ou inexistentes nos últimos tempos, ele sempre foi uma figura forte na minha vida — como meu avô, antes do diagnóstico do câncer. Agora parece pálido, fraco. Pequeno.

Como meu avô antes de morrer.

Eu me desvencilho da minha mãe e ponho as flores de Liv no criado-mudo.

"Como vai, Liv?", minha mãe pergunta.

"Bem, obrigada, Joanna. Lamento muito pelo Richard."

"O médico falou que ele pode precisar de cirurgia, mas ainda não sabemos muita coisa." Minha mãe olha para meu pai. Ela começa a mexer no colar de pérolas. "Já avisei o pessoal do trabalho. Ele tinha um compromisso marcado em Sacramento na semana que vem."

"Você falou que Archer também vinha?", confirmo.

"Ele deixou uma mensagem avisando, mas não consegui falar com ele. O número está na biblioteca do seu pai. Veja se descobre quando chega."

"Vou tentar." Mas não com muito afinco.

"Eu não recebia notícias dele fazia meses", minha mãe continua. "Da última vez, falou sobre uma mulher com quem estava pensando em se casar. Só Deus sabe que tipo de desastre isso seria."

Ela mal olha para Liv. Preciso me esforçar para conter uma onda de ressentimento.

"Enfim, calculo que Archer deve estar aqui em um dia ou dois", minha mãe continua. "Já começaram a perguntar onde ele está."

Sinto o olhar preocupado de Liv sobre mim. Ela não precisa passar por todo esse drama de novo. Nem eu, mas estou aqui, e já sinto que estou me rendendo ao inevitável.

"Eu vejo isso."

"Ótimo."

"Dean." Meu pai abre os olhos, e sua voz sai em um sussurro áspero. "Quando foi que você chegou?"

"Há umas duas horas." Vou até a cama dele. "Como você está?"

"Estão dizendo que vou sobreviver."

"Precisa de alguma coisa, Richard?", minha mãe pergunta. "Uma água?"

Meu pai faz que não com a cabeça. O olhar dele se dirige para as flores. "O que é isso?"

"Liv trouxe flores." Dou um passo para o lado para que ele possa vê-la parada na porta.

Ela faz um aceno. "Que bom ver você, sr. West. Fico contente que esteja se recuperando."

"Quanto tempo vocês vão ficar por aqui?"

"Até você receber alta do hospital", digo.

Liv põe a mão no meu braço e avisa que vai ao banheiro. Assim que sai, meus pais e eu ficamos em silêncio. Não consigo nem me lembrar da última vez que estive a sós com eles. O ar quase vibra, de tão carregado de más lembranças.

Minha mãe alisa o cobertor, recolhe algumas pétalas caídas, enche o jarro de água e ajeita o criado-mudo.

Então, por falta do que fazer, pega a bolsa. "Bom, acho que o médico chega daqui a pouco. Dean, Paige e eu vamos para casa, agora que você está aqui."

Ela dá um beijo encenado no meu pai. Seus saltos batem no chão enquanto se afasta.

"Ela disse que Archer também vem", repito para meu pai.

Ele dá de ombros. Conformou-se anos atrás com a ideia de que as coisas eram assim. Depois de trinta e cinco anos de encenação, nada vai mudar. Meus pais teriam se divorciado se ele tivesse se afastado da magistratura e voltado a advogar, mas ele já é ministro da Suprema Corte da Califórnia há vinte e dois anos, sendo eleito e reeleito para o cargo continuamente. Para ele, o divórcio está fora de cogitação há muito tempo.

Na prática, ele e minha mãe estão separados. Meu pai passa a maior parte do tempo em audiências em San Francisco, Los Angeles ou Sacramento. Tem um apartamento no centro da cidade e provavelmente várias amantes. Minha mãe viaja bastante em suas pequenas férias conjugais. Mantêm a farsa do "casamento perfeito" quando estão juntos em casa, e devem ter algum tipo de acordo tácito a respeito.

Mas sei que nenhum dos dois é feliz.

“Então, como vai o trabalho?”, meu pai pergunta.

Conto a ele sobre o congresso, a bolsa, as aulas e os alunos. Ele fala sobre casos recentes e a política do conselho judiciário da Califórnia, então dá sua opinião sobre o novo secretário nomeado pelo governador.

Uma hora depois, o médico vem falar sobre o cateterismo que pretende fazer para determinar o rumo do tratamento. Meu pai me pede que saia e me orienta a voltar amanhã.

Encontro Liv na sala de espera, comendo um saquinho de frutas secas que comprou em uma máquina automática.

“Quando vai ser a cirurgia?”, ela pergunta enquanto caminhamos até o estacionamento.

“No começo da semana que vem, provavelmente. Vão marcar amanhã, depois que fizerem mais exames.”

Antes de abrir a porta para ela, eu a envolvo pela cintura. Liv se vira para mim, apoiando o corpo no meu. Seus lábios estão quentes e doces. Seguro seu rosto com a mão e torno o beijo mais profundo.

Pêssego e açúcar. Uma delícia. A garota que se recusa a se provar para quem quer que seja além de si mesma. A garota cuja força vem de dentro.

“Que foi?” O sussurro dela sai bem baixinho contra minha boca. Liv se afasta para me olhar. “Ainda está bravo comigo por ter vindo?”

“Não.” Afasto alguns cabelos de sua testa. Adoro quando mechas escapam do rabo de cavalo. É sempre um pretexto para tocar nela.

“Então o quê?”, Liv quer saber.

Faço que não com a cabeça. As perguntas ficam entaladas na minha garganta.

Por que de repente deixei de ser bom o suficiente para você?

E se eu te decepcionar de novo?

Uma onda poderosa de amor e angústia me invade.

Não tem lógica, eu sei, essa vontade de proteger minha mulher de tudo. Mas nunca passa. Senti assim que pus os olhos nela, e agora está impregnada no meu sangue. Me sinto culpado até pelos anos que Liv passou antes de nos conhecermos. Quando sua mãe a deixou na mão, quando uns desgraçados abusaram dela, quando...

“Dean?” A voz dela penetra meus pensamentos amargos.

Respiro fundo. "Vou procurar um hotel para nós."

"Por quê?"

"Vai ser mais fácil para você. Não sei quanto tempo Helen vai passar na casa, mas vamos ter menos chances de cruzar com ela ficando em outro lugar. Isso sem contar minha mãe e minha irmã."

"Não." Liv sacode a cabeça. "Se a gente ficar num hotel, sua mãe vai ficar chateada e... não."

A irritação se espalha pelo meu corpo. "Não quero que você se estresse."

"Então não tenta me *isolar*, Dean." Ela olha feio para mim. "Se a gente for embora da casa da sua mãe, acha que ela vai pôr a culpa em quem? Em mim. E vai ter razão, porque todo mundo sabe que você não ficaria em um hotel se tivesse vindo sozinho."

Merda.

"Por favor." Liv põe a mão no meu peito. "*Por favor*, não fica bravo. Preciso fazer isso. E você precisa deixar."

"Só vamos ficar até meu pai sair do hospital."

"Vamos ficar enquanto seus pais precisarem de nós."

Ninguém da minha família precisa de mim. Foi esse o motivo por que me afastei deles. O motivo por que escolhi Liv. Se precisasse passar por tudo de novo, faria o mesmo. Igualzinho.

Abro a porta do passageiro e me acomodo no assento do motorista. Ainda não sei o que fiz para ferrar tanto minha relação com Liv no ano passado. Não foi só o fato de manter meu primeiro casamento em segredo, porque as coisas já estavam ruins antes de eu contar a verdade.

E não saber o que deu errado faz com que eu sinta ainda mais medo de que possa acontecer de novo. Como um soco que pega um lutador de guarda baixa.

Quando voltamos à casa dos meus pais, Helen não está mais lá. Minha mãe e minha irmã estão no terraço dos fundos. Convenço Liv a ir se deitar um pouco e vou até a biblioteca.

O número do meu irmão está anotado em um bloco de papel ao lado do telefone. A chamada é encaminhada direto para a caixa de mensagens.

“Archer, é o Dean. Estou em casa. Mamãe está tentando falar com você. Liga assim que puder.”

Desligo o telefone e ligo o computador. Tem um e-mail de Nancy, a corretora de imóveis, na minha caixa de entrada.

Merda. Quase esqueci da casa à venda.

Dean, tivemos mais algumas visitas e estamos esperando várias propostas. Você tem financiamento pré-aprovado, caso seja necessário? Precisamos falar sobre o pagamento da entrada. Me ligue o quanto antes.

Tento não me ater ao fato de Liv estar relutante em comprar a casa. Entendo de onde vem isso. É o motivo por que concordei em ficar tanto tempo no apartamento. Porque Liv queria, porque ela nunca pôde experimentar a sensação de segurança de ter um lugar definitivo para morar, porque tem medo de que algo aconteça e nos obrigue a ir embora.

Mas agora tudo mudou.

Ligo para Nancy e aviso que vou ficar na Califórnia por uma ou duas semanas.

“Se quiser entrar com uma proposta, é melhor fazer isso hoje”, ela me diz. “Só hoje de manhã três pessoas visitaram.”

“Me mande um e-mail com a papelada para assinar. Devolvo por fax à tarde.”

Conversamos sobre a proposta, e ela a formaliza por escrito. Desligo o telefone e volto para a sala de estar. Minha mãe e minha irmã ainda estão no terraço, ambas com copos de café que compraram no caminho do hospital.

Vou para o andar de cima ficar com minha mulher. Ela está dormindo perto da janela, com a cabeça apoiada na poltrona. Passo um braço por baixo de seus joelhos e o outro atrás de suas costas. Liv se mexe, mas não acorda quando a coloco na cama e a cubro.

Fico olhando para ela por um instante — a curvatura de sua boca, os olhos pacificamente fechados, as mechas de cabelos escapando do rabo de cavalo.

Antes dela, eu nunca tinha conhecido uma mulher que fizesse os ruídos do mundo e seus habitantes desaparecerem. Nunca senti uma necessidade tão grande de me provar para alguém.

Ao conhecê-la, gostei dela até demais. De sentir um frio na barriga quando estava ao seu lado. De não conseguir nem *pensar* em nada mais. De saber que ela era um mistério, um labirinto cheio de caminhos e cantinhos secretos.

E ela me proporcionava um alívio enorme. Quando nos conhecemos, em pleno outono, Liv foi como uma primavera para mim, principalmente depois do tenebroso ano anterior. Tudo nela fazia com que me sentisse bem.

"Que lindo." Numa sexta-feira à tarde, alguns meses depois do início do nosso relacionamento, Liv folheava as páginas do livro de capa dura ilustrado que eu tinha escrito sobre arquitetura medieval. Uma caixa de exemplares recém-saídos da gráfica havia chegado ao meu apartamento naquela manhã.

"Quanto tempo você demorou para escrever?", ela quis saber.

"Dois anos. Um só de pesquisa. Escrevi a maior parte enquanto fiquei com meu avô, antes de ele morrer."

Não consegui dizer "cuidando do meu avô", já que na verdade não queria testemunhar seu sofrimento. O máximo que havia conseguido fazer fora ficar por perto.

Liv me lançou um olhar cauteloso. "Do que ele morreu?"

"Câncer de pulmão."

O que mais eu poderia dizer? Que Victor West nunca tinha sido uma pessoa muito agradável e ficara totalmente amargurado quando adoecera? Ele detestava ficar no hospital, odiava o tratamento. Era exigente e ríspido. Perdi a conta do número de vezes que as enfermeiras me ligaram pedindo ajuda porque ele não estava colaborando.

"E você cuidou dele?", Liv perguntou.

Eu não queria que ela me visse como um mártir. Detestava tudo aquilo quase tanto quanto meu avô — o cheiro antisséptico do hospital, os tanques de oxigênio, os ruídos das máquinas, a rouquidão em sua voz.

"Ele tinha oitenta e três anos", disse. "E tinha uma relação problemática com meus pais. Pararam de se falar anos atrás. Eu era o único que ainda conversava com ele."

"Foi por isso que acabou cuidando dele?", Liv perguntou.

"Foi." Esfreguei a nuca, tentando disfarçar a vergonha e a amargura. "Porque ninguém mais faria isso."

"Onde ele morava?"

"Orange County. Fui pra casa dele depois que a doença foi diagnosticada."

"Quanto tempo você ficou lá?"

"Quase um ano", respondi. "Trabalhando no meu livro à noite. Durante o dia ia com ele ao médico e ajudava com algumas coisas."

"Que coisas?"

"Fazia comida, limpava a casa. Meu avô tinha dinheiro para contratar enfermeiras, mas não gostava muito delas."

"Então confiou tudo a você", Liv concluiu.

Fiz que sim com a cabeça. Por um ano, meu mundo se resumira a arquitetura medieval e tratamentos para o câncer, a ponto de, em determinado momento, os dois vocabulários se tornarem bizarramente indistintos.

Hemoptise. Pilares cruciformes. Hipercalcemia. Tracerias. Sistema TNM de classificação. Arco equilateral. Metástase. Manipulação geométrica.

Olhei bem para Liv e me dei conta de que era a primeira vez que falava naquilo. Ela me observava com uma atenção desconcertante, como se pudesse adivinhar tudo o que eu não estava querendo dizer. Como se soubesse que aquela tinha sido só mais uma situação que eu não fora capaz de remediar.

"Pelo menos assim não interrompi minha carreira", eu disse por fim. "Me candidatei a professor em Wisconsin no outono passado. Meu avô morreu na primavera, um mês antes de eu ficar sabendo que ia ser contratado."

"Então..." Liv inclinou a cabeça. Ainda segurava meu livro e passou a mão de leve na capa antes de colocá-lo sobre a mesa. "Você disse que ficou esse tempo todo sem se relacionar com ninguém."

"É verdade."

"Quando foi a última vez que ficou com uma mulher?"

"Eu tinha acabado de ficar sabendo do diagnóstico do meu avô", contei. "Recusei uma oferta de trabalho na Universidade de Toronto porque sabia que ia precisar ficar com ele. Tive um caso com uma mulher que trabalhava no escritório de advocacia que contratei para cuidar do testamento."

Senti um desconforto com o olhar de Liv sobre mim. Tinha sido um caso breve e insatisfatório. Não me lembrava nem do nome dela. Sandra? Sarah?

"Não foi legal", confessei. "Para nenhum dos dois."

Nossa. Liv ia virar as costas e me largar a qualquer momento.

"Sinto muito", ela falou.

"Pelo quê?"

"Por você ter precisado passar por... por tudo isso. Deve ter sido uma experiência bem difícil."

"Bom, já passou."

Era mentira. Não tinha passado. Meu avô conseguia exercer sua influência mesmo depois de morto, o que era frustrante e quase cômico.

"Ei." Envolvi Liv pela cintura e a puxei para junto de mim no sofá. "Já chega disso. Como foi seu dia?"

"Só fui às aulas. Fiquei pensando em você enquanto deveria me ocupar com gerenciamento de banco de dados." Ela se encostou em mim com a respiração ofegante, o que me deixou de pau duro imediatamente. Fui dominado por seus seios macios, seus cabelos compridos, sua pele sedosa. Seu cheiro adoçou meus pensamentos.

"Ah, é?" Fosse ou não verdade, gostei de ouvir aquilo. "Em que você estava pensando?"

"Não quero contar."

"Por que não?"

"Porque estava esperando para mostrar."

Sua boca se colou à minha. Eu adorava quando ela tomava a iniciativa do beijo. Algo se espalhou pelo meu sangue. Fossem quais fossem suas razões para continuar virgem, sua maneira de mover a boca contra a minha, se esfregando em mim, não tinha nada de frígida. Ela estava ficando mais à vontade comigo nas semanas anteriores, mas naquele momento foi como se minha recente ausência a tivesse deixado mais encorajada.

Agarrei sua bunda e apertei. Em seguida a puxei para cima de mim. Liv se ajeitou. Tinha uma correntinha de prata no pescoço, com o pingente aninhado entre os seios. Eu já tinha notado aquilo antes, sem dar muita atenção. O pingente roçou no meu peito.

Eu o segurei na mão. Estava quente pelo contato com a pele dela. Era um disco simples de metal com uma frase em latim dizendo que a sorte favorecia quem tinha coragem.

"Esse é seu lema?", perguntei.

"Mais ou menos." Alguma coisa brilhou em seus olhos castanhos. Ela pegou o pingente e segurou na palma da mão.

"Onde conseguiu isso?"

"Um velho amigo fez para mim."

"Um velho amigo?" Tentei não mostrar o ciúme no tom de voz, mas fracassei.

Liv abriu um sorriso. "Lembra que eu te falei sobre o North?"

"Northern Star?" Minha inquietação se aliviou um pouco. Com a vida estranha e nômade que Liv levava com a mãe, não era de surpreender que tivesse um amigo chamado Northern Star. Um cara que vivia em uma comuna, o que era bem incomum.

"Foi ele que fez para mim", Liv contou. "Achava que eu deveria ser mais corajosa."

Ela soltou o pingente e saiu de cima de mim. "Estou ficando com fome. O bolo fica pronto daqui a pouco."

Liv foi até a cozinha, onde tinha preparado um bolo de café com uma mistura de caixinha. Peguei uma revista na mesa, mas mantive os olhos nela quando ela estendeu a mão para pegar uma caneca no armário. Nosso beijo e a sensação do corpo dela sobre o meu tinham deixado meus pensamentos cheios de luxúria.

A voz de Liv soou como um cantarolar agradável quando começou a falar sobre ingressos para algum evento. Sua camisa branca modelava bem o corpo. Seus seios apareciam sob o tecido esticado, redondos e cheios.

"Você quer?", Liv perguntou.

Ah, eu quero.

Uma saia azul de bolinha flutuava em suas pernas. Senti vontade de agarrar o tecido e puxar até a cintura, de abrir suas pernas macias...

"Dean?"

"Desculpa, o quê?" Desviei o olhar de seu rosto.

Ela estendeu uma caneca. "Chocolate quente. Quer um pouco?"

"Hã, não, obrigado."

Seus cabelos estavam presos em um rabo de cavalo. Seria melhor se os deixasse soltos, caídos sobre os ombros. Eu me remexi, para esconder a ereção cada vez maior.

"Dá para comprar na bilheteria no sábado à noite." Ela se curvou para tirar o bolo do forno. Observei a curvatura de sua bunda e a imaginei sem roupa. "A gente só precisa chegar um pouco mais cedo."

Não conseguia me lembrar do que iríamos ver na noite seguinte, mas fiz um ruído de concordância. Depois voltei a olhar para seus seios. Fiquei me perguntando de que cor seriam os mamilos.

"Dean?"

"Hã?"

Liv se virou com as mãos nos quadris e estreitou os olhos. "Eu perguntei se você prefere jantar antes ou depois."

"Ah, sim, claro."

"Qual é o problema com você? Por que não ouve o que estou dizendo?"

Porque todo o sangue do meu corpo desceu para o pau.

Baixei o rosto e voltei a ler a revista. "Estou ouvindo."

"Não está, não."

"Ingressos na bilheteria, jantar antes."

Ela batucou com os dedos no balcão. "Qual é o espetáculo mesmo?"

Eu e você pelados.

"Hã..."

"Viu?" Ela arqueou as sobrancelhas, pegou uma caneca e se sentou em uma poltrona na frente do sofá. "Diabolo. Uma trupe de dança acrobática."

Ai, meu Deus do céu.

"Parece ótimo", falei.

Ela abriu um sorrisinho. "Seria melhor você ter me ouvido quando perguntei se queria ir."

"Desculpa." Joguei a revista na mesa de centro. "Estava ocupado demais olhando para seus seios e imaginando como seriam sem roupa."

Liv se sobressaltou. Dei uma piscadinha para ela. Suas bochechas ficaram vermelhas.

Eu adorava deixá-la coradinha. E sabia que Liv também gostava.

Ela baixou a cabeça e tomou um gole de chocolate. Uma mecha de cabelo caiu em seu rosto. Vi seus lábios cheios se fechando em torno da borda da caneca. Meu pau ficou ainda mais duro. Nos dois meses anteriores, Liv e eu tínhamos nos pegado vestidos, o que era um tesão, mas eu estava começando a ficar impaciente. Eu a desejava com uma força que até doía.

Por outro lado, sabia que não podia forçar a barra. Não com minha linda e virginal Liv, com seus olhos tímidos e seus segredos. Ela estava me deixando atravessar suas defesas. Eu preferia me transformar em um monge casto a trair sua confiança.

“E o que foi que você imaginou?”, ela perguntou.

Voltei os olhos de novo para ela. Suas bochechas estavam um pouco vermelhas; seu olhar, ainda voltado para a caneca.

“O que foi que eu imaginei?”, repeti.

“Sobre meus seios.” Ela bateu os cílios e me encarou. “Como acha que são?”

Ai, caralho. Meu pau já estava forçando o tecido da calça jeans. Tive que respirar fundo antes de responder.

“Imagino que sejam redondos e perfeitos, com mamilos grandes e rosados, que ficam durinhos assim que você tira o sutiã.”

Um tremor visível a percorreu. “Minha nossa, Dean.”

“Estou certo?”

Ela me encarou. A luxúria faiscava em seus olhos castanhos. O ar estalava de energia. Então ela pôs a caneca na mesinha de centro e segurou a bainha da camisa.

Meu coração disparou. Esfreguei o pau por cima da calça e me ajeitei melhor. Liv hesitou, mas com movimentos lentos tirou a camisa por cima da cabeça e jogou no chão.

Fiquei olhando para ela. Estava usando um sutiã bege de malha. O pingente de metal adornava sua pele clarinha. Os mamilos estavam rígidos, e o sutiã pressionava os seios um contra o outro, em um decote que fazia meu pau doer.

Liv engoliu em seco. Suas mãos tremiam quando abriu o fecho e tirou o sutiã.

Soltei o ar pela boca em um sibilado.

Eu estava certo. Sobre o peito ofegante, seus seios eram perfeitos — redondos e luxuriosos, não grandes demais, com mamilos rosados e auréolas do tamanho de moedas de vinte e cinco centavos. Eu já sabia que os seios dela cabiam bem em minhas mãos, mas só os tinha tocado por cima da roupa. Meus dedos se flexionaram de vontade de apertar e esfregar a pele descoberta...

Segurei meu pau ereto, que pulsava desconfortavelmente.

"Mexe neles." Minha voz saiu áspera.

"O que você quer que eu..."

"Mexe neles como faz quando está sozinha na cama."

Liv estremeceu. Seu rosto ficou ainda mais vermelho. "Ah."

Fiquei à espera, com o coração disparado. Ela olhou para baixo, então segurou os seios com as duas mãos e os comprimiu um contra o outro. Depois deu outra olhada para mim, as carícias ficaram mais ousadas. Liv apertou forte, deslizando o dedo entre eles, beliscando os mamilos.

Quase gozei na calça. Desabotoei a braguilha e enfiei a mão na cueca para pôr o pau para fora. Liv respirou fundo quando ergueu os olhos e o viu em toda a sua extensão.

Ela parou o que estava fazendo, com os olhos cravados em mim enquanto me masturbava. Sua língua percorreu os lábios.

"É assim... é assim que você faz quando está sozinho na cama?", ela murmurou.

"Quando estou pensando em você, sim." Aumentei o ritmo, sentindo a pressão se elevar na virilha. Imagens de todas as coisas que eu queria fazer com ela surgiam na minha mente.

"Você pensa bastante em mim?" Liv torceu os mamilos, ainda de olho em mim.

"Toda noite. Não pode ser durante o dia, para eu não ser preso por atentado ao pudor."

Ela sorriu. "Você fica com tesão toda vez que me vê?"

"É inevitável." Subi a mão e esfreguei o polegar na cabeça do pau. "Você me dá tesão."

"Você também me dá tesão." Ela apertou os seios outra vez, e depois se contorceu toda, esfregando as coxas uma na outra.

"Está molhada?", perguntei.

Liv soltou um suspiro trêmulo. "Sim."

"Vem cá."

"Quê?"

"Preciso encostar em você." E precisava que ela me tocasse.

Liv se levantou e se aproximou de mim. Estava uma delícia, toda vermelhinha e excitada, com os seios descobertos balançando e o rabo de cavalo caído sobre o ombro. Ela pegou a saia e puxou para cima antes de montar sobre minhas pernas. Seus olhos cheios de desejo foram descendo pelo meu tronco, até onde meu pau estava de prontidão entre nós.

Aliviei a pressão dos dedos e estendi a mão para tocá-la. Liv estremeceu. A ereção latejou quando passei os polegares sobre seus mamilos, acariciando a maciez da pele. Queria enfiar meu pau entre aqueles seios.

Ela apertou o tecido da calça. Em seguida pressionou a bunda contra minhas coxas. Dava para sentir que sua calcinha estava quente. Enfiei a mão por baixo da saia, movendo as palmas devagar sobre suas pernas lisas. Liv me olhava com a respiração acelerada.

"Tudo bem?", perguntei.

Ela fez que sim com a cabeça e pôs a mão no meu peito, depois se inclinou para a frente para me beijar. Sua boca macia se abriu sobre a minha. Um gemido escapou dela quando passei o dedo no elástico da calcinha em sua coxa. O tesão incendiou meu sangue quando toquei sua boceta. O beijo se tornou mais profundo. Ela enfiou a língua na minha boca antes de se ajeitar e passar os dedos pelo meu pau.

Cerrei os dentes. "Espera."

"Desculpa, fiz alguma..."

Eu a agarrei pela cintura. "Chega mais perto."

Liv se aproximou e apoiou as mãos nos meus ombros. Um cheiro gostoso invadiu minha cabeça. Prendi um de seus mamilos entre os dentes e mordi de leve. Ela respirou fundo.

"Dean, eu..."

Empurrei sua saia mais para cima. Ela usava uma calcinha simples de algodão. Senti vontade de rasgar o tecido e entrar nela. Em vez disso, respirei fundo e a puxei, colocando o pau entre suas pernas. Ela estremeceu.

"Continua." Fiquei olhando para o alto de suas coxas, onde meu pau duríssimo pressionava o tecido úmido da calcinha.

Liv apertou meus ombros e agarrou minha camisa. Apoiando um joelho de cada lado dos meus quadris, ela começou a se esfregar em mim.

"Dean... você é tão grande... que parece..." Ela se mexeu mais um pouco. Seus seios balançaram.

Um desejo intenso pulsava pelo meu corpo. O atrito do algodão com a cabeça do meu pau fez crescer a pressão dentro de mim. Enfiei as mãos por baixo de sua saia para segurá-la pela bunda e baixá-la. Ela continuou se esfregando na minha ereção.

Liv remexeu o quadril. O suor brotou em seu pescoço. Eu a puxei para mais perto, fazendo seus seios se chocarem contra meu peito. Dava para sentir os mamilos por cima da camisa. Ela começou a esfregar com mais força, roçando a boceta escondida pela calcinha contra minha ereção. Gemidinhos baixos escaparam de seus lábios entreabertos.

"Preciso tocar você", ela sussurrou, estendendo a mão aberta sobre meu pau. "Preciso de você... bem aqui..."

Liv chegou ainda mais perto e posicionou a cabeça do meu pau sobre o clitóris. A sensação de seu calor úmido através do algodão me deixou no limite. Meu pau pulsava forte. A tensão se intensificou.

Apertei suas coxas. "Vou gozar."

"Espera. Me deixa..." Ela esfregou meu pau em seu corpo, enrijecendo os músculos. A maior parte dos cabelos já tinha escapado do rabo de cavalo. As longas mechas caíam sobre o rosto e a testa. "Ai, meu Deus. Eu... *ah*."

Liv deu um grito que sacudiu seu corpo inteiro. Um prazer explosivo se acumulou dentro de mim. Agarrei com força meu pau. Ela continuava esfregando o clitóris em mim. A visão dela se contorcendo toda e suando foi demais para mim. Em questão de segundos, gozei com um grunhido, em cima da calcinha.

Liv estremeceu, com o peito ofegante, e levantou a saia para ver o sêmen que escorria por suas coxas. Ela passou a mão no meu pau melado e me encarou com seus olhos grandes e castanhos, que revelavam tudo e ao mesmo tempo nada.

"Tem tanta coisa que eu quero fazer com você", murmurou.

Um grunhido ficou preso na minha garganta. Levei a mão aos seus cabelos e a puxei para um beijo que fez meu sangue ferver outra vez. Ela ficou molinha junto a mim, com seu corpo tranquilo e obediente.

"Você não tem ideia do que quero fazer com você", murmurei.

"Bom, então..." Ela se contorceu, esfregando os seios descobertos na minha camisa e deslizando a bunda pelo meu pau. "Vai ter que me mostrar."

Ah, pode deixar. Inalei seu cheiro e afundei o rosto em seu ombro.

Foi bom pro ego mostrar que as coisas podiam ficar assim quentes, vê-la se excitar, fazê-la gozar. Foi bom pra mim também esse alívio poderoso. Esse choque nos sentidos. Poder esquecer de tudo e me concentrar apenas em nós dois.

Apertei com mais força seus quadris. Fiquei até zonzo.

Só nós dois.

Exatamente como eu queria nessa época.

Exatamente como quero agora.

6

OLIVIA

19 DE JANEIRO

"Tem certeza de que quer fazer isso?" Allie parece preocupada ao telefone. Sua ansiedade não ajuda a elevar minha confiança.

"Tenho, mas não sei se vou conseguir ajudar", digo, enquanto vou rolando o formulário de empréstimo na tela do computador.

Inseri as informações da melhor maneira que consegui, sem acrescentar nenhuma informação sobre o patrimônio de Dean como garantia. Logo depois que casamos, nossas finanças foram fundidas — ou melhor, eu fui incluída em todas as suas contas bancárias. Ainda tenho conta-corrente e poupança próprias, mas nunca mais usei.

"Você recebeu o plano de negócios que eu mandei?", ela pergunta. "Brent me ajudou a revisar."

"Já incluí aqui." Passo a ela o nome do responsável pelo setor do banco para o qual vou pedir uma avaliação de crédito. "Estou mandando os documentos agora, e ele disse que o processo é rápido."

"Certo. Aviso se ele ligar. Obrigada, Liv."

Conversamos por mais alguns minutos antes de desligar. Fico olhando para os números modestos do meu pedido de empréstimo. Me surpreendo, de um jeito nada agradável, ao me dar conta de que não tenho nada meu para oferecer de garantia... nem dinheiro guardado.

Dean paga o aluguel do apartamento, as contas, as compras e as despesas da casa em geral. Tenho acesso total à conta-corrente e à poupança, além dos cartões de crédito, investimentos, ações, títulos — mas todo o dinheiro envolvido é de Dean. Ele paga da fatura do cartão de crédito à assinatura das minhas revistas de jardinagem e entretenimento. Seu patrimônio é a razão pela qual ele já tem um testamento e está tomando as medidas necessárias para incluir o bebê.

Respiro fundo e aperto o botão para enviar meu pedido de empréstimo. *Suas informações foram recebidas e em breve serão processadas.*

Um calafrio percorre minha espinha.

Sem meu marido, tenho pouquíssima coisa para chamar de minha. Não sei como fui deixar isso acontecer. Depois de tanto tempo tentando me erguer e andar com as próprias pernas — abandonando minha mãe aos treze anos para terminar a escola, conseguindo uma bolsa de estudos no Fieldbrook College, lidando com as consequências do que aconteceu por lá, e então por fim me formando na Universidade de Wisconsin. Tudo isso deveria ter me proporcionado as bases para eu conseguir me virar sozinha.

Fecho o laptop — presente de Dean no meu último aniversário — e saio da mesa. A porta do quarto está aberta, mas do andar de baixo não chega nenhum barulho, nem da cozinha nem da sala de estar. Dean saiu para correr, e não faço ideia de onde estejam sua mãe e sua irmã.

Não vejo Helen Morgan desde que chegamos, dois dias atrás.

Desço. Está tudo silencioso e imóvel, a não ser pelo leve oscilar das cortinas diante das janelas abertas.

As paredes em tons sóbrios e o piso de porcelanato predominam em todos os ambientes, contrabalançados pela mobília de nogueira, pelas cerâmicas e por pinturas e tapetes coloridos. Dou uma olhada no jardim, que não mudou muito desde a primeira e última vez em que estive aqui, cinco anos atrás. Plantas em vasos enormes se espalham pelo terraço, em torno da mobília de madeira com almofadas coloridas de espuma macia.

Quem quer que tenha decorado este lugar ia se divertir fazendo o mesmo na casa que Dean quer comprar em Mirror Lake.

Paro ao lado da lareira. Há porta-retratos no aparador e prateleiras embutidas com livros de ambos os lados. Eu me lembro das fotos — sempre com os West sorrindo para a câmera e mostrando alguma realização.

Dean recebendo o título de doutor, Richard West apertando a mão do governador, Paige se formando, Joanna recebendo algum prêmio. Archer West é o menos retratado, tendo apenas duas fotos — uma quando ainda era um menino banguela e um retrato formal da família.

Fico olhando para ele. Dean disse que seu irmão está vindo de Los Angeles. Deve chegar a qualquer momento.

Ignorando uma pontada de preocupação, vou para a cozinha e abro a geladeira. Não tenho ideia de quais são os planos para o jantar, mas acho que não custa nada preparar alguma coisinha.

Querendo ser útil, dou uma fuçada nos ingredientes e decido fazer frango com cebolas e alho, aspargos assados e arroz pilaf. Estou no meio da preparação da marinada quando a porta abre. As vozes de Paige e Joanna chegam à cozinha.

"Ah." Joanna detém o passo, e seus olhos se voltam para o balcão onde estou preparando tudo. "Oi, Olivia."

"Oi." Dou um aceno discreto, mantendo o tom de voz alegre. Não sou muito fã de Joanna e Richard West, mas não quero ainda mais tensão familiar. Vou fazer exatamente o que disse a Dean — ficar ao lado dele e provar meu valor para sua família.

"Pensei em preparar alguma coisa", digo.

"Ótimo." Joanna põe a bolsa no balcão. "Vou dormir um pouquinho. Paige, não precisa me acordar para o jantar."

Depois que ela sai da cozinha, olho para a irmã de Dean.

"Como está seu pai?"

"Ansioso para fazer a cirurgia." Paige fica me olhando enquanto descasco uma cebola. "Helen quer vir jantar com a gente hoje."

"Tudo bem. Tem bastante frango."

Ela faz um breve aceno antes de ir para a sala de estar. Descasco alguns dentes de alho, ocupando minha cabeça com tarefas mundanas como picar, fatiar e temperar. A porta abre outra vez e Dean aparece, suado e energizado pela corrida.

"O cheiro está ótimo." Ele pega uma garrafa de água na geladeira.

Franzo o nariz para ele. "Ao contrário do seu."

"Verdade." Ele dá um beijo na minha nuca e vai para o andar de cima.

Termino de marinar o frango, lavo e tempero os aspargos e começo a fazer o arroz. Calculando que deve estar tudo na mesa em uma hora, subo e me troco para o jantar.

Tiro a calça jeans e me olho no espelho. Estou com nove semanas de gestação, e com certeza ganhando peso. Minha barriga está estufada e meus seios estão sensíveis, mas o enjoo diminuiu. Me sinto sexy, mas me parece extremamente inapropriado querer transar quando meu marido está no meio de uma crise familiar.

Por outro lado, o sexo sempre foi uma parte importante do nosso relacionamento — uma dinâmica intensa e pessoal estabelecida desde o início. Ainda que os hormônios respondam em parte pela minha luxúria, há também o fato inquestionável de que Dean e eu ainda não tivemos a chance de nos concentrar em nós dois de novo.

Em breve, prometo a mim mesma, pensando no compartilhamento de fantasias que sugeri e na possibilidade de renovar nossos votos. Ou de fazer tatuagens combinando.

Me divertindo com a imagem do professor West com uma tatuagem de âncora ou coração, visto uma saia cinza, que torço para não estar justa demais, e uma blusa branca. Estou colocando os brincos quando o celular de Dean começa a tocar no criado-mudo.

"Seu telefone está tocando", aviso por cima do barulho do chuveiro.

"Pode atender?", ele pede. "Talvez seja a corretora."

Pego o aparelho e olho para o identificador de chamadas, mas não reconheço o número. "Alô?."

Há um ruído do outro lado da linha, e então uma voz grave de homem. "Alô? É a Liv?"

"Isso."

"Liv, é o Simon. Simon Fletcher."

"Simon?" Abro um sorriso afetuoso, me lembrando do grandalhão de barba que é amigo de Dean desde os tempos da faculdade. "Onde você está?"

"Na Toscana. Está me ouvindo bem?"

"Sim. Só um minutinho." Vou para mais perto da janela, por uma crença nada científica de que isso vai fazer a ligação melhorar. "Como você está?"

"Ótimo. Tirei um ano sabático para participar de uma escavação. Estou em um mosteiro medieval perto de Lucca já faz três meses. Passei as festas de fim de ano em Roma. Que bom falar com você! Como estão as coisas?"

"Bem, obrigada. Estamos na Califórnia, visitando a família dele."

"Pois é, eu liguei para a King's e me disseram que Dean só vai voltar no início do semestre. Queria dar os parabéns pela bolsa e perguntar se não querem dar uma passada aqui. Convidei no semestre passado também, mas ele disse que estava ocupado demais. Fiquei sabendo que um grupo de Cambridge vai vir no mês que vem. Eles têm dinheiro para trazer Dean como consultor quando começarmos a escavação de uma nova área. Tem um monte de gente aqui que ia gostar disso."

"Ah, que incrível!"

"Vou mandar um e-mail para ele com as informações todas. Quer que eu envie com cópia para você? Vou incluir um link para o diário da escavação."

"Claro, eu adoraria ler." Viro quando ouço Dean sair do banheiro. Ele me lança um olhar interrogativo enquanto enxuga os cabelos.

"Simon Fletcher", digo a ele, apontando para o telefone. "Só um minuto, Simon. Dean chegou."

Ele joga a toalha em uma poltrona e pega o celular. Um sorriso surge em seu rosto ao ouvir a voz retumbante do amigo. "Está ligando de Altopascio? Como vão as coisas? O que vocês encontraram?"

Eles engrenam uma conversa sobre o mosteiro de Camaldolese, com seu muro perimetral, seu cemitério, seus objetos sagrados, e os planos para as diferentes áreas. Então Dean fica quieto, imagino que ouvindo a proposta de Simon para se juntar ao time.

Observo meu marido, reconhecendo sua ansiedade ao pensar na escavação, a descoberta de segredos ocultos a cada progresso. Dean não anda tendo muitas chances de fazer expedições desde o doutorado, e sei que sente falta disso. Ele adora trabalhar ao ar livre, fazer pesquisa de campo, escavar e lidar com ferramentas, além de conviver com outros técnicos, cientistas e com toda uma equipe.

"Este semestre acho que não vai dar, mas talvez no próximo", Dean diz ao telefone.

Faço que não com a cabeça para impedir sua recusa e com um gesto indico que ele não precisa responder de imediato. Os dois conversam por mais alguns minutos, então Dean encerra a ligação com a promessa de manter contato. Ele joga o telefone na cama e vira para mim.

"Dean." Apesar de saber que é quase impossível, acho que preciso tentar. "Você deveria ir."

"Sem chance."

"Posso ir junto."

"Liv, não vou para a Itália no meio da sua gravidez. Nem você. Além disso, tenho que dar aula."

"A King's deixaria você tirar algumas semanas de licença, principalmente depois da bolsa."

"Seria um trabalho de meses, se eu concordar em fazer o papel de consultor." Ele pega a toalha e pendura no pescoço. "Esta viagem para a Califórnia vai ser a única. Depois vamos ficar em Mirror Lake até o bebê nascer."

"Você não vai poder ir para uma escavação quando tivermos um bebê em casa", digo. "Essa pode ser sua única chance por um bom tempo."

"Não tem problema." Dean se aproxima de mim. O cheiro de sabonete de sua pele me envolve como um laço. "Eu não vou."

Olho para seu pescoço, onde há uma única gota d'água parada. Ele põe a mão no queixo e levanta meu rosto para me olhar nos olhos.

"Qual é o problema?", Dean pergunta baixinho.

"Só acho que você deveria fazer isso."

"Eu não quero, Liv."

"Se eu não estivesse grávida, você iria."

"De que adianta ficar falando do que a gente faria ou não se você não estivesse grávida? Você está. Não ligo para a escavação. Só você importa, e não vou sair do seu lado."

"Mas é estranho, não?" Estendo a mão para secar seu pescoço. "Pensar em todas as coisas que vão mudar."

"É mesmo. E é exatamente por isso que vou ficar do seu lado."

"Dean?"

"Sim."

"Você quer mesmo um bebê?", pergunto afinal.

"Não."

Meu coração quase para. "Não?"

"Eu não quero *um* bebê." Dean põe a mão espalmada na minha barriga. "Mas quero *este* bebê. Quero o nosso bebê."

Abro um sorriso, e o alívio se espalha pelo meu corpo como um raio de luz. "Que bom, porque é só esse que eu tenho mesmo."

"Você tem muito mais que isso, sra. West."

Ele ergue a mão esquerda, e eu encosto minha palma na dele, para que nossas alianças se toquem. Dean fecha a mão e nossos dedos se entrelaçam. Ele pega meu rabo de cavalo e puxa de leve para poder me beijar.

"Só tem uma coisa...", Dean murmura.

"O quê?"

"Se for menino, pode chamar Chaucer?"

Eu me afasto e caio na risada. Ele franze a testa.

"Por que está rindo? Chaucer é um ótimo nome."

"Só se for nos seus sonhos..."

"Onde você sempre está", ele comenta.

"Essa foi boa, professor." Dou um tapinha carinhoso em seu rosto. "Agora é melhor você se trocar. Helen vem jantar, então você provavelmente vai ter que discutir as proporções de uma catedral."

"Que tal Abelard?", ele diz em voz alta quando começo a descer as escadas.

"Que tal Ezekiel?", grito de volta.

"Isso é bíblico, não medieval."

Ainda estou sorrindo quando entro na cozinha. Helen já está lá, toda elegante com uma calça social e uma blusa de cashmere verde. Ela e Paige param de conversar ao me ver.

Eu a cumprimento e pego um avental no armário para terminar o jantar. Paige serve vinho e me oferece uma taça.

"Não, obrigada."

Ela levanta uma sobrancelha. "Parou de beber?"

Intrometida.

"Nunca fui muito de beber", respondo, mais para Helen do que para Paige.

"Bom, uma taça não vai fazer mal." Ela continua estendendo a taça para mim.

"Não, é sério, prefiro água."

Paige fica me olhando por um instante, então dá de ombros. Quando vira, troca um olhar com Helen. Fico me perguntando que tipo de mensagem pode ter sido passado. Ambas exalam frieza na minha direção, o que não me surpreende.

"Então..." Pego um copo e encho de água. "Há quanto tempo vocês são amigas?"

"Desde o colégio", responde Paige. "A família da Helen mudou aqui para a rua quando eu tinha catorze. Ela e Dean eram do mesmo ano, né?"

"É. A gente se formou junto, mas só começou a namorar na pós."

Paige solta um suspiro e pega o vinho. "Vocês eram perfeitos um para o outro."

Helen abre um sorriso tenso. "Ah, contei que meus pais chegaram da Espanha na semana passada? Eles adoraram."

Ela e Paige se sentam à mesa, enquanto Helen fala sobre os locais que eles visitaram. A irmã de Dean presta atenção em cada palavra, fazendo interjeições, comentários e perguntas. "É mesmo? Deve ter sido o máximo! Você já foi? E aí?"

A admiração que Paige cultivou durante anos e o encanto permanente por essa mulher sofisticada são visíveis. Ela deve ter ficado felicíssima quando o irmão casou com uma mulher tão elegante e ambiciosa.

Sinto uma pontada de compaixão. Não deve ter sido fácil para Paige. Sei como é querer uma coisa estável e segura, o que ela provavelmente desejou desde a infância. Quando Helen e Dean se casaram, deve ter visto os dois como a representação do casal perfeito mesmo — a unidade familiar forte e segura que seus pais nunca foram. Suas ilusões só podem ter desmoronado com o divórcio.

Não é à toa que ela não gosta de mim.

"Você já foi à Espanha, Liv?", Paige me pergunta.

Faço que não com a cabeça. "Mas já fui à França algumas vezes com Dean."

Não é a coisa certa a dizer no momento. Ambas me olham como se minha intenção fosse jogar sal sobre as feridas abertas.

Helen se vira de novo para Paige e começa a falar sobre Sevilha. Termino de fazer o jantar, e fico contente quando Dean aparece. Ele me dá um apertão de leve no ombro como um pedido de desculpas por ter demorado tanto.

Paige me ajuda a servir o jantar. Como em silêncio enquanto os três conversam. Helen pergunta a Dean se ele tem interesse em dar uma palestra em um curso dela em Stanford na semana que vem.

"Vou falar sobre o movimento de decoração do século xix, e você poderia explicar um pouco sobre a estética e a arquitetura medievais", sugere Helen, passando uma travessa de aspargos para Paige. "De repente pode falar de vitrais."

"Não tenho nenhuma palestra pronta sobre isso, mas posso providenciar", responde Dean.

"Não é uma turma grande, só uns quinze alunos de graduação. Pode ser mais uma exposição sobre o tema."

"Claro."

Helen parece satisfeita. "Vou mandar um e-mail para o departamento avisando. Alguns alunos de história medieval também vão querer assistir."

Eles começam a discutir em quais textos e obras Dean deve se concentrar.

Não consigo detectar nenhum indício de raiva de Helen em relação a Dean. Tampouco vejo sinais de amargura ou culpa — é como se todos os sentimentos negativos tivessem ficado para trás há muito tempo. Eles são colegas de profissão e mantêm uma relação cordial, discutindo seus trabalhos e suas realizações.

Depois do jantar, Dean e eu lavamos a louça e limpamos a cozinha. Em seguida, damos boa-noite e subimos. Dean vai falar com a mãe enquanto eu visto a camisola e escovo os dentes.

"Ela pegou seu sobrenome?", pergunto a Dean quando ele volta para o quarto.

"Quê?"

"Helen. Ela virou Helen West?"

"Não." Ele tira a camiseta. "Helen manteve o nome de solteira. Sempre foi a dra. Morgan."

"Como você... como se sente? Sobre ela."

"Desejo tudo de bom para Helen." Ele dá de ombros. "Lamento pelo que aconteceu, mas fico contente que a gente tenha seguido em frente. Tenho certeza de que ela pensa igual."

"Você é bem maduro."

Dean dá uma piscadinha para mim. "Você gosta disso."

"Verdade." Fico surpresa por estar contente por ele e Helen serem capazes de deixar o passado para trás. Ou pelo menos Dean.

Digo para ele deitar de bruços na cama, subo em suas costas e começo a aliviar a pressão em seus ombros. Dean solta um grunhido de satisfação. Seus músculos estão rígidos e cheios de nós, mas aos poucos vão ficando mais maleáveis sob meu toque. Massageio sua coluna, pressionando toda a extensão, depois vou para o pescoço. Sua pele é macia e firme. Deslizo os dedos e começo a massagear seu couro cabeludo e suas orelhas.

Em questão de minutos, o ritmo de seu corpo se altera sob o meu. Esfrego seus ombros mais um pouco, e ele cai no sono. Então saio da cama e o cubro com o edredom.

Faço uma ligação rápida para Kelsey para dar notícias. Procuro o livro que trouxe comigo, então me lembro de que deixei a bolsa lá embaixo. Ouço Paige e Helen conversando na sala quando desço para pegar.

Sei que é feio, mas paro na escada para escutar quando percebo que estão falando sobre nós dois.

"Não sei o que eles têm em comum", Paige comenta. Ouço o som de vidro contra vidro quando ela reabastece a taça de vinho. "Ele é genial. Tão admirável. E ela... bom, ela não faz muita coisa, até onde sei."

Merda. Não quero ouvir isso, mas continuo imóvel.

"O sexo deve ser ótimo", responde Helen, em um tom ácido.

"Helen!" Paige parece chocada. "Você está falando do meu irmão."

"E do meu ex-marido. Acredite em mim, sei do que ele é capaz."

"*Helen.*" Paige solta uma risadinha abafada. "Ela é bonita, acho. Isso eu admito. Mas você acha que só sexo segura um casamento?"

"Em alguns casos talvez." Agora Helen parece bem amargurada. "Dean falou que eles se conheceram em Wisconsin."

"Madison. Ela era aluna e trabalhava em um café. Ele era professor visitante na Universidade de Wisconsin. Trouxe a garota no Dia de Ação de Graças e foi um desastre." Ela faz uma pausa antes de continuar. "Pensamos que fosse só um casinho, até porque ele nunca mais falou sobre ela. Então, alguns anos depois, bum! Ele conta que casaram. Ainda acho que a mamãe torce para eles se separarem. Acha que Dean pode encontrar coisa melhor."

Sinto um aperto no peito.

"A família dela é de onde?", Helen pergunta.

"Não faço ideia. Não me lembro de ter falado dos pais, e eu nunca perguntei. Acho que são meio ausentes."

"Deve ter sido por isso que ela se agarrou ao Dean", comenta Helen. "Sabe como é... um cara estável, bem-sucedido, bonito. Ela deu sorte."

"Ou então deu um belo golpe", murmura Paige.

Puta merda.

"Sem filhos ainda, né?", pergunta Helen.

"Que eu saiba..."

Volto para cima e faço um pouco de barulho antes de descer outra vez. Na metade do caminho, vejo que a conversa foi interrompida.

"Oi." Paro na porta e faço um aceno, como se as visse pela primeira vez no dia. "Vim buscar meu livro."

As duas me olham sem piscar. Helen põe a mão na garrafa. "Por que não bebe um pouco com a gente, Liv?"

"Obrigada, mas estou bem cansada."

"Vamos, só uma taça."

Como aparentemente adoro me torturar, me acomodo em uma poltrona perto da lareira. Não sei o que falar para elas, mas sinto uma necessidade intensa de justificar meu casamento.

Helen oferece uma taça. Faço que não com a cabeça. Ela me olha de cima a baixo, ainda que rápido, mas com uma intensidade que me deixa envergonhada. Estou usando um robe fino, porque meu roupão acolchoado de sempre ocupava muito espaço. Mas sinto falta dele, porque Helen parece estar me medindo.

Como se tentasse entender o que Dean vê em mim.

Prendo uma mecha de cabelo atrás da orelha e cruzo os braços.

"Ouvi dizer que você dá aula em Stanford há muitos anos, Helen", digo, tentando soar animada.

"Desde o tempo em que era casada com Dean."

Eu me pergunto quantas vezes ela ainda vai dizer que os dois foram casados. Talvez devesse dar uma alfinetada nela toda vez que acontecer. Mencionando alguma coisa sobre minha vida sexual maravilhosa com Dean, por exemplo.

"Estávamos falando sobre a sua família, Liv." O tom de voz de Paige é agradável e casual. "Não consigo lembrar o que seus pais fazem."

"Minha mãe está sempre viajando", respondo, repetindo a mesma coisa que venho dizendo há dez anos. "Meu pai morreu muitos anos atrás."

"Ah, eu lamento", diz Paige. "De repente sua mãe pode vir com você aqui algum dia. A gente adoraria."

Murmuro uma evasiva.

"Onde ela mora?", continua Paige.

"No sul." *Pelo menos que eu saiba.*

"Você tem irmãos?", Helen pergunta.

"Não." Por que não viro as costas e subo? Não quero falar sobre nada disso. Tampouco quero que fiquem falando sobre mim. Não gostei nem um pouco das insinuações feitas, como se tivesse sido um desvario da parte de Dean se casar comigo. Como se eu fosse uma imprestável.

"Acho que Dean vai assumir a cadeira de professor titular na King's em pouco tempo", digo a Helen. "Principalmente agora, com a bolsa do IPH."

Helen fica surpresa. "Dean ganhou uma bolsa?"

Rá.

"Ah, ele não contou? Recebemos a notícia pouco antes do Natal. O financiamento começa no verão."

"Ora, isso é ótimo." Helen toma mais um gole de vinho.

Tento encontrar alguma realização recente minha para me gabar. *E eu estou grávida?* Não parece adequado. *E faço um suflê ótimo?*

"Eu não sabia que vocês estavam aqui." Joanna West entra na sala. De alguma forma, mantém a elegância sem se esforçar em uma espécie de túnica esvoaçante, apesar de já serem quase dez da noite. "Alguma notícia do médico?"

"Telefonei para lá. Papai está dormindo", Paige avisa. "Podemos visitar de manhã."

"Ótimo." Joanna lança seu olhar carregado de frieza para mim. "Oi, Olivia."

"Tudo bem, Joanna?" Meu estômago se revira. Detesto ainda ficar toda apreensiva na presença dessa mulher sofisticada que acha que roubei seu filho.

"Guardamos comida para você." Helen fica de pé e entrega uma taça de vinho a Joanna. "Foi Liv que fez. Come um pouco."

"Obrigada, querida."

As três vão para a cozinha. Apesar de ter sido esnobada, fico mais aliviada do que magoada. Continuo sentada na poltrona por mais alguns minutos, ouvindo o zum-zum da conversa delas.

É impossível deixar de invejar que Helen mantenha uma boa relação com Joanna West. Mãe e filha sempre foram próximas, já que são as duas mulheres da família, e a ex de Dean parece ser a terceira peça ideal nesse conclave.

Levo a mão à barriga e subo. Dean está dormindo profundamente, espalhado de bruços na cama. Pego na bolsa meu caderno com o manifesto e me sento à escrivaninha, ligando o abajur. Abro em uma página em branco e apanho uma caneta.

Vou tentar acertar.
Vou descobrir o que preciso acertar.

Guardo o caderno e me deito sob as cobertas. Ponho a mão sobre o corpo quente de Dean e fecho os olhos, mas demoro um tempão para conseguir dormir.

7

OLIVIA

Fora da terapia, nunca contei para ninguém sobre o que aconteceu na época da minha primeira faculdade. Nem mesmo para North, a única pessoa antes de Dean em quem eu confiava de verdade. Depois de uma briga séria com minha mãe aos treze anos, fui embora para morar com minha tia Stella, irmã do meu pai.

Por cinco anos, morei com ela e Henry, seu marido, em Castleford — uma cidadezinha pitoresca em Wisconsin. Stella estabeleceu regras rígidas para minha permanência — boas notas, emprego de meio período, ida semanal à igreja, nada de beber ou dormir fora —, e eu obedeci de bom grado. Depois de anos de caos com minha mãe, era um alívio ter uma estrutura, por mais estrita e sufocante que fosse.

Por cinco anos, ninguém teve nada de ruim para dizer a meu respeito. Na verdade, ninguém tinha *nada* a dizer sobre mim. Eu era quieta, contida e estudiosa. Não namorava e tinha poucas amigas, preferindo me concentrar nos estudos e em atividades extracurriculares, como o clube de debate, para construir um bom currículo e conseguir entrar na faculdade. Quando fiz dezoito anos, consegui uma bolsa de estudos integral no Fieldbrook College, uma instituição privada de elite perto de Milwaukee.

No dia em que recebi a carta de confirmação, fiquei parada diante da caixa de correio com o coração disparado, sentindo que o passado estava ficando para trás e o futuro se abria prodigioso diante de mim.

Cara srta. Winter,

Em nome do comitê de admissões e da diretoria, é com satisfação que informamos que você foi a selecionada para a prestigiosa bolsa de estudos por mérito do Fieldbrook College...

Finalmente eu ia poder abrir as asas e deixar para trás minha mãe egocêntrica e a vida de repressão com minha tia. Enfim ia conseguir descobrir quem eu era e o que gostaria de ser.

Três meses depois, juntei todas as minhas coisas e atravessei o estado para dar início ao meu futuro. Era meu momento. Um início e um fim ao mesmo tempo.

E então, seis anos depois, com Dean... um novo começo.

Mesmo no início do relacionamento, eu sabia que precisava contar tudo antes de dormirmos juntos. Era inevitável. Mas não sabia como nem quando... até que não tive mais escolha.

No sábado seguinte ao jogo de Scrabble, ele foi até meu apartamento em uma tarde chuvosa. Ficamos ocupados por algumas horas — ele corrigindo trabalhos, eu pesquisando para um artigo sobre fontes de informação —, e então parei para lavar roupa. Juntei algumas moedas, peguei o cesto de roupas sujas e desci sozinha para a lavanderia do prédio, declinando a oferta de ajuda de Dean.

Havia pelo menos uma dúzia de máquinas na sala estreita, sob o brilho amarelado das lâmpadas fluorescentes do teto. Várias delas estavam ligadas, as lavadoras soltando água e as secadoras girando pilhas de roupas. Não havia ninguém lá quando pus minha cesta sobre a bancada e comecei a separar as cores.

Eu estava distraída. Qualquer eventual barulho seria abafado pelo som das máquinas em funcionamento. Não ouvi quando Dean entrou nem notei sua presença. Só senti duas mãos grandes me agarrando por trás. O medo me dominou rápido, e com força.

Meu coração foi parar na boca. Me afastei dele e corri, então me vi acuada em um canto.

"Liv?" Dean deu um passo atrás, com uma expressão de choque e desolação no rosto. "Liv, eu..."

"Espera..." *Ai, meu Deus.* Levantei as mãos e tentei respirar fundo e devagar.

Eu me vi transportada para lá de novo, para uma lavanderia com um monte de garotos que mal conhecia, música e risadas reverberando pelas paredes, atordoada pelo barulho e pelo cheiro de cerveja.

Eles eram grandes. Um deles ficou perto da porta. Foi então que percebi que estava encurralada, apesar de ter ido para lá por vontade própria, apesar de estar tendo um casinho com o loiro, que me olhava de um jeito que nunca tinha olhado antes...

"V-você me assustou", gaguejei.

"Desculpa." Dean passou a mão no rosto. "Não era minha intenção."

Respirei fundo outra vez, e meu coração se acalmou. "Não é culpa sua. Eu não... Não estaria com você se tivesse medo. É que... você me pegou de guarda baixa." Tentei sorrir. "Sou meio assustada mesmo."

Ele já sabia. Fiquei arisca com nosso primeiro contato mais íntimo, e ele tinha me visto sofrer um ataque de pânico em um jogo de futebol.

Mas nada daquilo era por causa *dele*.

Era uma coisa minha.

"Vamos." Dean guardou minhas coisas no cesto e o pegou. "Consegue subir sozinha?"

O que eu mais precisava era sair daquela lavanderia, com o ar abafado e o barulho das máquinas reverberando em mim como uma enxaqueca.

Dean manteve distância até voltarmos ao apartamento. Fui para a cozinha e tomei um copo d'água enquanto criava coragem.

"Fiz uma besteira." Pus o copo na mesa e virei para ele. "Queria tanto me livrar da minha mãe, provar que não era igual a ela, e... de repente vi que era."

"Como assim?"

"Eu... Eu já contei sobre os tarados que mexeram comigo quando eu era criança..." Cerrei os punhos para resistir às lembranças terríveis. "Os 'namorados' da minha mãe. O único bom momento que tive foi em Twelve Oaks, a comuna na Califórnia. Mas precisei ir embora de novo depois de alguns meses, apesar de querer muito ficar. Então decidi me livrar dela. Achei que podia ter uma chance de ser como as outras garotas."

O aperto no meu coração se aliviou quando vi o olhar de Dean — a expressão de um homem forte e protetor, que gostava de mim sem segundas intenções.

"Eu era uma aluna nota dez", contei. "Nunca causei nenhum problema. Fui para Fieldbrook aos dezoito. Era uma faculdade pequena, com menos de mil e quinhentos alunos. Tinha um bom programa de humanas e idiomas. Quando me mudei para lá, me senti livre pela primeira vez em... bom, pela primeira vez na vida. No outono, conheci um cara na aula de contabilidade que estava um ano na minha frente. Era da equipe de remo e se chamava Justin. Ele era bonito, popular... e eu nunca tinha namorado, então fiquei lisonjeada com o interesse. Sempre quis ser como as outras meninas. Me sentir normal. Namorar, paquerar... mas tinha medo, achava que tia Stella ia usar aquilo como pretexto para me expulsar de casa. Então, em Fieldbrook, finalmente senti que podia, porque estava sozinha. Eu saí com o Justin e... Foi o primeiro cara que eu beijei. Aí ele me convidou para uma festa uns dias depois. Numa casa afastada do centro. Música alta, bebida, essas coisas. Não gostei nem um pouco, mas não queria ir embora. Depois de algumas horas, Justin e eu fomos parar em uma lavanderia minúscula no fundo da casa. Eu tinha tomado duas cervejas, mas não estava bêbada. Foi uma coisa consentida, e no começo eu estava gostando. Pensei que... passei tanto tempo me sentindo diferente, sendo a menina esquisita e quieta, uma estranha no ninho mesmo ao lado da minha própria mãe... Gostei de ter a atenção de Justin, de me sentir incluída e... sei lá. Desejada. Bom, a gente estava lá e..." Fui obrigada a olhar para Dean, com o rosto em chamas. "Eu estava menstruada. Avisei assim que ele começou a avançar o sinal. Justin... bom, ele se irritou. Achou que eu estivesse só atiçando. Eu era ingênua, mas não a ponto de não saber o que ele queria de mim. Fiquei com medo."

"Liv..."

Levantei a mão para impedir que Dean se aproximasse de mim, ciente de que ia desmoronar se me tocasse.

"Ele me falou para tirar a blusa e chupar o pau dele. Eu não queria... mas... o lugar era bem apertado e abafado, e com a barulheira da festa, a batida forte da música... Ele entrou na frente da porta, e eu... me senti encurralada. Só queria fazer o que ele tinha mandado e cair fora de lá. Demorou um pouco para eu entender por que acabei topando... estava sendo coagida. Depois que acabou, levantei a cabeça e vi um dos amigos do Justin parado na porta, bloqueando a saída. Não sabia quanto tempo fazia que estava lá ou o que tinha visto, mas ele sabia o que estava acontecendo."

Fiquei em silêncio. Uma sensação de humilhação me corroía por dentro.

"Nem sei qual era o nome do outro. Justin falou alguma coisa para ele. Não ouvi nada por causa da música e do zumbido nos ouvidos. O garoto foi até mim e eu percebi... estava *na cara* que ia precisar fazer tudo de novo, com alguém que nem conhecia... mas graças a Deus apareceu outro casal para fumar um baseado na lavanderia. Foi a distração que eu precisava para vestir a blusa e dar o fora de lá. Consegui uma carona para casa com uma menina. Passei o resto da noite no chuveiro, só saindo para vomitar na privada."

Dava para sentir a raiva de Dean pairando no ar, em seu movimento instintivo na minha direção.

"Espera." Dei um passo para trás. "Eu estava... não entendi o que tinha acontecido, que eu poderia ter denunciado. Só tentei esquecer tudo e voltar para minha concha. Justin me chamou para sair de novo. Não aceitei. Estava me sentindo péssima, suja. Envergonhada. Não conseguia tirar da cabeça os tarados que me usavam para se masturbar, e a omissão da minha mãe. Senti que tinha deixado aqueles garotos se aproveitarem de mim do mesmo jeito, e fiquei me odiando. Me recusei a sair com Justin mais duas vezes. Ele não gostou. Disse que eu não tinha direito de dar um gelo nele depois do que havia acontecido, esse tipo de coisa. Pensei que fosse me esquecer e me deixar em paz. Mas depois descobri que tinha namorada. O outro cara contou para ela o que aconteceu na lavanderia e... bom. Ela me mandou umas mensagens horrorosas, e as fofocas começaram a rolar. Em uma semana, o campus inteiro estava falando de mim. Que eu era uma puta, que Justin tinha me pagado, que eu faria aquilo com qualquer um. O mesmo tipo de coisa terrível que diziam sobre minha mãe. E eu não tinha nenhuma amiga de verdade, ninguém me conhecia. Virei... deixei de ser a garota calada e desconhecida para ser... *isso.* A piranha que fez boquete em um cara numa festa enquanto o outro esperava na fila. Eu não conseguia andar pelo campus sem sentir os olhares, ouvir os comentários. As amigas da irmandade de que a namorada do Justin fazia parte ficavam me mandando e-mails e mensagens... Tentei ignorar, mas comecei a ter dificuldade de me concentrar nos estudos e dormir. E então desabei. Não conseguia sair da cama. Parei de ir às aulas. Parei de comer. Me perguntaram o que estava acontecendo... recebi e-mails dos professores, o pessoal da administração avisou que eu não estava cumprindo os requisitos da bolsa. Mas eu tinha passado quase a vida toda sozinha, não sabia como pedir ajuda, como falar a respeito, nem mesmo quando comecei a ter ataques de pânico... então acabei perdendo a bolsa porque meu desempenho acadêmico despencou. Dois meses depois, abandonei a faculdade. Foi o único momento em que preferiria estar com minha mãe. Sem nenhuma responsabilidade. Aquilo pelo que tanto lutei... perdi tudo porque me meti com o garoto errado. Então entrei no carro e peguei a estrada. Exatamente como a minha mãe."

Meu coração estava disparado, espalhando uma vergonha pulsante por todo o meu corpo. Arrisquei uma olhada para Dean. Ele estava com os olhos voltados para o chão, os músculos contraídos de raiva.

"Três dias depois, cheguei à Califórnia", continuei. "Voltei para Twelve Oaks."

A lembrança da comuna era como um banho de água fria sobre uma queimadura ardente. Minha respiração estava acelerada e rasa, mas eu me sentia mais leve, como sempre acontecia depois de falar sobre o que aconteceu. Apesar de já ter tratado do assunto na terapia, falar com Dean me lembrou de que eu havia colocado minha vida de volta nos trilhos. Não tinha acabado como minha mãe.

"Foi por isso... por isso que me fechei de novo, e é por isso que detesto me sentir acuada", expliquei. "Pus toda a culpa em mim. Fiquei com a sensação de que, se não fizesse o que Justin queria, poderia ter acontecido coisa pior. Foi só depois de Twelve Oaks e da faculdade comunitária que comecei a achar que podia me reerguer."

Dean não olhou para mim. Seu corpo exalava tensão.

Engoli em seco. "Dean, eu... não me mantive virgem por alguma questão moral. Foi só que... fiquei com *medo* de tudo. Do que as pessoas iam dizer e pensar sobre mim, do que poderia acontecer depois. Não fiquei com ninguém por anos. Você foi o único homem em quem senti confiança. E naquela primeira vez, quando você me beijou e me tocou, fiquei assustada porque estava gostando demais. Gostando de você. Do jeito como me senti ao seu lado e... comecei a pensar em um monte de coisas que queria fazer com você..." Respirei fundo. "Dean, por que... por que não consegue olhar para mim?"

"Quê?" Ele se endireitou, e seus olhos de repente brilharam. Atravessou a cozinha e me segurou pelos pulsos. "Eu não consigo olhar para ninguém *além* de você, Liv. Não *quero* olhar para ninguém além de você. Estou tão louco por você que morro de medo."

Minha cabeça latejava muito. Eu nem conseguia entender o que ele dizia. Estava lutando contra a vergonha, tentando me concentrar no presente.

"Eu sei, Liv", ele continuou, apertando meus pulsos com mais força. "Sei como é se culpar pelas coisas. Ser forçado a fazer algo que não quer e sofrer as consequências. Vivi desse jeito por vinte e cinco anos. E é uma merda. Você não tem motivo nenhum para sentir vergonha. Nenhum mesmo. Esses desgraçados... puta que pariu."

Dean se interrompeu e soltou o ar com força, como se estivesse se esforçando para recobrar o controle.

"Você é a pessoa mais forte que conheço, Liv. Não pense que não sei o quanto é forte. Você não se deixou definir pela sua mãe nem por aqueles tarados filhos da puta. Começou uma vida nova *duas vezes*. A maioria das pessoas nem sonha em ter tanta coragem."

Fiquei olhando para ele. Nunca tinha visto a coisa por aquele ângulo. Nem sabia que tal ângulo existia.

"Eu mesmo não consegui começar uma nova vida nem uma única vez", Dean continuou.

Soltei uma mão, sentindo que se culpava por sua família.

"Agora sabe por que..." Meus olhos se encheram de lágrimas. "Por que eu queria que você..."

Eu o agarrei pela camisa, trêmula de vontade de confessar tudo o que sentia por ele.

"Eu sabia que dava para ser diferente, Dean, e que poderia ser bom. Que não precisava ser como era pra minha mãe ou... pra mim. E queria saber como... como seria... e com você *é* assim. É o que eu queria, como eu esperava..."

"Dá pra ser diferente mesmo." Ele ergueu as mãos para segurar minha cabeça, enroscando os dedos nos meus cabelos. "Você merece muito mais. Quero te dar muito mais. Não estou falando só de sexo, mas..."

"Você estava errado." Pisquei algumas vezes para segurar a nova onda de lágrimas. "Quando falou que eu não esperava nada de você, estava errado. E eu menti... quando disse que não queria que você desse um jeito na minha vida... Ah, Dean. Acho que eu sabia que você era a *única* pessoa no mundo capaz de fazer isso."

A boca dele se colou à minha, apressada, mas mesmo assim carinhosa. O alívio tomou conta de mim, diluindo minhas angústias enquanto nossos corpos se juntavam como as páginas de um livro fechado. Minhas mãos ficaram presas entre nós, e acariciei seu peito. O calor nos envolveu, penetrando os recantos mais gelados do meu coração.

"Desculpa", murmurei. "Eu... eu não quero ser uma pessoa que espera mais de você do que aquilo que..."

"Pode parar."

"Mas eu..."

Dean ergueu a cabeça, sem tirar as mãos dos meus cabelos. Nossas respirações se misturaram.

"Ninguém precisa dar um jeito na sua vida, Olivia, muito menos eu." Dean me puxou para mais perto, sem tirar os olhos dos meus. "Porque não tem nada de errado com você."

8

OLIVIA

Depois que contei para Dean tudo o que deveria saber sobre mim, nós nos tornamos quase inseparáveis. Como eu esperava, ele não recuou. Estava ainda mais determinado a me proporcionar o que eu nunca tivera. E, em um fim de tarde de sábado em meados de novembro, eu soube. Foi um momento de clareza instintiva, como se tivesse pressentido o momento exato de plantar uma tulipa ou colher uma maçã madura.

Como não ia trabalhar no Jitter Beans naquele dia, fui ao apartamento de Dean, e ficamos à toa juntos. Ele trabalhou um pouco, eu estudei um pouco. Vi um filme. Ele leu uma revista científica de arquitetura. Pedimos uma pizza, vimos uns vídeos engraçados na internet e jogamos gamão.

Gamão.

Quase dei risada. Apesar de todas as evidências apontando para o contrário, não éramos incompatíveis. Nem um pouco.

Pus o livro de lado e vi que Dean me olhava. Ele estava esparramado em uma poltrona, com uma revista de esportes no colo e os pés descalços apoiados na mesa de centro. Seus cabelos estavam desalinhados, mas seu olhar era intenso no rosto com a barba por fazer.

Meu coração disparou. Sentei devagar, ajeitando a saia sobre os joelhos. Uma tensão deliciosa se instalou no meu ventre.

"Dean."

"Sim."

Ele também sabia. Por um instante, só ficou olhando para mim. Alguma coisa indefinível se mostrou em seu rosto antes que se levantasse.

"Vem aqui", Dean falou.

Com o ar entalado na garganta e o coração disparado, atravessei a sala e me coloquei diante dele. Dean ficou em silêncio por um momento. Voltou seus olhos castanhos gentis e reconfortantes para mim, e eu me derreti toda. Ele pôs a mão sob meu queixo e levantou meu rosto para um beijo suave que me fez brilhar por dentro.

Enfiei as mãos por baixo da camiseta dele com gestos inseguros, para tocar sua pele. Seus músculos eram quentes e rígidos. Ah, ele era uma delícia. Com Dean, tudo parecia gostoso e certo.

Inclinei a cabeça para olhá-lo. Ele havia esperado um bom tempo por mim. Seu olhar procurou o meu.

"Obrigada por esperar", murmurei.

"Minha bela", Dean falou, "esperaria você para sempre."

Ele segurou meu rosto entre as mãos e me beijou outra vez, deslizando deliciosamente a língua pelo meu lábio inferior. Abri a boca para ele, e o beijo se transformou em urgência pura.

Senti uma mão no meu pescoço, depois puxando meu rabo de cavalo. Tirei a fivela e soltei os cabelos. Dean passou as mãos pelas mechas compridas e inclinou minha cabeça para aprofundar o beijo.

Seria de esperar que, depois de manter a atração física em banho-maria por três meses, teríamos pressa, mas estávamos decididos a fazer tudo devagar. Por minha causa. Fiquei arrebatada de tal forma por seus beijos inebriantes que só queria que durassem até o fim dos tempos.

Ele levou a mão aos meus seios, acariciando os mamilos por cima do sutiã, fazendo os tremores se espalharem pelo meu corpo. Nossas bocas se encontravam sem parar, as mãos dele passeavam por cima das minhas roupas, meus dedos se moviam inquietos por suas costas e pela cintura de sua calça jeans.

Dean levantou minha saia e pôs a mão entre minhas pernas. O calor dele me deixou queimando. Por reflexo, apertei com força seu punho e empurrei os quadris para a frente. Dean resmungou alguma coisa baixinho, então moveu a mão para acariciar minha bunda e me puxar para mais perto.

Foi tudo muito sensual, exatamente como eu imaginava. Envolvi sua cintura com as pernas e inclinei a cabeça para beijá-lo enquanto Dean me levava para o quarto, tentando não tropeçar em nada. Senti seu calor através do jeans. Comecei a me esfregar nele antes mesmo de ser colocada no chão.

Ele me olhou de forma calorosa, com um leve sorriso. Eu me contorci para baixar o zíper da saia e jogá-la no chão. Dean levou a mão à braguilha e a abriu.

Então fiquei apreensiva. Minha garganta secou e eu fechei as pernas. Estava respirando fundo, com o coração pulsando de desejo, mas um medo repentino paralisou todos os músculos do meu corpo.

Dean parou o que estava fazendo e franziu a testa. "Tudo bem?"

"Tudo." Minha voz estremecia um pouco.

Ele parou de tirar a calça e pôs as mãos nas minhas pernas descobertas. Com gestos lentos, acariciou minhas coxas dos joelhos até a bainha da blusa, sem enfiar as mãos por baixo. Relaxei um pouco ao ritmo suave de seu toque, mas meu estômago ainda estava contraído.

"Quer que eu pare?", ele perguntou.

"Não."

"Se precisar que eu..."

"Eu sei, eu sei." Agarrei a camiseta dele com a mão.

Dean me acariciou até os joelhos e voltou a subir a mão. "Você está nervosa."

Não era uma pergunta, mas concordei mesmo assim. Não fazia muito sentido estar nervosa, considerando que me sentia confortável com ele em todos os sentidos e que já havíamos feito coisas muito sensuais e íntimas juntos. Mas estava.

"Eu também", ele admitiu.

Não sabia se acreditava naquilo, então percebi que as mãos dele estavam trêmulas ao deslizar pelas minhas coxas. Engoli em seco.

"Não quero estragar tudo", falei por fim.

Ele soltou uma risada grave. "Bela, você nem imagina..."

Ele continuou acariciando a parte interna das minhas coxas. Fiquei vermelha quando roçou na minha calcinha molhada — não havia como negar *aquela* evidência —, mas Dean não enfiou os dedos por baixo do elástico.

"Tira minha roupa", ele falou.

"Quê?"

"Vai em frente."

Eu me apoiei sobre os cotovelos e observei o volume na calça dele. Queria vê-lo completamente nu, e, se eu o estivesse despindo, ele não teria como fazer o mesmo comigo. Ainda.

Baixei a bainha da minha blusa até o quadril. Dean se sentou ao meu lado na cama e esperou que eu criasse coragem. Minhas mãos começaram a tremer quando tirei sua camiseta.

O peitoral dele era lindo. Musculoso, definido, quente ao toque. Pus uma das mãos em seu peito e o empurrei de costas na cama. Em seguida pus a mão aberta sobre seu pau. Ele se contorceu todo.

Eu o encarei. Dean me olhava com uma expectativa que fez meu sangue pulsar. A apreensão voltou a se espalhar pelo meu corpo, mas, como eu estava no controle, sabia que não aconteceria nada que eu não quisesse. Baixei a cabeça e meus cabelos caíram no meu rosto, tirando Dean do meu campo de visão — e, com um pouco de sorte, me tirando da visão dele.

Senti sua mão em meus cabelos no mesmo instante, como se quisesse afastá-los, mas o gesto foi interrompido. Aliviada e encorajada por não vê-lo, abri sua braguilha. Podia sentir seu pau duro nos dedos, com um desejo perceptível que fez meu corpo todo estremecer em resposta.

Arranquei a calça e a cueca dele, soltando o ar com força. Arrisquei uma olhada para Dean através do véu de cabelos. Meu coração disparou, entalando na garganta ao vê-lo esparramado na cama — todo desejo, pele firme, músculos definidos, pau prontinho.

"Liv." Sua voz saiu embargada. Ele estendeu o braço para me segurar pelo pulso e me guiar até seu pau. "Pode pegar."

Envolvi a base com os dedos, sentindo-o pulsar sob a pele macia. Apertei uma coxa contra a outra quando comecei a latejar em resposta. Eu o masturbei com gestos inseguros no início, até ele erguer os quadris e mostrar que queria que fosse mais rápido. Acelerei o ritmo, fascinada com a visão de seus músculos se contraindo de excitação.

"Espera." Dean se apoiou nos cotovelos, respirando fundo.

Eu parei. "Quer que eu..."

"Tudo. Quero que você faça tudo." Ele pôs as mãos na minha cintura e me colocou sobre seu corpo. Em seguida subiu minha blusa e agarrou minha bunda. Voltei a me contorcer quando a pontada no ventre ficou mais forte.

Ele escorregou os dedos para dentro da minha calcinha e passou a mão pela minha bunda antes de chegar à minha boceta.

"Você está acabando comigo, Liv."

"Preciso de você", sussurrei. "Estou pronta. Eu..."

"Quero ver você primeiro. Inteira." Ele me puxou para mais perto. Senti seu pau latejando contra minha calcinha e gemi alto.

"Tira a blusa", ele falou.

Fiquei meio tensa de novo, mas obedeci. Antes que mudasse de ideia, abri o fecho frontal do sutiã e o joguei de lado. O ar atingiu minha pele úmida, deixando os mamilos mais sensíveis. Estremeci, curvando os dedos sobre a barriga lisa de Dean.

"Você é incrível."

Incrível. Eu não era, mas sabia que Dean achava que sim. Principalmente depois que me tocou. Meus seios cheios se aninharam em suas palmas como se tivessem sido feitos para ele. Fiquei observando enquanto me acariciava, escorregando os dedos pelos mamilos, seu corpo quente e firme sob minhas pernas.

"Dean." Minha voz estava áspera, mas meu nervosismo havia se transformado em outro tipo de tensão, que precisava ser aliviada com urgência.

Ele puxou minha calcinha. "Tira isso."

Deslizei a peça de algodão pelas pernas e fiquei vermelha outra vez quando Dean correu os dedos pela minha barriga.

Respirei fundo. Ele soltou um palavrão. Seu pau latejava contra minha bunda. Ele enfiou um dedo em mim e acariciou o clitóris com o polegar. Antes de entender o que estava acontecendo eu gozei — um orgasmo rápido, repentino e forte.

"Dean... Ah, nossa, Dean..."

Eu ainda estava tremendo toda quando ele pôs a camisinha, me colocou por baixo e abriu minhas pernas com os joelhos. Eu o agarrei pelos quadris para ajudar.

"Espera." A respiração dele estava ofegante junto à minha testa quando apoiou o corpo em uma das mãos e pôs a outra entre minhas pernas. Dean enfiou dois dedos e soltou um grunhido quando me contraí toda por dentro. "Você é tão apertada, Liv. Não quero machucar você."

"Não vai." Eu estava arfando, me contorcendo toda enquanto ele me acariciava.

Dean faria ser bom. Eu sabia. Ele colocou a cabeça do pau na posição certa e entrou em mim devagar, com os músculos enrijecidos. Eu o agarrei pela cintura com mais força e o puxei para mim.

Com um gemido de rendição, Dean entrou com tudo, me alargando com sua extensão e grossura. Um ardor se espalhou de dentro para fora. Respirei fundo, agarrando-o com mais força, navegando entre as conflituosas sensações de dor e prazer.

"Liv." A tensão dominava sua voz quando ele parou, se mantendo fora de mim apoiado nas mãos, uma de cada lado da minha cabeça. Seu olhar procurou o meu.

"Eu... estou bem." Não sabia ao certo, mas em pouco tempo saberia. Rebolei embaixo dele, enchendo os pulmões, sentindo meu corpo inteiro sensível ao seu toque.

Dei um grito quando ele entrou de novo, devagar, como uma chave na fechadura. Dean parou, ofegante, e esperou que eu me ajustasse ao seu tamanho.

Meus nervos fervilhavam. Meus batimentos reverberavam dentro da cabeça. Meu corpo latejava, e a sensação de tensão absoluta ia se desfazendo em pulsações de desejo.

"Tudo bem?" Ele se mexeu, cerrando os dentes.

"Tudo." Forcei os músculos a relaxar e me arqueei em sua direção. O suor brotou no meu pescoço. "Quero fazer isso... quero você..."

Dean saiu e entrou de novo, alinhando seu corpo ao meu. Levantei os joelhos para envolver seus quadris e puxá-lo para mim, impressionada com a facilidade com que nossos corpos se encaixavam. Dean pôs as mãos nas minhas coxas e me fez abrir mais as pernas, entrando em mim o máximo possível. Respirei bem fundo, perdida naquela sensação de finalmente nos tornarmos uma coisa só, esquecendo onde eu terminava e ele começava.

"Ah..." A tensão do êxtase começou a surgir dentro de mim, e os indícios de desconforto foram aos poucos se desfazendo. Agarrei os antebraços de Dean e o puxei, querendo-o mais perto de mim.

Sua boca desceu até a minha no meio de mais uma estocada, então começamos a nos mover juntos, transpirando. Ele me preenchia sem parar, ainda em um ritmo lento, para que eu pudesse me preparar para recebê-lo.

Quando as estocadas foram ficando mais velozes, me provocando ondas de sensações que pareciam infinitas, seu pau passou a escorregar para dentro de mim com muita facilidade. O ritmo se acelerou, e a respiração dele, junto ao meu pescoço, também.

Envolvi seus ombros com os braços e sua cintura com as pernas. Meus seios se esfregavam contra seu peito a cada penetração, deixando meus mamilos bem sensíveis. Meus pensamentos se desfizeram, dando lugar apenas à sensação das investidas, do desejo que se acumulava no meu corpo, sentindo suas mãos e seus lábios por toda parte.

Me contorci inteira outra vez, sentindo meus músculos internos se contraírem em torno daquele pau. Ele grunhiu e meteu mais fundo, ficando com o corpo todo tenso sobre o meu até que o alívio o dominasse. Quando rolou para o lado, nós dois estávamos arfando, com os corpos encharcados de suor.

Meu sexo latejava, e o prazer se instalou na minha mente como uma névoa fina. Dean estendeu o braço e pôs a mão sobre minha barriga.

"Uau", ele comentou. "Isso foi... horrível."

Dei risada. Ele sorriu e me puxou para mais perto, me beijando e apertando minha bunda. Eu me larguei sobre ele, acomodando minhas curvas ao seu corpo plano.

"Fica comigo", Dean falou.

"Claro."

Caí em um sono leve, sentindo o cheiro dele na minha pele. Quando acordei, às três da manhã, meu corpo estava dolorido — mas era um latejar gostoso e agradável. Não dormi muito bem, acordando toda hora, mas nenhum sonho interrompia meu sono inquieto.

Eu me ajeitei junto a Dean. Nunca tinha dormido na mesma cama que um homem. Ele estava deitado de barriga para cima, com um braço jogado sobre a cabeça e o lençol enrolado na cintura.

Me apoiei no cotovelo para olhá-lo. O luar entrava pela cortina e se espalhava por seu corpo comprido e seminu. Suas feições estavam relaxadas, com os cílios projetando sombras sobre as maçãs do rosto.

Com um gesto cuidadoso, tracei a forma semicircular de seus cílios. Eram como penas roçando no meu dedo. Ele se mexeu de leve. Baixei a mão e percorri seu corpo com os olhos, dos ombros descobertos ao abdome.

Um sentimento desconhecido me dominou — uma mistura de desejo, afeto e medo. Quando ergui o olhar de volta, vi que estava me observando também.

Por um instante, ficamos nos encarando.

"Que bom acordar e ver você aqui", ele falou.

"Que bom acordar e estar aqui."

Dean estendeu a mão para afastar os cabelos da minha testa. "Tudo bem?"

"Lembra quando a gente foi ao jardim botânico?", perguntei.

"Quando você quis ver quais plantas ainda estavam florindo no fim de outubro e a gente quase morreu congelado? Lembro."

Sorri. "Lembra como o vento fazia o rosto arder e como a gente parecia congelado por dentro? Aí a gente entrou na estufa, com orquídeas, borboletas, canários e cascatas?"

Dean enrolou uma mecha do meu cabelo nos dedos.

"Claro", ele respondeu.

"É assim que estou me sentindo."

Sua boca se curvou lentamente em um sorriso. "Estou aos seus pés, Olivia Rose. Sabe disso, né?"

"Não, mas parece bem promissor."

Eu me inclinei para beijá-lo, sentindo o prazer inundar todo o meu ser. Ficamos aninhados um no outro por longos minutos antes que Dean se afastasse. Seus olhos estavam cheios de desejo, e fui descendo a mão por seu peito sob as cobertas.

Ele agarrou meu pulso com uma risadinha. "Calma aí."

"Você não quer..."

"Ah, quero", ele falou, lançando um olhar para meus seios descobertos. "E vou. Mas você deve estar dolorida, então acho melhor esperar um pouquinho."

Fiquei me perguntando o quanto seria aquele *pouquinho*. Interrompi o gesto e me contentei em acariciar seu abdome. "Vou trabalhar no turno da manhã no Jitter Beans."

"Levo você, depois volto para cá. Preciso terminar uns artigos e começar a corrigir as provas."

O semestre já estava na metade. Fazia quase três meses que tínhamos nos conhecido, no prédio da administração da universidade.

"Logo chega o Dia de Ação de Graças", falei.

"É."

"Você vai passar com a sua família?"

"Costumo passar."

Notei um tom dissonante em sua voz que despertou minha curiosidade. Apoiei a cabeça na mão para observá-lo.

"E como é?", perguntei. "O Dia de Ação de Graças com sua família."

"Tenso."

"Por quê?"

"Minha mãe tem uma imagem formada de como deve ser o feriado, mas nunca dá certo."

"Por causa do seu irmão?", perguntei.

"Por causa de todo mundo." Dean se virou para me olhar. "E na sua? Era bom?"

Fiz que não com a cabeça. "Minha mãe e eu quase sempre comíamos em alguma lanchonete. Às vezes com o cara com que ela estava na época. Às vezes só nós. Acho que vou visitar minha tia este ano."

Ele ficou em silêncio por um instante antes de perguntar: "Quer ir comigo para a Califórnia?".

Meu coração disparou. "Está falando sério?"

"Não só estou como quero que meus pais saibam que as coisas entre nós são sérias."

"As coisas entre nós são sérias?"

"Bem sérias." Sua boca se contorceu em um sorriso.

Tentei me imaginar na casa do ilustre ministro West e de sua esposa socialite.

"Tem certeza?", murmurei.

"Bela, você é a única certeza que já tive na vida."

Nós nos entreolhamos por um tempo, e o ar ficou carregado com aquele frágil entendimento.

Eu queria dar tudo a ele, àquele homem que mudara minha vida. Dean tinha feito meu coração voar e meu corpo flutuar. Era brilhante, bonito, gentil, paciente. Sabia como e por que as Cruzadas tinham transformado a arquitetura dos castelos no século XIII. Como eu, não cozinhava. Seus olhos cor de chocolate se enchiam de calor e afeto quando me via. Ele considerava fascinantes filmes estrangeiros chatos. E me fazia rir. Eu gostava de mim mesma quando estava com ele.

Uma lembrança, de três meses antes, ecoou na minha mente. A noite em que fui pela primeira vez jantar em seu apartamento.

"Qual é sua chave, Olivia?"

"Minha chave?"

"Um amigo dizia que todo mundo tem uma chave para destrancar seus segredos. Qual é a sua?"

"Hã... Acho que não tenho uma."

"Claro que tem."

"Bom, se todo mundo tem, qual é a sua?"

"Ah." Os olhos dele brilharam. "Isso você vai ter que descobrir sozinha."

"O mesmo vale para mim."

"Desafio aceito."

A frieza que me habitara por tanto tempo estava se dissolvendo, espalhando calor pelo meu sangue. Um pequeno botão de flor parecia desabrochar nas profundezas da minha alma, com pétalas aveludadas e milhares de desejos e vontades nunca contemplados.

Cheguei mais perto de Dean, sentindo o cheiro de sua pele, o calor de seu corpo.

"Lembra quando você falou que todo mundo tem uma chave para destrancar seus segredos?", murmurei. "E você queria saber qual era a minha?"

Ele fez que sim com a cabeça. "Você falou que não tinha uma."

"Acho que tenho, sim."

"E qual é?"

"Você."

PARTE II

9

DEAN

21 DE JANEIRO

Acordo antes de amanhecer e saio para correr. Apesar de gostar do frio do inverno e da neve, sinto falta de poder correr na rua em qualquer época do ano, como na Califórnia. Pego um trajeto pelo bairro, que costumava fazer na época de colégio. Dez quilômetros. É gostoso — as dúvidas e os medos se dissolvem ao som das solas dos tênis no asfalto e do ar entrando nos meus pulmões.

Quando volto para a casa, tomo um banho, me troco e vou fazer café. É meu horário preferido do dia, com tudo silencioso e imóvel.

Tiro o leite da geladeira para Liv e vejo as saladas que Helen trouxe. Para minha surpresa, não foi tão ruim vê-la. Mas, apesar de ser grato pela amizade que tem com minha irmã e minha mãe, prefiro manter algumas centenas de quilômetros de distância dela.

Enquanto espero o café ficar pronto, verifico os e-mails no celular. Tem uma mensagem de Nancy, a corretora de imóveis, dizendo que os proprietários da casa em que estamos interessados aceitaram outra proposta.

Droga. Sei que Liv não gostou muito da ideia da casa, mas ela não tem como negar que precisamos de um lugar maior, em um bairro seguro e com escolas boas. Quero proporcionar tudo isso a ela e muito mais. Respondo ao e-mail de Nancy pedindo que continue procurando, então desligo o aparelho.

Quando a torrada e o café estão prontos, Liv aparece na cozinha. Em casa, ela sempre chega cambaleando, sonolenta, com os cabelos bagunçados, mas hoje está toda arrumada, de calça social e camisa branca. Os cabelos estão tão bem presos em um coque que parecem até arquear as sobrancelhas.

"Bom dia." Ela abre um sorriso e olha ao redor para ver se tem alguém por perto.

"Bom dia." Entrego o café descafeinado para ela.

Pego minha caneca e me encosto no balcão. "E esse cabelo?"

"Como assim?" Ela passa as mãos neles.

"Parece que está com uma touca de natação na cabeça."

"Ei." Liv franze a testa, mas nenhuma ruga se forma de fato, de tão esticada que a pele está. "É um estilo bem sofisticado."

"Quem disse?"

"Eu."

"Vem cá."

"Não."

Quando passa por mim para se sentar à mesa, eu a agarro pela cintura. Ela tenta franzir a testa de novo. Pego sua caneca e ponho no balcão.

"Você vai ficar com dor de cabeça se não afrouxar isso." Eu a puxo mais para perto para colar meus quadris aos dela. Tento soltar os grampos que prendem seus lindos cabelos.

"Não faz isso." Ela me dá um empurrão. "Demorei meia hora para prender."

"Está horrível."

"Está nada! Está elegante."

"Não gosto do seu cabelo preso." Tento puxar os grampos de novo, e alguns se soltam. "Gosto de passar os dedos nele."

"Você está conseguindo me irritar."

"Legal. Tomara que depois role um sexo de reconciliação."

"Pode apostar que não."

"É um desafio?"

"Talvez."

"Aceito." Um monte de grampos vai ao chão.

Liv não faz muito esforço para escapar. Passo as mãos por seus cabelos, desfazendo o coque exagerado. Penteio os fios grossos com os dedos até deixá-los caídos sobre os ombros. Como *eu* gosto.

Quando ela abre a boca para reclamar, levo a outra mão à sua nuca e a puxo para um beijo. Depois de alguns segundos de resistência não muito convicta, seu corpo amolece. Ela abraça minha cintura.

Então eu me perco nela. Não sinto nada além de sua boca gostosa contra a minha, seus seios contraídos contra meu peito.

"Bom di... ah, desculpa."

Liv fica tensa e se afasta ao ouvir a voz de Paige. Minha irmã entra na cozinha e me lança um olhar que parece dizer: *Sério, Dean? No meio da cozinha?*

Liv limpa a boca com o dorso da mão. "Hã, bom dia, Paige. Desculpa por isso."

Minha irmã pega uma xícara de café. "A que horas é a cirurgia do papai?"

"Às dez." Olho para o relógio. "Vamos sair em meia hora. Pode vir junto, se quiser."

"Tá." Depois de pegar um iogurte na geladeira, Paige se senta para ler o jornal.

Faço ovos com torradas para Liv. Ela olha feio para mim enquanto tenta prender os cabelos de uma forma mais ou menos alinhada. Pronuncio "te amo" com os lábios, o que a faz sorrir, mas logo Liv fecha a cara de novo.

Um calor gostoso se espalha pelo meu peito. Como costumava acontecer.

Minha mãe aparece em seguida e começa uma conversa sobre o tempo e os compromissos do dia antes de sairmos para o hospital. Meu pai está acordado e com uma aparência melhor que a de ontem. Quem vai fazer a cirurgia de ponte de safena é um cirurgião cardíaco de ótima reputação, por isso meu pai parece otimista.

O que no caso dele significa apenas não se rebelar contra suas ordens.

"Você não deveria estar no trabalho?", ele me pergunta, então olha para Liv. "Olá."

Seu tom de voz é quase cordial. Liv sorri.

"Parece que vai ficar tudo bem, sr. West", ela diz.

"Espera para me falar isso se eu sobreviver à cirurgia."

"Richard, não seja mórbido." Minha mãe começa a arrumar desnecessariamente os travesseiros. "Contei que Marlene ligou para saber como você estava? Gordon passou por uma cirurgia cardíaca alguns anos atrás, lembra? Deu tudo certo, e agora ele joga tênis três vezes por semana."

Meu pai responde, mas dá para ver que não quer conversa com ela. Minha mãe continua com o papo furado até a equipe de enfermagem chegar para prepará-lo para a cirurgia. Esperamos do lado de fora.

Depois de três horas, já vimos uma porção de programas matinais de tevê e tomamos pelo menos dois cafés ruins cada, comprados na máquina automática. Na hora do almoço, Liv e eu vamos à lanchonete do hospital para comprar sanduíches para Paige e minha mãe.

Quando estamos na fila, conto a ela sobre a mensagem da corretora.

"Ah." Liv solta um suspiro. "Que chato."

Mas ela não parece lamentar muito.

"Vamos precisar de um lugar maior em breve, Liv."

"Eu sei." Ela parece hesitante. "Você vai contar pros seus pais que estou grávida?"

Só quando o bebê nascer.

"Só quando a gente souber que está tudo certo."

"Já está tudo certo, Dean. A dra. Nolan vem dizendo isso desde o início."

Só que foi isso que Helen ouviu, mas acabou sofrendo três abortos, um deles no segundo trimestre. Depois precisou passar por um procedimento de dilatação e curetagem para limpar o útero e...

Porra. O medo me domina. Pego vários sanduíches e vou para o caixa. Liv vem atrás, mas só volta a falar comigo quando estamos no elevador.

"Achei que ia querer contar pessoalmente", ela diz. "Já que estamos aqui e tudo o mais. Seus pais ficariam contentes."

Duvido muito. Minha mãe nunca gostou de Liv, sem ter motivo nenhum para isso, a não ser que ela não é tão bem-sucedida quanto Helen. E não estou nem um pouco a fim de ouvir um monte de merda da minha família, principalmente relacionada à minha mulher.

"Vou pensar", respondo, apesar de estar decidido a não contar.

Liv não toca mais no assunto. Quando o médico enfim aparece para avisar que a cirurgia correu bem e que meu pai está de volta ao quarto, Paige e minha mãe entram para vê-lo.

Decido voltar mais tarde. Liv parece cansada, e agora estou preocupadíssimo com a gravidez, então a levo para casa. Ela oferece alguma resistência quando sugiro um cochilo, mas no fim acaba subindo para o quarto.

Vou para a biblioteca. O número do celular do meu irmão ainda está anotado no bloquinho ao lado do telefone. Deixei algumas mensagens na caixa postal, mas Archer não ligou de volta.

Não chega a ser surpresa. Para satisfazer minha mãe, ligo mais uma vez. "Archer, é o Dean. Parece que deu tudo certo na cirurgia. Mamãe pensou que você já fosse estar aqui a esta altura. Liga pra ela."

Passo o número da minha mãe — não que ele precise — e desligo. Em seguida ligo o computador e abro os e-mails da universidade.

Há uma mensagem de Frances Hunter, chefe do departamento de história, em resposta à minha solicitação de um novo orientador para Maggie Hamilton.

Professor West,

Recebi sua solicitação e encaminhei suas colocações para a administração e para o jurídico. Mas preciso informar que a aluna em questão dirigiu a mim alguns questionamentos sobre sua conduta.

Embora a srta. Hamilton NÃO tenha feito nenhuma acusação formal, sou obrigada a investigar o assunto com mais profundidade. Por favor, me avise quando pretende voltar, para que possamos marcar uma reunião a respeito.

Cordialmente,

Dra. Frances Hunter

Não consigo compreender o que estou lendo. Entendo as palavras e as frases, mas não formam um todo coerente. São fragmentos, peças de quebra-cabeças, pistas esparsas. *Questionamentos... conduta... investigar...*

Como assim, caralho?

Sinto a bile subir pela garganta.

Com as mãos trêmulas, digito apressadamente uma resposta. *Frances, me diz que porra é essa que...*

Respiro fundo. Apago tudo e tento de novo.

Professora Hunter,

Obrigado pela mensagem. Por favor, pode me dizer de que natureza foram os "questionamentos" de Margaret Hamilton? Ficarei na Califórnia até semana que vem, mas gostaria de resolver esse assunto o quanto antes.

Envio a mensagem e me afasto da mesa. Meu cérebro despeja uma porção de pensamentos desconexos. *Ela não faria... não pode ser... mesmo se fizesse...*

Não consigo pensar uma frase completa.

A campainha toca. Por um instante, fico sem saber o que está acontecendo.

Mais um toque. Tem alguém na porta.

Vou até o hall. Abro a porta e dou de cara com Helen.

"Trouxe mais algumas coisinhas do mercado." Ela levanta uma sacola de lona. "Assim não precisam se preocupar com isso, por causa da cirurgia e tudo o mais."

Ela passa por mim e toma a direção da cozinha.

"Obrigado." Eu a sigo, grato por ter uma distração.

"Fico feliz por poder ajudar Paige e sua mãe." Helen começa a guardar as compras. "Elas sempre me apoiaram nos momentos difíceis."

Não é preciso dar maiores explicações sobre os *momentos difíceis*. Helen fecha a porta da geladeira e dobra a sacola.

"Paige falou que foi tudo bem na cirurgia", ela comenta.

"Pois é. Por enquanto, tudo certo."

"Que bom. Foi um tremendo susto para todo mundo."

Ela cruza os braços e se recosta no balcão. Enfio as mãos nos bolsos da calça jeans. Helen franze a testa.

"Está tudo bem?", ela pergunta.

"Está." *Acusação formal?* "Hã, quer um café?"

"Claro."

Não é a resposta que eu esperava. Helen abre um sorrisinho e vai até a cafeteira.

"Mas pode deixar que eu preparo", ela diz.

"Eu posso..."

"Senta aí, Dean. Sei que está sendo difícil para você também." Ela mói os grãos e enche a cafeteira de água. Quando fica pronto, serve duas canecas e se senta diante de mim.

"Então", ela diz. "Você está feliz?"

Não é o tipo de pergunta que eu esperava.

"Hã, sim. Claro." Tomo um gole de café. *Para de pensar naquele e-mail. Para.* "E você?"

Helen olha para a caneca. "Com o trabalho, sim. Tenho viajado muito nos últimos anos, conheci pessoas interessantes. E tenho ótimos amigos."

"Mas..."

"Ah, você sabe, Dean." Ela passa as mãos pelos cabelos curtos. "Nunca aceitei o fato de que não deu certo entre nós. Sempre pensei que você era a pessoa perfeita para mim. E ainda não encontrei outra."

Não tenho ideia do que responder. Houve um tempo em que me enganei acreditando que Helen era a pessoa certa para mim, mas, depois que encontrei Liv, percebi que não tinha como ser. Descobri que nunca houve outra pessoa tão boa para mim. E nunca haveria.

"Mas acho que você conseguiu", comentou Helen, quebrando o silêncio de forma súbita.

Mais uma vez, fico sem saber como responder.

"Liv parece legal", Helen continua. "Um doce."

"E é mesmo."

"A Paige falou que vocês se conheceram na universidade."

"Em Wisconsin."

Não quero falar sobre Liv com Helen. Alguma coisa no tom interrogativo dela me deixa ainda mais desconfortável do que já estou.

"Fazia quanto tempo que ela estava por lá?", Helen pergunta.

"Alguns meses."

"Ela era sua aluna?"

Deus do céu. E se *fosse*? Nunca teríamos ficado juntos. Eu não teria ido atrás dela, por mais que quisesse.

"Não", respondo. "Era aluna, mas não minha."

Só era minha em outro sentido, bem diferente.

"E o que ela faz agora?", Helen quer saber.

"É voluntária no Museu Histórico de Mirror Lake."

"E o que mais?"

"Ajuda uma amiga na livraria dela. E está aprendendo a cozinhar."

"Só isso?" Helen levanta uma sobrancelha. "Ela terminou a faculdade?"

"Claro que sim." Fico com raiva do meu tom de voz, porque pareço na defensiva. "Ela é formada em biblioteconomia e literatura."

"E nunca trabalhou com isso?"

Empurro a cadeira para trás. As pernas do móvel se arrastam ruidosamente no piso. A tensão se instala nos meus ombros.

"Que conversa é essa, Helen?", esbravejo. "Está com tanta inveja da minha relação com Liv que precisa desdenhar dela?"

"Não estou com *inveja*, Dean..."

"Então o que é? Não, Liv não tem um ph.D. Não é professora em Harvard. Você acha que eu me importo?"

Ponho as mãos espalmadas na mesa e me inclino para a frente para encará-la. "Ela ainda estudava quando a gente se conheceu e trabalhava em um café. O melhor café que já bebi na vida. Bati os olhos nela e me apaixonei. Não tinha mais volta. Minha vida mudou para sempre. Então nem tenta desdenhar dela, porque não vai conseguir. Liv é tudo o que você nunca foi. E nunca vai conseguir ser."

Ouço um suspiro vindo da porta da cozinha. Paige e minha mãe estão lá, ambas em choque.

Merda.

Eu me endireito e passo a mão no rosto. Helen me encara. Estou uma pilha de nervos. Não tenho como retirar o que falei. E não consigo pensar em algo para amenizar a situação.

Passo por minha mãe e minha irmã e subo para ficar com Liv.

Ela está dormindo na cama, abraçada a um travesseiro. Seus cabelos estão caídos sobre os ombros, por cima de outro travesseiro. Bem do jeito que eu gosto.

Tiro os sapatos e deito ao seu lado na cama, puxando-a para junto de mim. Liv se mexe, suspira e acomoda a bunda contra minha virilha.

Bem do jeito que eu gosto.

Minha tensão se alivia. Afasto a mensagem de Frances, Helen, meus pais e meu irmão dos pensamentos. Me concentro no corpo de Liv junto ao meu. Seus cabelos roçam meu rosto, seu cheiro de pêssego invade meu nariz. Minha linda esposa.

Minha.

Ela dorme por mais meia hora, então se mexe de leve e vira para mim.

"Oi." Liv abre um sorriso sonolento. "Está aí faz tempo?"

"Só uns minutinhos." Passo a mão pela curva de seu quadril. "Você está bem?"

"Hum-hum." Ela boceja. "Mas ando me sentindo cansada."

Ela apoia a cabeça no meu ombro e fecha os olhos de novo. Acaricio seu quadril, que parece mais curvilíneo que o habitual, e então levo a mão à sua barriga. Sua calça está desabotoada, com o zíper aberto.

"O que é isso aqui?", pergunto.

"Hã? Ah... minhas calças estão ficando apertadas. Meio desconfortáveis."

"Ah, é?" Ponho a mão espalmada em sua barriga, que não parece ter crescido. Sinto uma pontada de... alguma coisa no peito. Expectativa? Esperança?

O que quer que seja, é muito bom.

"Acho que sua calça está ficando apertada também." Liv aninha o rosto no meu pescoço enquanto seus dedos alisam o volume na minha braguilha.

"Não à toa, considerando que você está esfregando a bunda em mim."

Sinto seu sorriso contra meu pescoço. Ela acaricia minha virilha.

"Está desconfortável?", Liv pergunta.

"Muito."

"Humm." Ela estende a outra mão e começa a abrir minha calça. Quando enfia os dedos por baixo da cueca para pegar meu pau, meu corpo inteiro se enrijece. Ela me acaricia tranquila e lentamente, e seu hálito se torna mais quente contra meu pescoço.

Fico olhando para ela, me perguntando quais partes de seu corpo estão aumentando de tamanho sem que eu perceba. Puxo a bainha de sua camisa.

"Tira isso."

Ela abre um sorriso — *eu adoro esse sorriso* — e desabotoa a camisa.

Como foi que não vi que os seios dela estão começando a escapar do sutiã?

Liv percebe meu olhar. "Estão ficando maiores, né?"

"Ah, é." Levo a mão até o fecho frontal do sutiã e o abro.

Ah, caralho. Cheios, macios e perfeitos.

"Vem cá." Meu pau está tão duro que até dói. "Agora."

Ela tira a calça e volta a deitar na cama ao meu lado. Seus lábios se abrem em um suspiro quando olha para meu pau duro e monta nas minhas coxas. Com Liv sobre mim, consigo reparar em tudo — os quadris mais largos, a barriga mais arredondada, os seios incríveis.

Eu a seguro pelos quadris e a posiciono sobre meu pau, guiando sua descida. Ela se encaixa em mim como uma luva.

"Ah!" Liv se inclina para a frente, apoiando as mãos nos meus ombros. Seus cabelos caem como uma cortina sobre meu rosto.

Seguro uma mecha para um beijo profundo. Ela me faz entrar ainda mais fundo, até começar a latejar. Liv se ajeita melhor, ofegante. Cravo os dedos em seus quadris.

"Cavalga em mim", murmuro. "Com força."

"Nossa, Dean." Liv respira fundo e rebola mais um pouco. O corpo dela se enrijece. "Acho que já vou gozar."

Começo a mexer meus quadris mais depressa. "Goza."

Ela me olha, com a respiração acelerada e o rosto vermelho. "Mas não quero que acabe logo."

"Depois faço você gozar de novo."

"Mas eu... ai, nossa..." Os olhos dela se fecham quando elevo os quadris outra vez. Liv começa a se mover mais rápido, rebolando, esfregando o clitóris em mim. Quando estou prestes a me esvair dentro dela, Liv respira fundo e estremece inteira. "Dean... *ah*!"

O orgasmo a domina e a faz apertar com mais força meu pau. Em seguida ela leva a mão ao meu peito, cravando as unhas na minha pele enquanto sobe e desce. É isso que eu quero — a imagem dela se servindo do meu pau, com os peitos balançando. A pressão começa a se acumular na minha virilha.

Sei que não vou demorar muito para gozar. Quando ela desce e me aperta mais uma vez, não resisto. Elevo os quadris em sua direção e jorro com força, puxando-a para junto de mim. Seus seios se comprimem entre nós, e sinto os mamilos bem rígidos e seu hálito quente na minha boca. Ela remexe os quadris, esfregando os seios no meu peito.

"Dean, quero gozar de novo." Sua voz está tensa.

Eu a deito de barriga para cima e me ajeito na cama. Enfio a mão entre suas pernas para abri-la. Com os olhos grudados em mim, Liv agarra os seios e começa a brincar com os mamilos. Meu pau endurece quase automaticamente.

Ela geme e se contorce quando começo a lambê-la. A parte interna de suas coxas fica úmida de suor. Fecho os lábios em torno do clitóris e enfio um dedo nela, acariciando e chupando ao mesmo tempo. Quando agarra meus cabelos, sei que está perto, e acelero o ritmo. Liv goza de novo com um gritinho, agarrando minha cabeça e me segurando no lugar.

Volto a me deitar ao seu lado e a puxo para perto. Seu peito oscila, e ela se aninha junto de mim. Seu corpo está quente e relaxado. Dou um beijo em sua cabeça e sinto que está prestes a dormir.

É o único lugar em que quero estar. Bem aqui, ao lado dela.

Todo o resto pode ir para o inferno.

10

OLIVIA

Tem alguma coisa estranha. Paige e Joanna West nunca esconderam sua hostilidade em relação a mim, mas também não me ignoraram. Agora, quando entro na cozinha perguntando se precisam de ajuda para o jantar, Joanna nem olha na minha cara. E faz o mesmo com Dean, aliás.

Quando consigo chamar a atenção do meu marido, aponto com o queixo para o terraço.

Depois que saímos, fecho a cara. "O que está acontecendo?"

Ele coça a nuca.

"Dean?"

"Bom..."

"*Dean?*"

Uma expressão meio envergonhada surge em seu rosto. "Tive uma discussão com a Helen. Sobre você."

"Quê?"

"Bom, não foi exatamente uma discussão. Ela falou umas coisas que não gostei, e não deixei barato."

Cruzo os braços e estreito os olhos. "O que foi que você disse exatamente?"

"Que você é o amor da minha vida e que ela não chega aos seus pés."

Eu o encaro. "Foi isso mesmo?"

"Não com essas palavras, mas foi."

"Ah." Não sei o que dizer. Fico meio derretida por dentro, mas sei que Helen não deve ter recebido bem o comentário. "E o que ela respondeu?"

"Não sei. Não fiquei lá para ouvir."

"Por que você foi dizer isso, pra começo de conversa?", pergunto.

"Ela estava sendo maldosa com você. Não gostei."

"E sua mãe e sua irmã também estavam lá?"

"Sim." Ele ergue as mãos em uma postura defensiva. "Mas eu não sabia. Elas chegaram no meio da conversa."

"Dean." Solto um grunhido e cubro o rosto. "É por isso que elas estão assim estranhas comigo. Tomaram o partido da Helen."

"Eu não sabia que havia partido a tomar."

"Claro que há! Você achou que ninguém ia tomar partido quando a gente se encontrasse? Ainda mais considerando que Helen é superpróxima da sua mãe e da sua irmã!" Começo a andar de um lado para o outro. "Sei que não tenho como competir com essa amizade, e nem quero, mas daí as duas me colocarem de escanteio... E ainda vão tentar pôr *Helen* no meu lugar."

"Para com isso, bela. Não é isso que elas querem."

Tenho que me esforçar para não me derreter quando ele me chama assim. "Querem, sim. E ainda mais agora que você pintou a gente como... como Lancelot e Guinevere."

Ele sorri, o que só me deixa mais irritada.

"Guinevere acaba virando freira", ele comenta.

"E daí?"

"E daí que você nunca poderia ser freira."

Eu me viro para encará-lo. "Por que não?"

"Você é muito tarada."

Com esse comentário, ele baixa os olhos para os meus seios. Sua expressão fica séria. O desejo se espalha pelo meu corpo. Cruzo os braços de novo e fecho a cara.

"Não muda de assunto. Agora sua mãe, sua irmã e Helen pensam que a gente tem um tórrido caso de amor..."

"Mas é verdade."

Ai, droga. Tem como gostar mais desse homem?

Faço um esforço para manter minha indignação.

"Isso só piora as coisas com Helen", continuo. "E agora elas vão ficar com raiva de mim porque você tem comigo o que não teve com ela."

"E por que elas ficariam com raiva?", ele pergunta. "Você não me roubou dela. Na verdade precisei me esforçar muito para ter você."

"Elas não sabem disso, Dean, e não faz diferença. É a clássica intriguinha de colégio. A ex e as melhores amigas com raiva da nova namorada."

"Você é muito mais que minha namorada, Liv." Ele franze a testa. "É minha mulher. E eu não vou deixar de te defender. Se alguém tiver algum problema com isso, que trate de resolver comigo."

Seu tom de voz protetor está de volta, e sou obrigada a admitir que gosto. Ele é a única pessoa que já me defendeu na vida.

"Não quero que elas fiquem com mais raiva ainda de mim", respondo.

"O que quer que eu diga pra elas?" Ele abre os braços, no gesto masculino universal de "o que é que eu posso fazer?".

Solto um suspiro. "Nada. Mas, por favor, não me compara com a Helen. Melhor ainda, não usa nossos nomes na mesma frase."

"Isso eu posso fazer", ele diz, me abraçando bem forte.

Dean ergue meu rosto para me dar um beijo carinhoso que faz minha irritação se dissipar de vez.

"Estou com você, bela", ele me lembra com um olhar gentil.

"E eu com você, professor."

Quando voltamos à cozinha, Paige e Joanna já serviram o jantar. Fico quieta a maior parte do tempo, ainda incomodada com o que Helen possa ter falado de mim. E com o fato de Joanna West provavelmente concordar.

Ajudo a limpar a cozinha depois do jantar, então subo para o quarto. Ligo meu laptop e abro os e-mails. Recebi uma mensagem do banco com o assunto "requisição de empréstimo".

Meu estômago se revira quando abro a mensagem.

Prezada sra. West,

Lamentamos informar que sua requisição de empréstimo comercial foi recusada pelas seguintes razões...

Fecho o e-mail. Já sei as razões. E, apesar de meio que já esperar essa resposta, estava torcendo para dar certo de alguma forma.

Encaminho a mensagem para Allie, acrescentando um "desculpa". Eu tinha avisado que minha tentativa poderia não dar em nada, mas uma parte de mim desejava um resultado diferente.

Eu poderia pedir um empréstimo em outros bancos, mas a resposta seria a mesma. Nada vai mudar a minha situação financeira, a não ser que eu inclua meu marido na equação. E isso eu não quero fazer.

Abro uma nova janela do navegador, digito "como salvar uma livraria" no mecanismo de busca e faço uma lista do que encontrei. Saraus de poesia, apresentações musicais, uma seção de livros usados, boletins informativos, programas de assinaturas, vendas pela internet.

Reúno as informações em um documento e mando para Allie. Em seguida mando um e-mail para minha supervisora na Biblioteca Pública de Mirror Lake e peço sugestões para melhorar as vendas de Allie, aproveitando para perguntar se há alguma possibilidade de parceria com a biblioteca.

"Ei, recebi um e-mail da corretora de imóveis", Dean avisa quando entra, já a caminho do banheiro. "Ela diz que tem mais alguns imóveis para mostrar quando a gente voltar."

"Legal." Tento soar entusiasmada, mas logo retomo minha pesquisa.

Quando Dean sai do banheiro, está apenas com a calça do pijama. Paro um instantinho para admirá-lo enquanto deita na cama sem camisa, coloca os óculos de leitura e pega um livro no criado-mudo.

Uma satisfação surge dentro de mim. Adoro o contraste de sua mente de acadêmico com seu corpo de atleta. É um visual que combina muito bem com ele. E é tudo meu.

"Ei, Dean?"

"Oi, Liv."

Subo na cama. "Por que você foi atrás de mim naquele primeiro dia lá na secretaria da universidade?"

"Depois que você foi embora?"

"É. Fiquei chateada e saí correndo do prédio. Você veio atrás. Por quê?"

"Queria ajudar você."

"Por quê?"

"Porque você não se deu por vencida."

"Ah, é? Pareceu um joguinho pra você?"

Ele dá risada. "Quando a mulher da administração falou que não dava para transferir seus créditos, você disse: 'Tem que existir alguma coisa que a gente possa fazer'. Você estava com um problema e se propôs a resolver."

"Sério mesmo?" Eu me sento nos calcanhares, um pouco decepcionada. "Foi por isso que veio atrás de mim?"

"Porque você se mostrou persistente, forte e determinada, isso mesmo." Ele põe o livro de lado e me abraça, com um olhar carinhoso. "E porque era a garota mais linda que já vi na vida. Quando olhei para você, meu coração quase saiu pela boca. Queria te beijar ali mesmo naquela calçada. Você estava de camiseta branca e uma calça jeans rasgada na coxa, e eu tive que me esforçar para não ficar babando. Aí você parou e falou comigo... toda linda, com os cabelos bagunçados pelo vento... Eu não podia deixar você escapar."

"Bom." Um rubor de satisfação se espalha pelo meu corpo. "Assim é melhor."

"É a verdade."

"Você já sabia que eu trabalhava no Jitter Beans quando apareceu por lá um tempo depois?", perguntei.

"Não. Foi a melhor coincidência da minha vida."

"Da minha também." Inclino a cabeça para observá-lo melhor. "Quando decidiu me chamar para sair?"

"Queria fazer isso de imediato, mas precisava confirmar as regras sobre relacionamento entre professores e alunos."

Abro um sorriso. "Você quis saber quais eram as *regras* antes de me chamar para sair?"

"É. Depois achei que, se topasse ir à palestra no museu, significaria que não tinha namorado."

"Fiquei toda contente porque você me chamou." Passo a mão na perna dele. "Estava caidinha por você."

"Eu sei."

Levanto uma sobrancelha. "Você *sabe*?"

"Por que razão expulsaria as outras garotas do balcão para me atender?" Dean assume um ar todo convencido.

Fico boquiaberta. Sinto meu rosto vermelho. "Eu não *expulsava* as outras..."

"Claro que sim. E pensa que eu não reparava nos chocolates e nos cookies que punha na minha bandeja? Ou na vez em que você me deu um pedaço de bolo e falou que era amostra grátis?"

Agora ele está sendo presunçoso. Meu rosto fica em chamas. E eu pensando que estava sendo sutil...

"É, bom, eu... Quer dizer... A gente precisa cativar a freguesia, e coisa e tal", murmuro.

"Ah, você soube muito bem cativar este freguês aqui."

Ele abre um sorriso sincero, e eu não tenho como não retribuir. Dean me pega pela cintura e me puxa para ele. Em seguida leva as mãos aos meus cabelos, afastando-os do rosto e colando os lábios aos meus.

O beijo gostoso faz minha pulsação disparar. Toda vez que Dean me beija, toda vez que me *olha*, sinto que fiz a coisa certa ao derrubar minhas barreiras por ele. Ao decidir que baixaria a guarda. Ao apostar que não ia me acovardar.

Ponho a mão na ereção sob a calça do pijama e dou uma esfregadinha. Um acordo tácito e mútuo se estabelece entre nós, e ele me deita ao seu lado e desliza a mão para o meio das minhas pernas.

Abro as pernas, me contorcendo toda quando ele passa o dedo no elástico da minha calcinha, só me provocando.

"Não quer saber por que eu queria você?", pergunto, toda ofegante, perdendo a concentração quando ele baixa um pouco mais o dedo.

"Eu já sei." Dean leva a boca ao meu pescoço, passando a língua pelo local onde minha garganta pulsa.

"Sabe nada."

"Sei, sim." Ele passa o polegar no meu clitóris. "Você tem uma tara por intelectuais."

Não faço questão de contestar. Respiro fundo e me deito sobre os travesseiros enquanto ele massageia meu clitóris com o polegar e leva a boca aos meus seios, por cima da camisola.

"E seu terno." Baixo a mão para sua cintura para baixar a calça e acariciar seu pau. Está quente e duro. "Achei que você ficava... muito lindo de terno... E aí na palestra você começou a falar sobre... ai, nossa... você estava lá todo... com aquela conversa... eu fiquei... sobre o que falou mesmo?"

"Arquitetura e sarcófagos medievais." Ele morde de leve meu mamilo. Um calor se espalha pelo meu corpo. Aperto seu pau com mais força e começo a masturbá-lo. "E monges escribas."

Abro um pouco mais as pernas. Uma parte de mim deseja que ele arranque logo minha calcinha, mas também gosto de sentir o tecido molhado contra o corpo. Além do mais, seus dedos estão fazendo coisas tão deliciosas que não quero que parem.

"Eles faziam sexo?" Recuo um pouco para olhá-lo, ligeiramente curiosa, apesar de excitada. "Os monges escribas?"

"Alguns diziam que o sexo era a raiz de... ai, caralho, Liv, mais forte... de outros pecados."

Passo o polegar sobre a cabeça do pau dele. "Mas faziam sexo mesmo sendo monges?"

"Provavelmente. Alguns eram obcecados pelo assunto."

"Que coisa mais... pervertida."

"Com certeza."

Os lábios dele tapam os meus, e trocamos um beijo quente e profundo. Dean passa o dedo por cima da minha calcinha, esfregando o tecido na abertura. Solto um gemido contra sua boca e mexo os quadris para que vá mais fundo.

Continuo subindo e descendo a mão pelo seu pau, então a urgência toma conta e começamos a gemer e nos esfregar com mais força e mais rápido. Nossas pernas se enganchan umas nas outras, e eu esfrego os seios contra seu peito para aliviar as pontadas nos mamilos. Nossas línguas deslizam, e dois de seus dedos estão dentro de mim. Com mais um movimento de seu polegar, sussurro seu nome e fecho as coxas trêmulas sobre sua mão.

Eu o masturbo mais depressa, e o corpo inteiro dele treme de prazer. Meu mundo se desfaz em pulsações vibrantes, calor e suor. Em algum lugar em meio ao prazer, eu me pergunto quando foi que tudo se tornou tão natural com Dean, quando perdi minhas inibições e descobri que o sexo podia ser algo incrível e prazeroso. Fácil até.

Talvez não tenha havido um momento exato de descoberta. Talvez as coisas sempre tenham sido assim com Dean.

Na quinta-feira, quase uma semana depois de chegarmos à Califórnia, decido me aventurar sozinha pela região enquanto Dean visita o pai.

Ele devolveu nosso carro alugado alguns dias atrás, porque a família tem vários, então vou dar um passeio pelo centro com um deles.

Los Gatos é um lugar movimentado, com muitos cafés, restaurantes e lojas. A rua principal me lembra um pouco a Avalon Street, mas sem a brisa fresca do lago. Algumas pessoas tomam café nas mesas do lado de fora, enquanto outras já almoçam. Os toldos coloridos se sucedem nas calçadas.

Está frio o suficiente para exigir uma blusa leve, e passo um tempinho fuçando lojinhas de presentes, galerias de arte e lojas de móveis. Paro para tomar um cappuccino descafeinado. Compro um pacote de amêndoas cobertas de chocolate para Dean e uma caixa de bombons finos para sua mãe.

Pode ser bom tentar adoçar um pouco as coisas.

Passeio mais um pouco, entrando em uma loja de roupas que parece estilosa.

Uma vendedora de cabelo volumoso vem me abordar. "Em que posso ajudar?"

"Só estou dando uma olhadinha, obrigada."

Passo por terninhos, camisas de seda, blazers e saias risca de giz. Seria uma bobagem comprar qualquer coisa do meu tamanho quando já estou ganhando peso. Isso sem falar que não tenho motivo nenhum para usar roupas formais.

Pego uma camisa um pouco mais larga de uma arara e percebo que me dirigi naturalmente à seção de roupas para gestantes no fundo da loja.

"Tenho uma tabela de tamanhos para cada semana, se você precisar", diz a vendedora, lançando um olhar para minha barriga.

"Acho que ainda não vou precisar de roupas de grávida por algumas semanas."

"Temos vários modelos que podem servir durante toda a gestação." Ela tira várias calças da arara e me mostra as cinturas ajustáveis e os elásticos na parte da frente. "E, quanto às camisas, você pode usar seu tamanho atual como referência. Vou pegar a tabela. Podemos fazer umas medições."

Quando dou por mim, ela está passando uma fita métrica em torno da minha cintura e do meu busto. Decido aceitar a sugestão — gosto da elegância e da simplicidade das roupas, e é bom já ter algumas coisas para usar quando chegar a hora. Quando terminamos, tenho duas calças de alfaiataria novas, dois jeans, três camisas e uma saia cinza.

Pago as compras, pego a sacola e vou embora. O cheiro de pizza domina o ar. Meu estômago ronca. Paro para ler o cardápio do restaurante e dou de cara com duas mulheres saindo: Paige e Joanna West. A filha segura a porta enquanto a mãe pega alguma coisa na bolsa.

"Ah. Oi, Olivia." Ela põe os óculos escuros. "Não sabia que estava passeando."

"Dean foi ao hospital, e achei melhor deixar que visitasse o pai sozinho." Estou me sentindo como em uma das muitas vezes em que fui a aluna nova da escola — ansiosa demais para agradar, mas sem saber como vou ser recebida.

"Você fez compras na Eclipse?", pergunta Paige, olhando para a sacola. "Mostra pra gente."

Droga. As etiquetas nas roupas indicam que são para gestantes, as calças têm elástico na frente, a saia tem cintura ajustável...

Mostro o relógio no pulso. "Na verdade, já preciso voltar. Acho que Dean não vai demorar, e nós marcamos de... hã, sair."

A expressão das duas permanece impassível. Aceno em despedida e vou embora às pressas, ciente de que vão comentar. Não que vá ser a primeira vez.

Quando chego à casa dos West, vou guardar as compras. Fico me perguntando se Joanna e Paige estão tomando café ou fazendo compras neste momento.

Nem me lembro da última vez que estive com a minha mãe. As únicas recordações que tenho envolvem irritação por ser arrastada de um lado para o outro e nós duas mal nos falando.

"Você não sabe a sorte que tem, Liv", ela me falou uma vez quando estávamos na estrada, a caminho de outra cidade.

Eu estava no assento do passageiro do nosso velho Chevrolet, encolhida perto da porta para evitar o rasgo no meio do banco de vinil, com um pacote de batatinhas na mão. Já tinha devorado metade do saco e estava enjoada, mas continuei comendo para ter alguma coisa para fazer com as mãos, procurando manter a boca cheia para não precisar conversar.

Minha mãe me olhou de trás do volante. Fazia mais de trinta graus do lado de fora, e as janelas estavam abertas. O ar quente circulava pelo carro. Seus cabelos loiros esvoaçavam. Ela estava usando uma blusa amarela e calça capri, com os pés descalços e sujos.

"A maioria das garotas da sua idade ia adorar ser livre." Ela tirou os óculos escuros do alto da testa e posicionou sobre os olhos. "Quantas delas já conheceram tantos lugares e fizeram tantas coisas quanto você? Nenhuma, posso garantir. Estão ocupadas demais pintando as unhas."

Estendi uma das mãos e olhei para minhas unhas. Maltratadas e roídas até o toco.

"Então chega dessa postura e seja mais bem-agradecida", minha mãe acrescentou. "E para de comer tanto salgadinho. Você vai engordar."

Fechei o saco e limpei os dedos engordurados no short. Em seguida cocei uma picada de mosquito na perna. Fiquei olhando pela janela aberta. Tinha o costume de observar os carros que passavam e inventar histórias para os ocupantes.

Dois idosos em um Cadillac eram casados fazia sessenta anos e estavam indo à praia. O cabeludo no carro compacto ia encontrar a namorada que estudava em outra cidade. As quatro meninas no fusquinha estavam indo a Manhattan pela primeira vez.

Eu me perguntei o que as pessoas viam quando batiam os olhos em mim e na minha mãe.

Crystal. Ela me pediu para começar a chamá-la pelo nome quando fiz oito anos. Não achava uma boa ideia que as pessoas soubessem logo de cara que éramos mãe e filha.

"Pega o mapa pra mim, Liv." Ela apontou com o queixo para o porta-luvas. "Estamos procurando pela I-77. Lembra o que Nadine falou? A mulher do mercadinho. Ela tem um irmão que mora em Cleveland. É dono de uma autopeças ou coisa do tipo. Nadine disse que podemos fazer uma visita se passarmos por lá."

"Não vamos *passar* por lá", murmurei. "Estamos indo a Cleveland só para isso."

"Cala a boca e olha o mapa, Liv. Por que precisa ser sempre tão chata?"

"Porque a gente não para em lugar nenhum", esbravejei. "Por que fomos embora de Akron? Eu gostava de lá."

Gostava mesmo. Tinha conseguido começar o quarto ano com os outros alunos, de modo que pelo menos não era a garota nova chegando no meio do ano letivo. Tinha até feito amizades, e a sra. White, a professora, era legal.

"Não tem nada de interessante em Akron", Crystal respondeu. "A gente precisa morar no lugar onde as coisas estão acontecendo."

Quando chegamos a Cleveland, estávamos sem dinheiro e só com um quarto do tanque de gasolina. No fim das contas, Tom, o irmão de Nadine, trabalhava em uma oficina mecânica, e minha mãe conseguiu convencê-lo a encher o tanque e fazer uma revisão no carro. Em seguida pegou um quarto em um motel barato e me mandou esperar lá.

Ela sumiu por dois dias. Fiquei vendo tevê e comendo salgadinho e chocolate comprados com moedas em uma máquina automática. Quando Crystal voltou, estava com cheiro de cigarro e um maço de notas de vinte no bolso. Mesmo sendo bem novinha, fiquei pensando no que ela havia feito para ganhar aquele dinheiro.

Deixo de lado esses pensamentos e me concentro no fato de que minha vida hoje é muito diferente. Nunca vou viver com tanta insegurança, com tanto medo. E não vou ser uma mãe como Crystal.

Pego as roupas de gestante na sacola e abro em cima da cama. Os elásticos significam que posso usá-las durante toda a gestação. Faço algumas combinações com outras peças que já tenho, depois guardo tudo na mala. Percebo que esqueci de entregar a Joanna os bombons que comprei para ela, e os deixo em cima da cômoda.

Visto uma legging e uma camiseta e me sento à escrivaninha. Abro o caderno com meu manifesto. Depois de um momento de reflexão, escrevo:

Vou comprar band-aids com personagens de desenho animado.
Não vou me irritar.

Uma sensação diferente surge dentro de mim. Seguro a caneta com mais força e continuo escrevendo.

Não vou me irritar se você colar a caixa inteira na cara.
Posso até dar risada.
Vou fazer comida saudável.
Menos couve-de-bruxelas.
Vou defender você, mesmo se estiver com medo.
Não vou mostrar que estou com medo, mas, se perguntar, vou admitir.
Vou defender você de qualquer jeito.

Baixo a caneta e releio a lista.

Você.

Ligo o computador e faço uma busca. Estou lendo uma porção de listas quando Dean aparece. Ele me dá um beijo na testa e fala sobre o estado do pai antes de se acomodar numa poltrona e tirar um pedaço de barbante do bolso.

"Chaucer, é?", pergunto.

"Quê?" Dean ergue os olhos do barbante retorcido entre os dedos.

"Você queria que nosso bebê chamasse Chaucer." Olho para ele com a sobrancelha levantada e as mãos paradas sobre o teclado. "Pelo visto não faz questão de continuar casado."

Dean se finge de ofendido. "Chaucer é um nome clássico. Tem um significado histórico."

"Por que não cola um alvo nas costas da criança de uma vez?"

"A gente poderia encurtar para Chet."

"Chet West. Parece um nome de herói de bangue-bangue italiano. *O caubói implacável*, estrelando Tom Mix e Chet West."

"Humm. Eu é que não ia querer ver esse filme." Dean deixa o barbante de lado. "Então, que ideias brilhantes de nome você tem?"

"Sempre gostei de Elliot."

"Legal. Nosso filho vai ser para sempre o amigo do E.T. Todo mundo vai ficar falando para ele telefonar para casa."

Ficamos nos encarando por alguns segundos, então eu me volto para o computador. "E se for menina? Espero que não venha com Hildegard ou Goditha."

"Isabella."

Interrompo o movimento dos dedos sobre o teclado. "É bonito."

"Ou Bella, para encurtar."

Lanço um olhar para ele. "Bonito mesmo."

Dean sorri. Eu me derreto toda por dentro. Ele parece satisfeito consigo mesmo.

"Só não venha me dizer que Isabella era uma rainha medieval que acabou queimada na fogueira", aviso.

"Isabella de Angoulême foi rainha da Inglaterra. Era bonita e determinada."

"Não precisa dizer mais nada." Gosto da ideia de ter uma filha com o nome de uma mulher bonita e determinada. Desde que eu não saiba como as coisas acabaram pra ela. "Então Isabella se for menina. E se for menino?"

"Durwin."

"Não."

"Arthur."

"Não."

"Roland."

"Não."

"Sedgewick."

"De jeito nenhum."

"Nicholas."

Faço uma pausa. "Nicholas é um nome medieval."

"Teve um monte de variações de Nicholas na Idade Média. O papa Nicolau, que deu início ao renascimento artístico em Roma. Um escultor, um ourives, um filósofo..."

"Humm."

"É legal, não? Nicholas West."

Não respondo de imediato, só para deixá-lo ansioso. Por fim, concordo com um aceno de cabeça. "É mesmo."

Dean parece quase surpreso. "Você concorda?"

"Nicholas West ou Isabella West." Meu coração dispara com a imagem mental de um bebê de bochechas rosadas. *Nosso* bebê de bochechas rosadas. Nicholas ou Isabella.

"Sério?" Dean está sorrindo como se tivesse acabado de ganhar um prêmio. "São esses os nomes?"

"São esses os nomes." Saio da frente do computador e vou me sentar no colo dele. "Bom trabalho, professor."

"Você também." Ele acaricia minha barriga com círculos lentos, então desce a mão para o meio das minhas pernas.

"Tem certeza de que quer isso?", pergunto, sentindo um calor se espalhar pelo meu sangue.

"Você se incomoda?"

"Não. E você não se incomoda que estou ganhando peso?"

"Claro que não." Dean afasta uma mecha de cabelo do meu ombro. "Acha que vou deixar de sentir tesão quando estiver barriguda?"

"Vou mudar bastante. Pode ficar... esquisito."

"Não ligo." Ele me puxa para mais perto e desliza a mão para o meio das minhas pernas de novo.

"Em algum momento a gente não vai conseguir fazer muita coisa em termos de posições, sabe? Pelo menos eu não vou. Não tenho ideia do que acontece com os hormônios à medida que a coisa avança. Talvez meu desejo sexual desapareça totalmente."

Não sei se me sinto lisonjeada ou ofendida quando Dean começa a rir.

Antes que eu possa fechar a cara, ele me puxa para um beijo longo e profundo. Solto um suspiro e me aninho junto a ele. Quando as coisas estão começando a esquentar, ouço uma batida na porta. Nos soltamos, e Dean emite um ruído de irritação, então levanta para abrir a porta.

Paige está de pé no corredor, com as mãos na cintura. Ela olha para mim por cima do ombro de Dean.

"O que foi?", ele pergunta.

"Archer ligou. Vai chegar aqui em umas duas horas."

11

OLIVIA

Quero fugir, como um coelho que pressente a chegada de um lobo. Dean não vê o irmão mais novo há cinco anos, e um dos motivos disso sou eu. Se não o *principal*. Só encontrei Archer West uma vez na vida, no fim de semana de Ação de Graças do meu primeiro ano com Dean.

Chegamos ao aeroporto de San Jose no fim da manhã anterior ao feriado. Pegamos bastante trânsito rumo aos prósperos subúrbios do Vale do Silício: Cupertino, Saratoga e Los Gatos.

O luxo e a beleza da casa dos West eram uma coisa desconhecida para mim, que sempre morei em apartamentos minúsculos e dormi no sofá da sala de desconhecidos.

Richard West era um homem alto, de ombros largos, com cabelos grisalhos e um ar reticente quase palpável. Joanna West parecia uma recém-formada, com sua postura profissional, seus cabelos bem penteados e seus terninhos feitos sob medida. Eu não conseguiria nem contemplar a possibilidade de que ela pudesse ter um caso se não soubesse que aquelas pessoas escondiam todo tipo de coisas por trás de uma fachada perfeita.

Tudo na família e na casa dos West parecia *mesmo* perfeito. Como se tivesse saído das páginas de uma revista.

"O que você faz, Olivia?", Joanna West me perguntou durante o jantar.

Lancei um olhar para Dean. "Hã, eu trabalho em um café. Jitter Beans. E vou me formar em biblioteconomia e literatura."

"Ah. Que bom." Ela abriu um sorriso vago e não tocou mais no assunto.

"E seus pais, o que fazem?", Richard West quis saber.

"Meu pai morreu faz muitos anos, e minha mãe está viajando", respondi. "O peixe está uma delícia. Como fez esse molho?"

Mais tarde, quando Dean e eu nos preparávamos para ir dormir, comentei: "Não sei se eles gostaram de mim".

"Não interessa. *Eu* gosto de você." Ele me deu um beijo na testa. "Não dá bola. Ninguém nunca vai ser bom o bastante para eles."

Inclusive o próprio Dean. Eu sabia daquilo sem precisar perguntar, mas não entendia por quê. Dean West era a encarnação do filho perfeito e bem-sucedido. Nem mesmo Joanna e Richard West poderiam ter alguma coisa a dizer contra ele.

Aquilo me lembrava de mim mesma. Eu me sentia da mesma forma quando morava com tia Stella e Henry. Só que tinha muito mais motivos.

Não dormi bem na primeira noite. Fiquei me sentindo deslocada naquela cama enorme, acordando a cada barulhinho na casa. Até o silêncio era tenso, como se estivesse prestes a se romper.

O céu estava começando a clarear quando acordei. O relógio marcava cinco e quarenta. O lado de Dean na cama estava vazio, com os lençóis e os cobertores bagunçados. Levantei e fui até o banheiro escovar os dentes e jogar uma água no rosto. Vesti um roupão e ajeitei os cabelos enquanto descia. A luz da cozinha estava acesa.

Quando me aproximei, ouvi o tom grave de vozes masculinas e detive o passo. Meu coração disparou com a estranha sensação de estar onde não deveria.

"Você já fez merda uma vez, e vai fazer de novo", sussurrou Dean.

"Só porque não é o que você faria...", outra voz rebateu. "Me dá a porcaria do dinheiro que eu sumo daqui."

"Não."

"Então vamos passar juntos o feriado de Ação de Graças."

Archer. Meu coração foi parar na boca. O irmão problemático tinha voltado. Não consegui me segurar e fui espiar pela porta da cozinha.

Dean estava de costas, com roupa de corrida e os ombros tensos. Diante dele estava um jovem com cabelos compridos e bagunçados, e uma expressão contrariada. Vestia calça jeans e uma camiseta por baixo da jaqueta de couro. Estava com as pernas afastadas e as mãos na cintura, em uma postura insolente e desafiadora.

"Você não vai passar o fim de semana aqui", Dean falou.

"Ah, não? Mamãe ia adorar. Os três filhos juntos para o feriado."

Dean estendeu o braço e segurou o irmão pela camiseta. "Seu desgraçado."

"Tira a..." Archer se interrompeu. Seu olhar se voltou para mim, me deixando apavorada. "Quem diabos é você?"

Dean se virou. "Liv, o que..."

"Eu... não consegui mais dormir. Deve ser por causa do fuso." Levei a mão ao peito e dei um passo atrás. "Desculpa."

Archer olhou para Dean e de novo para mim. Sua expressão mudou. Ele abriu um sorriso.

Dean atravessou o cômodo e ficou ao meu lado, pondo uma mão protetora na parte inferior das minhas costas.

"Oi." Archer se aproximou, franzindo a testa para mim. "A gente ainda não se conhece. Sou Archer West, irmão do Dean. Você é...?"

Sim, sou a namorada do Dean.

"Liv Winter", respondi.

"Liv." Ele estendeu a mão.

De perto, Archer tinha sua beleza, com seus cílios grossos e sua boca larga. Suas feições eram mais suaves que as de Dean, quase delicadas, com as maçãs do rosto mais finas. O brilho em seus olhos era no mínimo inquietante.

Apertei sua mão, mas não gostei da maneira como seus dedos compridos envolveram os meus. Ele passou o indicador pela palma da minha mão ao soltá-la.

Um estremecimento de repulsa percorreu meu corpo. Eu me afastei e limpei a mão no roupão.

"Hã, vou deixar vocês dois conversarem", falei. "Desculpa interromper."

"Não, pode ficar", disse Archer. "Dean ia fazer um café, não é mesmo?"

Ele fez que não com a cabeça. "Cai fora daqui, Archer. Liv, desculpa, ele é um babaca."

"Liv...", repetiu Archer. "É apelido?"

"De Olivia."

"Que shakespeariano." Ele ergueu uma sobrancelha preta. "Legal, gostei. Me faz lembrar daquela frase..."

Antes que ele pudesse terminar, Dean entrou na frente e o empurrou. O ombro de Archer atingiu o batente da porta. Irritado, ele se virou com tudo para Dean.

Quando pensei que Archer fosse agredi-lo, Dean deu um passo ameaçador em sua direção. Eles se encararam por um tempo, então Archer recuou.

Rá.

"Babaca", resmungou Archer, envergonhado.

"Vamos, Liv." Dean me pegou protetoramente pelo braço. "Se ele fizer mais alguma gracinha, vai se ver comigo. E ele sabe disso. Certo?"

Archer olhou feio para mim, pegou uma bolsa de lona surrada perto da geladeira e saiu da cozinha. Os ombros de Dean despencaram.

"Desculpa." Ele me puxou para junto de si. "Eu não esperava que ele viesse. Ninguém esperava."

"Ele não passa os feriados com a família?"

"Só aparece quando quer alguma coisa", respondeu Dean, amargurado. "E o que quer agora é o dinheiro que meu avô deixou para ele."

"E o que você tem a ver com isso?"

"Para Archer receber a herança, ele precisa se formar, arrumar um emprego fixo e provar que vai conseguir administrar o dinheiro. Meu avô me escolheu para ser a pessoa que vai determinar quando ele cumpriu os requisitos e que vai decidir quanto da herança vai poder receber."

"Você?" Fiquei me perguntando por que Richard West não era o encarregado daquilo, então lembrei que seu pai e seu avô tinham brigado.

"Archer já recebeu alguma parte da herança?", perguntei.

"Não."

"E é por isso que ele tem raiva de você."

"Esse é um dos motivos." Ele encheu o moedor de café e ficou observando os grãos virarem pó.

"Quais são os outros?"

Dean não respondeu e fechou a cara. Senti um ligeiro tremor se espalhar pelo meu corpo.

"Dean, o que..."

Eu me interrompi quando ele olhou para a porta. Os sons de passos pesados precederam a entrada de Richard West na cozinha.

"Bom dia." Ele estava de calça e camisa social, exalando perfume. "Liv. Dean. O café está pronto?"

"Daqui a pouco." Dean encheu a cafeteira. "Archer voltou."

Richard franziu a testa. "Onde ele está?"

"Lá em cima. Disse que passou a noite toda na estrada."

"Se sua mãe der alguma coisa para ele, vai se ver comigo."

"Ele veio atrás de mim porque ela recusou."

"É bom mesmo. E isso vale para você também, entendeu?" Richard pegou o jornal e o abriu com gestos bruscos.

A animosidade era palpável entre os dois. Dean olhou para mim e abriu um sorriso forçado.

"O que vai querer comer, Liv?"

"Só torrada, obrigada."

"Feliz Dia de Ação de Graças." Joanna West entrou na cozinha vestindo uma saia de linho e uma camisa azul de seda, com o cabelo e a maquiagem impecáveis. "Parece que vai fazer um dia bonito."

Ela parou para dar um beijo na testa de Richard, que a ignorou.

"Tenho tanta coisa para fazer antes do jantar." Joanna foi até a cafeteira. "Falei para a cozinheira preparar torta de abóbora e de noz-pecã este ano. Ah, e as cenouras com xarope de bordo de que você tanto gosta, Richard."

Virei para Dean, que observava a mãe. Uma dor repentina surgiu em seus olhos, acompanhada de traços de exaustão. Meu peito se contraiu.

Dean baixou os olhos para a xícara. Naquele momento, eu o vi como um menino lendo histórias de cavaleiros medievais ou de um jovem detetive que resolve casos complicados. Era o que ele vinha tentando fazer havia anos.

Mas sem sucesso.

"Ah, que maravilha, Joanna! Está uma delícia."

A casa dos West fervilhava, com vozes melodiosas de mulheres misturadas às risadas inebriadas dos homens. Um grupo de pelo menos quarenta pessoas — amigos, parentes, vizinhos — circulava pelo espaço interno e pelo terraço. Uma mesa diversificada de pratos típicos de Ação de Graças estava posta na sala de jantar. Richard se encarregava do bar, enquanto Joanna garantia que todos estivessem comendo e bebendo.

Fiz um esforço para socializar, observando com divertimento mulheres mais velhas — e outras nem tanto — babando em cima de Dean e lançando olhares para ele. Capturei fragmentos de conversas sobre Archer West, com murmúrios de reprovação.

Ele estava sentado no terraço, com os pés sobre uma cadeira, jogando conversa fora com quem parasse para cumprimentá-lo. Paige, que estava deslumbrante em um vestido estampado e usava brincos prateados, se deliciava com toda a atenção masculina recebida.

Era uma tarde bonita, e o sol batia forte sobre o gramado. Uma laranjeira oscilava à brisa leve. As risadas se espalhavam pelo ar, com os aromas de peru com ervas finas, torta de abóbora e pão de maçã.

Dean se deslocava entre os convidados com a precisão de uma lâmina cortando seda. Passou a primeira hora ao meu lado, me apresentando e sendo muito atencioso. Eu garanti que ficaria bem sem ele, mas seu olhar se dirigia a mim com frequência, como se estivesse me vigiando enquanto conversava ou se oferecia para pegar alguma coisa para os convidados.

Eu assistia a tudo de camarote, como uma observadora externa — os West como modelo de família ideal, os pais ricos e os filhos bonitos. A única falha no roteiro, a rebeldia de Archer, só os tornava ainda mais intrigantes.

Depois que a maior parte da comida foi devorada, os homens se reuniram na sala de tevê para ver futebol americano enquanto as mulheres fofocavam e faziam café.

"Você já tinha vindo à Califórnia, Olivia?" Archer West puxou uma cadeira e veio se sentar perto de mim. Perto demais.

"Pode me chamar de Liv", falei, me afastando um pouco. "E sim."

"Ah, é? Para onde você foi?" O tom de voz dele era amigável e casual, bem diferente da conversa ácida daquela manhã.

"Los Angeles", respondi. "E Santa Cruz."

Santa Cruz ficava ali perto, a menos de quarenta e cinco minutos de viagem. Meu coração se apertou ao pensar em Twelve Oaks e em North.

Archer levantou uma das mãos para proteger os olhos do sol. "E você é de Wisconsin?"

Fiz que sim com a cabeça. "E você, onde mora?"

"Aonde o vento me levar." Ele abriu um sorriso simpático, revelando os dentes brancos.

"Você trabalha?", perguntei.

"Às vezes."

"Em quê?"

"Uau." Ele se inclinou para a frente, me dirigindo um olhar inquietantemente parecido com o de Dean. "Que interrogatório, hein? Você é aluna de direito?"

"Literatura e biblioteconomia."

Archer deu risada. "Minha nossa. Não é à toa que gostou do meu irmão."

Entendi a dinâmica da coisa. Archer era o bebezão da família, o rebelde problemático que não conseguia parar em emprego nenhum e tentava extorquir dinheiro da mãe. E Dean era o irmão mais velho e responsável que se saía bem em tudo que se propunha a fazer.

"Mas ele é um tremendo engomadinho, não?", continuou Archer. "Desde criança. Não é surpresa nenhuma. Terminava toda a lição de casa do fim de semana ainda na sexta. Fazia parte dos programas de estudos avançados. Nunca se atrasava. Era o presidente do grêmio estudantil. O craque do time de futebol americano. Meu irmão se dava bem no que quer que fosse. Nunca pisava na bola." Ele sacudiu a cabeça. "Nossa, a *babação de ovo* em cima dele..."

"Respingou em você?", perguntei, incapaz de esconder o tom desafiador na voz.

"Não." Ele deu de ombros. "Ninguém tinha expectativas quanto à ovelha negra da família."

Ninguém tinha expectativas quanto a mim também, e foi exatamente o motivo por que precisei criá-las eu mesma.

Um sentimento de animosidade surgiu dentro de mim. Archer West vinha de uma família endinheirada que provavelmente fizera o impossível para ele, e por algum motivo resolvera jogar tudo para o alto. Dean havia tido a mesma criação e não desperdiçara sua chance. Muito pelo contrário.

Pus a mão na frente dos olhos para me proteger do sol quando vi Richard West atravessar o gramado e subir os degraus do terraço.

"E aí, velho?" Archer inclinou a cabeça na minha direção. "Eu estava conversando com a nova namorada do Dean. Que legal que ele trouxe alguém, né?"

"Quero você fora daqui amanhã à noite", Richard disse.

"Ei, eu cheguei a falar que estou procurando um investidor pro meu bar?" Archer olhou para os dedos, limpando a sujeira acumulada sob a unha do polegar. "Se encontrasse um, poderia sumir em meia hora. Caso contrário..."

Richard avançou tão depressa que até me assustei. Se não houvesse tanta gente circulando pela casa, eu seria capaz de jurar que bateria no filho. Em vez disso, porém, parou bem diante de Archer e baixou o tom de voz. "Não ouse me ameaçar."

"Pai." A voz de Dean interrompeu o acesso de fúria. Ele se colocou entre o pai e o irmão. "Parem com isso, vocês dois."

Richard ergueu as mãos, fuzilando o filho mais novo com o olhar antes de voltar para dentro.

"Senta aí." Archer recuperou a compostura e se recostou na cadeira. "Liv estava me contando sobre os estudos. Você conseguiu encontrar uma garota inteligente e bonita. Parabéns. Muito melhor que aquela mosca-morta da Helen."

"Cala a boca, Archer." Dean me pegou pelo braço e me pôs de pé. "Vamos, Liv."

"Dean não gosta de moscas-mortas", continuou Archer. "E você não parece ser uma, Liv, isso dá para dizer só de olhar."

"Cala a *porra* dessa boca", esbravejou Dean.

Assim que Archer desviou os olhos de Dean para me olhar, percebi que uma ideia surgiu em sua cabeça. Meu peito se comprimiu de apreensão.

"Fica longe dele", Dean me falou ao me afastar do irmão e me conduzir de volta para dentro da casa. "Amanhã de manhã já vai ter ido embora daqui."

Dean não saiu do meu lado durante as duas horas seguintes. No fim da tarde, vários convidados já tinham ido, mas outros estavam no terraço tomando café e comendo um pedaço de torta enquanto esperavam o jogo de futebol americano começar ali mesmo.

Os irmãos Coleman eram três rapazes fortes de vinte e tantos ou trinta e poucos, que ao chegar cumprimentaram Archer e Dean como velhos amigos. Fiquei sabendo que todos tinham crescido na mesma rua e se conheciam desde a infância. Dois primos deles se apresentaram, além de Brian Coleman, pai deles, para igualar o número de jogadores em cada time.

Fiquei sentada no terraço enquanto escolhiam quem ia jogar em qual posição e quais árvores marcariam os limites do campo. Fiquei contente por todo mundo estar com a barriga cheia demais para querer conversar, porque assim eu poderia ver Dean em ação sossegada.

O que devia ser a coisa mais linda do mundo.

Ele tinha colocado uma calça jeans velha e uma camiseta, e seu corpo esguio e musculoso se movia com uma elegância natural quando saltava para pegar a bola e correr. Só de vê-lo meu coração já disparava — as coxas flexionadas sob a calça, a camisa subindo para revelar a musculatura rígida do abdome, o vento jogando os cabelos para trás. Assumiu a posição de quarterback, mas teve um passe interceptado.

"Você ainda tem o braço mole", Archer gritou ao passar por Dean e marcar um touchdown.

Depois que o time de Dean recebeu a bola de volta, ele fez um passe longo para Matthew Coleman, que correu para o outro lado do campo. Archer estava por perto, e com um tapa tirou a bola das mãos de Matthew.

Com oito homens bem alimentados exalando testosterona em campo, o jogo não demorou a ganhar um caráter intenso e competitivo. Archer tinha um estilo mais agressivo, o que não era surpresa para mim. Dean usava a força de forma contida e controlada, enquanto o irmão reagia com uma energia extremada, como se estivesse prestes a explodir.

Também ficou claro que Archer e Dean tinham levado suas rixas pessoais para o jogo. Dean encarava o irmão toda vez que os dois times se alinhavam para reiniciar a partida, e Archer fazia questão de ir para cima dele quando estava com a bola e derrubá-lo com uma força que me parecia desnecessária.

O jogo prosseguia com muita correria, gritos e provocações. O time de Archer estava à frente do placar por um touchdown. Dean segurou a bola com as duas mãos e chutou com o pé direito.

Ela foi longe, carregada pelo vento, e parecia que o outro time ia deixá-la sair dos limites do campo. No último momento, Archer correu e pegou a bola, virando para o campo ofensivo com um movimento fluido.

James Coleman o derrubou, produzindo um baque surdo que fez Joanna West se levantar.

"Tudo bem aí?", ela perguntou enquanto Brian ajudava Archer a se levantar.

"Claro, mãe." Paige parecia entediada.

Os jogadores se alinharam para recomeçar o jogo. Archer pegou a bola e partiu na direção do ataque. Dean se aproximou. Archer estendeu um braço, batendo com o cotovelo no peito do irmão. Dean soltou um grunhido. Ele cambaleou, mas conseguiu tirar a bola da mão de Archer e se jogar sobre ela enquanto caía.

Os jogadores se alinharam de novo. Os lábios de Dean eram uma linha reta. Sua calça e sua camiseta estavam manchadas de grama, e havia um esfolado em seu queixo. Matthew jogou a bola para trás. Dean a apanhou e recuou, à procura de um recebedor desmarcado.

"Vai mais fundo!", ele gritou para James.

"Uau, foi o que a gostosa da sua namorada me disse ontem à noite!", Archer gritou do outro lado do campo, e riu.

Meu coração disparou.

Joanna West arfou, assustada.

Dean ficou paralisado. Por meio segundo.

Então explodiu. Ele jogou a bola no chão e saiu correndo na direção do irmão. Passou diante do terraço a toda a velocidade, mas consegui ver seu rosto contorcido em uma máscara furiosa.

Ai, não. Não...

Dean se lançou contra Archer com tanta força que o impacto de seus corpos atingindo a grama fez o chão tremer. Todos ficaram paralisados de choque. Dean imobilizou o irmão de costas no chão e montou sobre ele. Em seguida ergueu o punho e começou a esmurrá-lo usando toda a força do corpo.

Archer gritou. Ele não tinha como contra-atacar. Apenas sacudia as pernas e contorcia o tronco em uma tentativa de escapar da saraivada implacável de socos. Os punhos de Dean subiam e desciam sem parar, atingindo o alvo todas as vezes. Seus músculos estavam contraídos sob a camisa, seus dentes se mantinham cerrados. Ele acertou um murro no nariz de Archer e o sangue começou a jorrar.

"Façam alguma coisa!", Joanna gritou.

Aquilo fez com que os outros homens entrassem em ação, mas não Richard West. Ele só ficou olhando enquanto o filho mais novo levava uma surra do mais velho.

Matthew e James seguraram os braços de Dean e tentaram tirá-lo de cima de Archer. Com um grunhido, Dean os empurrou e continuou batendo no irmão. Mais um soco. Mais um golpe certeiro. Mais sangue.

Minha nossa...

Saí correndo sem pensar no que estava fazendo, tentando me equilibrar de salto na grama. O vento batia com força nos meus ouvidos. Ouvi alguém gritar meu nome. Os punhos de Dean não paravam, demonstrando toda a sua raiva. O terceiro Coleman tentou afastar Dean.

Debaixo dele, Archer tentava se defender levando as mãos ao rosto. Dean esmurrava a cada abertura que encontrava, se recusando a parar.

"Dean!"

Sem saber o que fazer, pulei em cima dele, entrando na frente dos socos. Seu punho atingiu meu queixo. Vi estrelas. A dor se espalhou pelo meu corpo.

Eu o envolvi por trás e segurei firme, rezando para que me ouvisse. Seu corpo estava rígido e tenso de fúria, sua respiração, pesada. Ele segurou Archer pela gola e armou outro soco.

"Para", pedi, ofegante. "Dean, para. Por favor, para, *por favor*!"

Ele interrompeu o movimento. Aquilo bastou para que eu conseguisse empurrá-lo para o lado. Fomos os dois ao chão. Caí por cima dele e o segurei pelos pulsos, imobilizando-o no chão. Ele ofegava forte sob mim.

Vi seus olhos cheios de raiva.

"Para", murmurei. "Para."

Ele ficou me olhando, com sua respiração pesada roçando meu pescoço. Soltei um pulso e levei a mão ao seu rosto.

"Já chega." Minha voz tremia. Passei a mão em seus cabelos. "Já chega."

Um pouco da rigidez que dominava seus músculos se desfez. Ele me abraçou pela cintura, juntando nossos corpos. Apoiei a testa em seu peito e senti seu coração a mil.

"Dean! Você está bem?" Paige me puxou pelo ombro. "Sai de cima dele, Liv."

"Não encosta nela", grunhiu Dean.

Fechei os olhos e tentei absorver suas reações, o gradativo relaxamento de seu corpo, a supressão da raiva. Meus pensamentos e sentimentos se misturaram em um nó que eu não sabia nem como começar a desatar.

Lentamente, levantei a cabeça e abri os olhos para observar a expressão indecifrável de Dean. Seu queixo estava machucado, seu nariz, cheio de sangue.

Havia uma frágil tensão no ar. Fiquei com a sensação de que algo estava prestes a se romper.

Vozes começaram a se elevar, agitadas. Olhei para trás e vi os irmãos Coleman segurando Archer, que se debatia nos braços deles, com o rosto ensanguentado e contorcido de raiva.

"Seu cuzão!", Archer gritou para Dean, tentando avançar para cima dele. Os Coleman o puxavam para longe.

"Archer, vamos lá para dentro", chamou Paige.

Eu me sentei na grama. Dean ficou de pé e passou as mãos pelos cabelos. Seu corpo ainda estava tenso, mas pelo menos a raiva parecia sob controle. O rosto estava arranhado e machucado nos locais onde Archer conseguira acertá-lo mesmo estando por baixo. Ele me pegou pela mão e me levantou.

"Dean!" Paige foi correndo na direção do irmão. "Como você foi fazer uma..."

Ele ergueu a mão para silenciá-la.

"Vamos..." Minha voz estava embargada. Apertei com força a mão de Dean. "Vamos limpar isso." Eu o puxei de leve. "Vem."

Consegui levá-lo para dentro da casa sem maiores problemas. Ouvi vozes na cozinha, onde o restante do grupo estava cuidando de Archer. Escutei a menção ao hospital e fiz uma careta.

Antes que eu chegasse à escada, Dean me puxou para a biblioteca. Ele fechou e trancou a porta atrás de si. Lá dentro o silêncio era total, e a luz estava apagada.

Levei as mãos ao rosto. Meu maxilar doía por causa da pancada e da força que eu estava fazendo para conter as lágrimas.

Senti o olhar de Dean sobre mim. Ele me pegou pela cintura.

"O que aconteceu?" Dean segurou meu queixo com a outra mão e o virou, passando os dedos de leve no hematoma que já devia ter se formado. "Fui eu que fiz isso?"

"Foi sem querer. Não está doendo."

"Puta merda, Liv." A raiva de si mesmo era visível em seu rosto.

Ah, não...

"Não se preocupa." Meus olhos se encheram de lágrimas. "Eu estou bem."

Uma onda de raiva atravessou o corpo dele. Seus olhos se tornaram sombrios. Dei um passo atrás, com o coração disparado.

"Dean?"

Ele avançou com um gesto enérgico, cerrando os punhos nas laterais do corpo. "Quero você."

"Eu... eu sou sua."

"Quero foder você. Com força."

Levei um tremendo susto. Meus quadris esbarraram na escrivaninha de carvalho. "Você..."

Ele me segurou pelos ombros, com seus dedos se encravando na minha pele de forma quase dolorosa. Sua tensão era perceptível. Seus olhos estavam inflamados.

"Preciso saber que você é minha. Que é *toda* minha."

"Eu sou." Uma excitação sinistra e arrebatadora cresceu dentro de mim quando senti o tesão raivoso que emanava dele. "Claro que sou."

"Então deixa."

"Claro."

Ele se lançou sobre mim, colando sua boca à minha e enfiando a língua em um gesto intenso e possessivo, como se quisesse marcar seu território e reivindicar meu corpo. Eu estava inteira colada nele, notando a tensão em cada um de seus músculos. Dava para sentir a adrenalina percorrendo seu corpo, seu sangue em chamas.

Um calor se espalhou dentro de mim. Agarrei seus braços, surpresa com minha própria excitação. Ele cravou os dedos nos meus quadris e me colocou sentada na mesa, sem tirar a boca de mim. Dean me beijava, me lambia, mordia meu lábio, arrastava a boca para meu pescoço latejante.

Respirei fundo, envolvendo seus quadris com as pernas. Ele se posicionou entre minhas coxas, já totalmente duro sob a calça jeans. Com um movimento do braço, derrubou tudo o que estava na escrivaninha ruidosamente no chão, espalhando canetas e papéis.

Enfiei as mãos por baixo de sua camiseta suja de sangue, deslizando-as por sua pele úmida, sentindo a rigidez dos músculos. Ele puxou minha saia para cima, com a boca colada ao meu ouvido.

"Tira", Dean sussurrou.

Meu coração pulsava. Eu o afastei um pouco para poder arrancar a meia-calça e jogar no chão. Dean enfiou os dedos na minha calcinha, me esfregando. Tateei em busca de sua braguilha, mas minhas mãos tremiam demais. Ele deu um passo atrás e arrancou os sapatos, abriu a calça e a arrancou junto com a cueca. Seu pau duro, grosso e pesado surgiu entre nós dois. Minha garganta ficou até seca.

"Nossa, Dean."

Estendi as mãos em sua direção. Ele pôs uma mão espalmada sobre meu peito e me empurrou para cima da mesa. Em seguida abriu minha camisa até a metade. Seus olhos pareciam febris. Tirei o sutiã, morrendo de vontade de que passasse as mãos nos meus seios. Ofegante, ajeitei o corpo e comecei a me esfregar na cabeça do seu pau enquanto ele se inclinava para a frente e prendia um mamilo entre os dentes.

Um tremor intenso chegou até os meus dedos dos pés. Ele foi passando a mão pela minha barriga e a enfiou por baixo da calcinha. Seu indicador percorreu meu sexo, fazendo crescer ainda mais a excitação. Apertei mais as pernas em torno de seus quadris.

Preciso saber que você é minha.

Sua voz áspera ecoou na minha mente atordoada pela luxúria. Ele já não sabia daquilo? O que mais eu poderia fazer para demonstrar?

Dean deslizou a calcinha pelas minhas pernas. Uma lufada de ar me atingiu bem ali. Ele passou as mãos pelas minhas coxas, me abrindo por completo. Por um instante, seus olhos intensos se cravaram nos meus. Então Dean entrou em mim.

Eu estava pronta. Ele havia me alertado, me pedido, me preparado. Mas a intensidade da estocada, a força envolvida, me sacudiu inteira. Minhas emoções explodiram. Soltei um grito de susto, me agarrando aos seus braços rígidos. Meus nervos se inflamaram, minha carne se contraiu em torno de seu pau pulsante.

Ele segurou minhas coxas, me mantendo de pernas abertas enquanto metia sem parar, balançando a escrivaninha e fazendo meu corpo inteiro sacudir. Arqueei o corpo, envolvida pela névoa do desejo, com a consciência de que estava me atando de forma inextricável àquele homem e não queria mais me libertar.

Uma urgência controlada impulsionava seus músculos. Sua camiseta ficou encharcada de suor, dissolvendo o que restava do sangue do irmão. Lágrimas escorriam pelos cantos dos meus olhos. Meu corpo inteiro latejava.

"Dean!", murmurei, elevando os quadris na direção de suas estocadas.

"Isso, bela." Ele parou de repente, mantendo minhas pernas abertas e me observando com uma intensidade que fez meu coração vibrar. Seus cabelos estavam caídos sobre a testa. Seu rosto, vermelho.

Seu pau estava enfiado até a metade em mim. Com um gemido, me projetei para a frente, encravando-o fundo. Comecei a remexer os quadris, em uma tentativa de reproduzir suas estocadas fortes. Não era a mesma coisa, eu precisava de mais, precisava sentir sua força... então ele voltou a se mexer e me preencheu inteira.

Soltei um gritinho, rebolando em torno dele com uma força que até me surpreendeu. Continuei me mexendo sem parar, em meio a uma avalanche de sensações abalando meu corpo. Ele continuava me fodendo, arrancando tremores de dentro de mim, quando tirou o pau e o segurou.

Ofegante, me apoiei sobre os cotovelos e fiquei observando enquanto ele se masturbava com movimentos velozes e urgentes. Seu corpo ficou tenso. Um grunhido se formou em seu peito um instante antes de gozar na minha barriga. O cheiro de sexo me deixou inebriada.

Estremeci e baixei a mão para esfregar meu clitóris ainda trêmulo. Dean colou seu corpo ao meu, iniciando um beijo intenso.

"Fala de novo", ele ordenou com a voz áspera.

Afastei os cabelos de sua testa, acariciando seu rosto.

"Sou sua", eu disse, olhando em seus olhos castanhos com toques dourados. "Agora fala você."

"Sou seu." Ele encostou a testa à minha e respirou fundo. "Nossa, Liv. O que você está fazendo comigo?"

Não sei, mas eu estou me apaixonando. E demais.

Onde isso ia dar?

Joanna West insistiu para que Archer fosse para o hospital, depois informou que ele estava com o olho roxo, o lábio cortado, vários hematomas e o nariz quebrado. Dean só tinha ferimentos leves. Archer havia levado a pior na discussão.

Não, discussão, não. *Na briga.*

Estremeci, ciente do que estava acontecendo. Archer nunca tinha sido capaz de superar o irmão mais velho, e logo percebeu que poderia me usar para atingir Dean.

Ele estava certo.

"Onde você estava com a cabeça?" O rosto de Joanna West estava crispado de raiva. "No Dia de Ação de Graças, Dean? Francamente! Olhe só para ele!"

Ela apontou para a poltrona onde Archer estava esparramado, com um olho inchado e alguns curativos no rosto, sangue seco sob o nariz e hematomas no queixo.

"O que as pessoas vão dizer?", Joanna continuou. Seu corpo esguio tremia de raiva. "Todo mundo viu o que você fez, Dean, *todo mundo*! Estão comentando como você espancou seu próprio irmão!"

"Eu deveria fazer um boletim de ocorrência", Archer falou. Pelo tom de voz, parecia baqueado pelos remédios.

"Pode fazer", desafiou Dean, cerrando os punhos. "Vê se você consegue ganhar algum dinheiro assim."

Archer estreitou os lábios. "Seu filho da puta."

"Seu bosta."

"Parem com isso!" Joanna levou os dedos às têmporas. "Você não vai fazer boletim de ocorrência *nenhum*, Archer, pelo amor de Deus." Ela virou para Dean. "E qual é o seu problema? Desde quando se comporta como um selvagem por causa de uma..."

Ela se interrompeu e olhou para mim.

Meu estômago se revirou. Dean entrou na minha frente, como se quisesse me proteger do olhar acusador da mãe.

“Já chega”, ele falou. “Vamos embora daqui.”

“Dê um jeito nisso, Dean”, Joanna mandou. “Não importa como, você precisa dar um jeito nisso.”

“Não tem jeito, mãe”, respondeu Dean, com um tom de voz gélido. “E você precisa parar de achar que tem.”

“Uau”, murmurou Archer. “O filho legítimo está admitindo a derrota?”

Fiquei sem saber se tinha escutado direito.

“Cala a boca, Archer”, murmurou Paige, desviando o rosto.

Joanna saiu pisando duro, com uma postura rígida como metal.

Pus a mão no braço de Dean. Seus músculos estavam contraídos de raiva.

“Tenho que ir embora”, murmurei, tão baixinho que pensei que ele não tinha me ouvido.

Ele virou para mim, ainda furioso. “Quê?”

“Não quero causar nenhum... problema.” Minha cabeça começou a latejar.

Eu era uma boa moça. Nunca tinha causado problemas para ninguém. Sempre respeitava as regras. Mesmo quando estava arrasada, sofria em silêncio. Ninguém ficava sabendo de nada ruim que me acontecia. Ninguém nunca havia tido motivo para questionar meu comportamento.

“Você não está causando nada, Liv.” Dean se esforçou para manter o tom de voz sob controle. “O problema não é você. De jeito nenhum. São *eles*.”

“Mas... é sua família.” Não consegui pensar em outro jeito de dizer aquilo. Era impossível negar que ele tinha pais e irmãos. O que quer que acontecesse, os fatos jamais mudariam.

Eu não sabia nem onde estava minha própria mãe.

Dean me pegou pelo braço e subimos para fazer as malas. Consegui pedir desculpas à sra. West antes de Dean nos tirar de lá às pressas. Fomos para um hotel perto do aeroporto.

Ele despencou na cama, com os ombros caídos. “Porra, desculpa. Não deveria ter trazido você aqui.”

“Isso já...”

“A gente era...” A voz dele saiu monocórdica e exausta. “Quando pequeno, eu era bem próximo do Archer. Sou quatro anos mais velho que ele. A gente brigava bastante, mas era coisa de irmão, sabe? Ele aprendeu a jogar futebol americano comigo."

Senti que estava entrando em terreno pantanoso. Não consegui dizer nada.

"No caso que minha mãe teve..." Dean passou as mãos pelos cabelos e soltou o ar com força. "Ela engravidou do Archer. Eu tinha nove anos quando ouvi uma conversa entre ela e a irmã sobre isso. Minha mãe descobriu que eu estava ouvindo e disse que era segredo, que ninguém podia saber, que todo mundo devia achar que Archer era filho do meu pai. Eles não queriam ter que arcar com uma separação, e não queriam que ninguém na família ficasse sabendo. Estavam recebendo ajuda para saldar uma dívida que poderia prejudicar a carreira do meu pai."

"Como assim?"

"O governador da Califórnia tinha acabado de citar o nome dele como potencial candidato à Corte de Apelações", Dean falou. "Era uma coisa importante. Um grande passo no caminho para a Suprema Corte. Mas era preciso passar por um escrutínio primeiro, investigações pessoais e audiências públicas. Se as pessoas descobrissem a verdade sobre Archer, tudo poderia ir por água abaixo, ainda mais sendo um cargo eletivo."

"Então você guardou o segredo?"

"Por quatro anos", contou Dean. "Aí um dia eu e Archer começamos a discutir... não lembro nem do motivo. Eu tinha treze anos. Paige estava por perto. Comecei a gritar que ele não era filho do nosso pai. Archer não acreditou, mas aí foi perguntar pro meu pai e... a merda bateu no ventilador. Ele me odeia desde então."

Dean ficou em silêncio, olhando para a parede.

"O que... o que seus pais fizeram?", perguntei.

"Nada. Todo mundo manteve a pose. Eles precisavam fingir que tinham um casamento perfeito. A gente tinha que fingir que era uma família perfeita."

Foi então que entendi tudo. Durante anos, Dean se culpou por divulgar o segredo que fez sua família ruir em silêncio. Atormentado pela culpa, dedicou toda a energia em ser um sucesso, o melhor em tudo... só para compensar o erro e preservar a imagem de perfeição da família West.

Archer West, por sua vez, fez o contrário.

"Eu avisei que era uma puta história suja", murmurou Dean.

Sacudi a cabeça, sem saber o que dizer. Naquele momento, entendi por que tinha a necessidade de ser o filho perfeito.

Assim como eu sempre precisara me esforçar para ser a boa moça.

Uma dor foi ganhando força dentro de mim, ameaçando transbordar. "Por que não me contou isso antes?"

"Não queria que você soubesse."

Senti um nó na garganta. "Não foi culpa sua."

"Eu não deveria ter contado a ele."

"Dean, você era uma criança."

Ele deu de ombros. "Minha mãe... bom, ela nunca me perdoou. Sempre foi próxima de Paige, e as duas colocaram a culpa em mim, principalmente depois que Archer se rebelou. E... e aí meu avô ficou doente e eu precisei ficar com ele. Mas agora já chega. Estou cansado."

"Não posso deixar você se afastar da sua família por minha causa, Dean."

"Mas não pode me obrigar a não fazer isso."

Engoli em seco. "Se eu saísse de cena tudo estaria resolvido."

Ele ficou todo tenso. "Você não vai fazer isso."

Apesar do medo, gostei de ouvir aquele tom de voz possessivo.

"Você não tem como me impedir", murmurei.

Ele se levantou da cama e foi até a mala. Depois de remexer um pouco na bagagem, estendeu a mão para me mostrar a chave de seu apartamento.

"Vou fazer uma cópia disto aqui", Dean falou, "para dar a você. Mas não é para usar antes do recesso de fim de ano."

"Como assim?"

Ele tinha um olhar determinado. "Quero que você more comigo no recesso. Vinte e quatro horas por dia, só nós dois. Sem aula. Sem trabalho. Sem nada e sem ninguém mais."

Levei a mão ao peito. A atmosfera do quarto se tornou elétrica. Meu coração estava a mil.

"Eu... eu pensei que você fosse fazer uma viagem de pesquisa."

"Viajo no dia nove e volto no começo do semestre letivo." Ele chegou mais perto de mim. "Quero você por duas semanas, Liv. Por inteiro. Ainda nem comecei a mostrar tudo o que podemos fazer juntos. No fim do recesso, você vai saber exatamente onde é seu lugar. E não vai querer sair de cena."

Fiquei olhando para ele, me sentindo como se estivesse sendo arrastada para algo ao mesmo tempo extasiante e assustador. Algo que nunca tivera antes. E que jamais esperaria ter.

"Liv, já falei para você que nunca consegui começar uma vida nova", ele continuou. "Mas agora eu quero. E quero que seja com você."

Senti alguma coisa se desfazer dentro de mim, uma coisa que estava escondida por tanto tempo que nem me lembrava mais de quando havia começado. A vergonha e a culpa que eu vinha guardando desde minha passagem por Fieldbrook começaram a se dissolver, como se não pudessem resistir à urgência na voz de Dean, ao calor que gerou dentro de mim, à certeza cada vez maior de que éramos feitos um para o outro.

Uma sensação de *pertencimento*. Pela primeira vez na vida, eu tinha a chance de aprender o que aquilo significava.

Assim como Dean.

Meu coração batia forte. Uma ternura intensa me preencheu quando o vi daquele jeito na minha frente, com a camisa amarrotada e a calça jeans rasgada, os cabelos caídos sobre a testa e o rosto ainda marcado.

Eu não conseguia nem cogitar a ideia de não tê-lo na minha vida. E sabia que poderia ser para Dean o que ele era para mim. Podia curar suas feridas, ser seu esteio, tratá-lo como um tesouro precioso. Juntos poderíamos criar um mundo só nosso, feito de calor e afeto, protegido das garras afiadas do mundo.

Apesar de nossas diferenças, nossas dificuldades, nossas infâncias passadas em extremos bem diferentes do espectro da sociedade... Dean e eu éramos iguais.

Tínhamos sofrido com o peso de segredos altamente destrutivos muito cedo na vida. Fomos forçados a fazer coisas que não queríamos e nos culpamos quando as coisas saíram errado. Aos treze anos, nossas vidas mudaram de maneira drástica, nos levando por um caminho sinuoso rumo à liberdade e à redenção.

Dean tentou apaziguar sua culpa cuidando do avô doente. Eu voltei para Twelve Oaks. Ambos batalhamos muito para criar a imagem que considerávamos ideal para nós. Mas, apesar de tanto esforço para nos desvencilhar do passado, acabamos presos a ele.

Até aquele momento.

Nossos olhares se encontraram. Nós nos entendíamos completamente. Éramos as únicas pessoas capazes de compreender de verdade um ao outro.

"Diz que sim", ele falou.

E eu disse. Não havia outra resposta.

PARTE III

12

DEAN

26 DE JANEIRO

Não me lembro de muita coisa da infância do meu irmão. Quer dizer, não tenho certeza se minhas recordações são reais ou fabricadas. Sei que jogávamos bola no quintal. Sei que ele tinha dificuldade na escola. Sei que gostava de Lego e de trenzinhos.

São minhas únicas certezas. O restante se perde na névoa, interrompido por um incidente ocorrido vinte e cinco anos atrás e que permanece como uma coisa viva, fria e venenosa. Acho que meu irmão jogava futebol americano também. Que tinha uma coleção de discos de rock. Que gostava de insetos. Que seu sanduíche favorito era meio esquisito, tipo queijo com geleia, ou pasta de amendoim com mortadela. Não consigo lembrar.

Fico à espera dele na porta da garagem. É um dia frio e ensolarado, como quase todos na Califórnia. O som de sua moto reverbera pelo ar quando ele vira a esquina.

A tensão se espalha pelas minhas costas. A motocicleta sobe rugindo a entrada da garagem. Ele para e tira o capacete para me encarar. Mesmo à distância, dá para notar sua preocupação.

Ótimo.

Vou andando na direção dele. Está com a barba por fazer e os cabelos compridos, usando uma jaqueta imunda e uma calça jeans rasgada. Parece mais magro, com olheiras carregadas. É possível notar uma sutil elevação em seu nariz.

"Minha mulher está aqui." Paro diante dele. "Se disser alguma besteira, se olhar torto para ela, vai se ver comigo."

Ele fecha a cara. "Que bom que você não guarda rancor, né?"

"Entendido?"

Archer murmura alguma coisa inaudível e desce da moto. "Fico feliz de ver você também."

"Avisei a mamãe que você está só de passagem." Me dirijo à porta da frente, e ele vem atrás. "Onde vai ficar?"

"Com um amigo em Campbell."

"Deixa seu número de telefone com ela. Mamãe vive reclamando que não consegue falar com você."

Na cozinha, Archer abre a geladeira para dar uma espiada.

"Cadê sua mulher?", ele pergunta.

Evitando você. "Foi fazer umas coisas na rua."

"Como ela chama mesmo?"

Cerro os dentes. "Olivia."

"Ah, é. Sabia que tinha um lance shakespeariano. Quando foi que vocês casaram?"

"Faz três anos."

Ele pega um refrigerante e abre. "E vocês estão bem?"

"Ótimos. Ouvi dizer que você vai casar."

"Ah, então." Ele encolhe os ombros e joga a cabeça para trás para dar um gole no refrigerante. Em seguida limpa a boca com a manga. "Acabou não dando certo. É melhor descobrir isso agora do que encarar um divórcio mais tarde, certo?"

Archer abre um sorriso que não é exatamente isso.

"Cadê a Paige?", ele pergunta, se recostando no balcão.

"Saiu com a mamãe."

"Quanto tempo você vai ficar por aqui?"

"Mais uma semana, por aí. Até o papai sair do hospital."

Archer nem se dá ao trabalho de perguntar como ele está. Fico à espera de que me peça dinheiro. Tenho raiva do meu avô por ter me deixado responsável pela herança do meu irmão, mas é uma responsabilidade da qual não tenho como fugir. Archer tem cinco anos para cumprir as determinações do testamento. Caso contrário, o dinheiro vai para instituições de caridade.

Ficamos em silêncio. Cruzo os braços na frente do peito, ouvindo apenas o tique-taque do relógio da cozinha.

"Você está bem?", pergunto por fim.

Ele dá de ombros. "Claro."

"Está trabalhando?"

"Estava. Coloquei pisos por uns tempos. Sabia que existe uma diferença entre carvalho vermelho e branco?"

"O vermelho é mais denso. O branco é mais resistente e durável."

Archer dá risada. A porta se abre e Liv entra, abrindo um sorrisinho constrangido para mim. Ela viu a moto de Archer na frente da garagem, por isso sua expressão é cautelosa.

"Oi, Archer."

Ele ergue a garrafa de refrigerante em uma saudação. "Olivia."

"Liv."

"Ah, é." Meu irmão dá mais um gole na bebida, sem nem olhar na cara dela.

Ótimo. Espero que esteja com vergonha de si mesmo.

"Como você está?", Liv pergunta.

"Melhor do que nunca."

"É bom ver você de novo." Liv encosta no meu braço e avisa que vai subir.

Espero até a porta do quarto se fechar antes de me voltar outra vez para meu irmão. "Vai visitar o papai, passa o telefone para a mamãe e vê se não fala nada que cause uma comoção."

Eu não deveria me preocupar com o que Archer faz ou deixa de fazer, mas passei tanto tempo me esforçando para manter a paz que esse tipo de coisa me vem naturalmente. Fico esperando uma resposta atravessada ou no mínimo uma encarada. Ele dá de ombros e toma mais um gole de refrigerante.

Saio da cozinha e vou para a biblioteca. Me afundo na cadeira de couro atrás da escrivaninha. Venho dizendo a mesma coisa a mim mesmo há quatro anos. Não tenho como consertar os erros da minha família. A traição da minha mãe, o fato de Archer não ser filho do meu pai, o casamento de merda dos meus pais. Não posso continuar carregando essa culpa.

Principalmente agora que vou ser pai.

Viro a cadeira para o computador e me distraio lendo sites de notícias e relatórios do mercado financeiro. Em seguida entro no e-mail da universidade. Tenho mais uma mensagem de Frances Hunter.

A primeira palavra faz meu estômago se revirar: *Dean*.

Todos os professores se tratam pelo primeiro nome, claro, mas em correspondências formais preferimos usar "professor Fulano". Principalmente em e-mails com cópia para outras pessoas.

O primeiro nome fica reservado para contatos mais pessoais e informais.

Frances Hunter me mandou uma mensagem mais pessoal e informal.

Desço a barra de rolagem para ver o texto inteiro.

Dean,

Vai haver uma notificação formal em breve, mas achei que devia avisar antes, já que você está fora. A aluna Maggie Hamilton está ameaçando registrar uma ocorrência de assédio sexual contra você.

O diretor do jurídico solicitou uma reunião comigo na segunda. Não sei se você pode vir, mas acho que seria bom.

Apesar de não ser uma investigação oficial nem a ocasião apropriada para que se defenda das alegações, é uma oportunidade de começar a reunir informações sobre o caso.

Tenho um grande respeito por você como professor e acho que deve estar ciente de qualquer acusação que apareça, seja falsa ou verdadeira.

Abraços,

Frances Hunter

A bile sobe pela minha garganta. *Assédio sexual*. Não posso acreditar.

Várias imagens surgem na minha cabeça — todas as vezes em que conversei com Maggie Hamilton, nossos desentendimentos sobre sua proposta de dissertação. Eu me imagino em uma porra de um depoimento oficial: "*Não, eu nunca encostei nela. Juro que nunca nem olhei para ela de forma inapropriada e que isso nunca me passou pela cabeça*".

A raiva inunda meu peito. Aquela desgraçada. Sinto vontade de telefonar para Maggie Hamilton e perguntar se tem merda na cabeça.

Respiro fundo e tento ser racional. Sei que não posso ter nenhum tipo de contato com Maggie, mas é melhor seguir o conselho de Frances. Qualquer que seja a acusação contra mim, preciso sair a campo e reunir todas as informações possíveis.

Mando uma resposta rápida.

Obrigado, Frances. Vou à reunião. Por favor me diga o horário e o local.
Dean

Então saio para procurar Liv.

Meu coração dispara. Ela não está no quarto, na sala ou na cozinha. Nem Archer, mas a moto dele não está mais na frente da garagem. Ótimo.

Saio para o terraço e atravesso o caminho de pedra do quintal. Liv está sentada no gazebo, com um livro no colo.

Fico olhando para minha esposa. O sol reflete em seus cabelos longos e soltos, com algumas mechas sobre o rosto. É possível ver uma barriguinha despontando.

Puta merda.

Assédio sexual?

Liv ergue a cabeça ao ouvir meus passos. Tento conter o pânico que começa a se instalar e parecer mais relaxado.

Ela sorri. "Oi, bonitão."

Enxugo as mãos na calça e subo os degraus do gazebo.

Como posso contar a ela? Sei que é necessário, não sou idiota. Não vou repetir o erro de manter segredos escondidos da minha mulher. Preciso contar a verdade.

"Liv, tenho uma reunião do departamento na segunda. Acabei de ficar sabendo. É importante. Frances Hunter pediu que eu fosse."

"Que reunião é essa?"

Fico sem saber como responder. Maggie Hamilton não fez uma acusação formal. Talvez o objetivo da reunião seja encontrar um meio de impedir que aconteça. Seria bem mais fácil contar tudo a Liv se eu pudesse concluir com um: "Mas não deu em nada, então caso encerrado".

Tento ignorar a pontada de culpa.

"Coisas do departamento." Afasto uma mecha de cabelo da testa de Liv. "Posso pegar um voo amanhã e voltar na terça."

"Você precisa viajar até Mirror Lake por causa de uma simples reunião? Não pode participar por videoconferência ou coisa do tipo?"

"Não." Não tenho a menor ideia de como explicar isso. "É sobre o programa de estudos medievais, então preciso estar lá. Você pode ir comigo e já ficar em Mirror Lake. Vou ter que voltar para cá por causa do meu pai. E me comprometi a dar uma palestra em Stanford na sexta."

A indecisão fica estampada no rosto. "Eu falei que queria ficar ao seu lado o tempo todo."

"Só vou ficar mais uma semana aqui e depois volto para casa." Tento pensar em mais uma forma de convencê-la. "Lembra como você passou mal no avião? Não vai querer fazer mais uma viagem de ida e volta. Não vou deixar."

Liv morde o lábio. "Por que não fico aqui então?"

"Por quê?"

"Posso ajudar enquanto você estiver fora", ela responde. "Não passei mal nenhuma vez nos últimos dias, mas você tem razão, é melhor não fazer viagens desnecessárias. Se eu ficar aqui e a gente for embora no fim de semana que vem, vou estar mais perto do segundo semestre. A essa altura, os enjoos matinais diminuem, então o voo de volta não vai ser tão ruim."

"Não quero você sozinha aqui", digo, contrariado. "Principalmente com Archer por perto."

"Não estou preocupada com o Archer." Uma determinação parece surgir dentro dela, motivada pela força interior que às vezes Liv esquece que tem. Ela fecha o livro. "Vou ficar por aqui, Dean. Vai dar tudo certo."

"Quero você comigo."

"São só dois dias. Posso ir com sua mãe ao hospital, se for preciso, e ajudar nas refeições. Paige falou que volta ao trabalho amanhã. Acho que sua mãe vai gostar de ter alguém por perto."

Ela não parece ter muita certeza disso. Nem eu. Em circunstâncias normais, eu argumentaria e insistiria para Liv voltar comigo e ficar em Mirror Lake.

Mas as circunstâncias atuais não são normais. E, se ela ficar, vou ter dois dias para arrumar um jeito de explicar essa confusão toda.

"Eu falei para Archer ficar longe de você", digo.

"Ele não vai fazer nada comigo."

"Se ele..."

"Não vai acontecer. E não tenho medo dele."

Não sei mais o que dizer.

"Ei." Uma ruga aparece entre as sobrancelhas de Liv. Ela segura minha mão. "Está tudo bem?"

"Sim, claro." Engulo em seco. "Preciso reservar as passagens."

Ela solta minha mão. Sinto seu olhar sobre mim enquanto volto para a casa.

Não posso me afastar dela. Não quero fazer isso. Mas preciso de informações. Posso contar tudo depois da reunião. Uns dois dias, no máximo. Quando eu descobrir direito o que está acontecendo.

Volto à biblioteca e entro no site de passagens. Consigo um voo com duas escalas para a manhã seguinte. Também compro a passagem de volta para terça.

Abro o e-mail de Frances outra vez e fico olhando para a tela.

Pensamentos sinistros surgem na minha cabeça. Posso ser demitido, cair em desgraça, ficar no ostracismo e ainda ser obrigado a pagar uma fortuna em despesas legais. Um processo na Justiça ia se arrastar por meses e poderia acabar nos jornais, bem na época do nascimento do meu primeiro filho...

Sem chance. Nem fodendo.

A raiva me domina com força e depressa. Sinto uma explosão na minha mente. Dou um murro na mesa e derrubo tudo com o braço. Pesos de papéis, porta-canetas, pastas — vai tudo para o chão. O abajur cai e quebra, espalhando cacos de vidro verde pelo carpete.

"Dean?"

Merda. Minha visão está borrada. Viro a cabeça para a porta. Tem uma mulher parada lá.

Não é Liv.

É Helen.

Respiro fundo e tento acalmar as batidas frenéticas do meu coração. Ela entra com passos cautelosos, olhando para a bagunça que fiz.

"Está tudo bem?" Helen para diante da escrivaninha e abre um sorriso sem graça. "Pergunta boba, né?"

Solto uma risadinha e me recosto na cadeira, levando as mãos ao rosto. *Assédio sexual.* É um problemão.

"Posso fazer alguma coisa para ajudar?", Helen pergunta.

"Não." Eu me ajeito na cadeira e a encaro.

Ela olha para o computador e depois para mim. "Más notícias?"

"Acho que dá para dizer isso."

"Bom..." Ela ajeita a saia na cintura e se afasta. "Se precisar de ajuda, é só pedir."

Helen está quase na porta quando a impeço, sem pensar. Se não contar para alguém vou acabar enlouquecendo. Ela está no meio acadêmico há tanto tempo quanto eu. Vai me entender.

"Helen."

Ela se vira para mim.

"Você já foi acusada de assédio sexual?"

Helen fica me olhando por um tempo, então leva a mão ao pescoço. "Ah, Dean."

"Pois é." Apoio a cabeça no encosto da cadeira. "Não é nada oficial."

Ainda.

Helen volta a se aproximar da escrivaninha. "O que aconteceu?"

"Uma aluna não gostou de ter o projeto de mestrado reprovado e está ameaçando dizer que foi assediada por mim." Eu a encaro. "Não é verdade."

"Imaginei." Helen encosta o quadril na beirada da escrivaninha. "Tivemos momentos ruins, mas você sempre me pareceu íntegro."

Os pensamentos sinistros ressurgem. *Liv. Minha mulher linda e grávida...*

"Minha nossa, você está suando frio." Helen pega uma caixa de lenços de papel do chão e me entrega. "Certo. Me conta o que aconteceu."

É o que eu faço, desde o começo — a aceitação de Maggie no programa de pós por puro nepotismo pelo professor que eu substituí, sua intenção de estudar direito, sua falta de ética de trabalho, sua mania de achar que pode tudo, sua raiva por não ter a dissertação aprovada.

Sua insinuação de que trocaria favores sexuais por apoio acadêmico.

"Sempre fiz tudo certinho, Helen", digo. "Nunca me aproximei de nenhuma professora ou aluna. Sempre deixo a porta da minha sala aberta. Nunca encontrei aluna nenhuma a sós fora da universidade. Conheço todas as regras de conduta. Nunca fiz nenhum comentário inapropriado ou..."

"Dean." Helen põe a mão sobre a mesa. "Eu sei disso. Ela não fez nenhuma queixa formal?"

"Ainda não. Vou até lá para uma reunião com minha chefe e o diretor jurídico. Acho que querem reunir mais informações."

"Aposto meus dólares contra seus donuts que ela vai falar com você antes de fazer uma queixa formal", diz Helen.

Não consigo segurar o sorriso. Ela sempre teve a mania de usar expressões anacrônicas que não fazem nenhum sentido para mim.

"O que isso significa?", pergunto. "Seus dólares contra meus donuts?"

"Significa que eu cubro em dólares o que você apostar em donuts", Helen explica. "Donuts eram baratos antigamente. E eu estou falando sério. Ela vai procurar você dizendo que não vai prestar queixa se a proposta for aprovada."

"Aí eu aprovo a proposta e sou obrigado a trabalhar com ela por mais dois ou três anos."

"Não."

"Então o quê?"

"Você esconde um gravador na sua sala, registra a conversa, deixa que ela se incrimine sozinha e leva a gravação para o jurídico e para sua chefe."

"Sério? Isso não é ilegal?"

Helen encolhe os ombros. "Perjúrio também é. E é contra o regulamento da universidade. Por que não sacanear a garota também?"

"Não é *desse* tipo de sacanagem que eu gosto", murmuro.

Helen sacode a cabeça com um sorrisinho. "Meu palpite é que não importa se é ou não ilegal porque, quando ela descobrir que você fez isso, vai desistir de prestar queixa e vai ficar tudo bem."

"Você aposta seus dólares contra meus donuts nisso?"

"Aposto até meus botões nisso."

"E o que isso... esquece."

Helen sorri e se afasta da escrivaninha e eu solto um longo suspiro. O aperto no meu peito desaparece. Agora há uma vaga esperança no lugar.

Ela me ajuda a recolher as coisas do chão. Colocamos tudo de volta no lugar. Helen passa o aspirador no carpete para limpar os cacos de vidro e joga o abajur quebrado no lixo.

"Vou passar na cidade e comprar um novo antes que sua mãe sinta falta", ela diz enquanto enrola o fio do aspirador.

"Obrigado."

"Por nada."

Estendo o braço e a seguro pelo pulso. "É sério, Helen. Obrigado. E desculpa pelo que eu..."

"Pois é, você foi um babaca naquele dia, mas até que gostei de ver. Que bom que Liv tem alguém para dizer aquelas coisas por ela." Helen dá um tapinha no meu braço. "E eu fui bem impertinente, reconheço. Me mantenha informada, certo?"

"Pode deixar."

Saímos da biblioteca no momento em que Liv entra pela porta do terraço.

"Eu ia fazer um café ou um chá", ela diz. "Vocês querem?"

"Não, obrigada", Helen responde. "Preciso ir."

"Acompanho você." Vou com Helen até a porta. "A Liv ainda não sabe", digo baixo. "Só vou contar quando voltar."

Helen levanta as sobrancelhas, mas faz que sim com a cabeça. "Certo. Minha boca é um túmulo."

"Uau. Uma expressão que eu entendo."

"Simplifiquei para ajudar você", ela diz, e vai embora.

13

OLIVIA

27 DE JANEIRO

Helen se oferece para levar Dean ao aeroporto, o que para mim não é problema, já que não sei o caminho até San Jose e as estradas por aqui são movimentadas e meio intimidadoras. Em vez disso, vou com Joanna e Paige de novo ao hospital, então Dean e eu nos despedimos no hall.

"Amo você, bela." Ele me abraça e dá um tapinha discreto na minha barriga. "Ligo assim que chegar, certo?"

Faço que sim com a cabeça. Ele vai ficar fora por menos de três dias, mas seria melhor se não precisasse ir. Não estou preocupada em ficar sozinha com a família dele, já que as coisas estão mais tranquilas do que na visita anterior, mas não queria ficar longe do meu marido justo agora.

Colo minha boca à dele, ciente de que Helen está logo ali, então me desvencilho de seu abraço. "Se cuida."

É estranho que a universidade exija que volte só por causa de uma reunião. A princípio nada impediria que o encontro fosse adiado, ou que ele participasse por telefone ou videoconferência. Espero que pelo menos estejam pagando as passagens de avião.

Eu o observo da porta da frente enquanto entram no carro e vão embora, então volto para cima e arrumo o quarto. Depois, desço e peço permissão a Joanna para usar o computador da biblioteca.

Abro meus e-mails. Tem uma mensagem de Kelsey perguntando como vão as coisas e informando que as plantas lá de casa ainda estão vivas. Conto que a cirurgia foi bem-sucedida e que Dean está voltando a Mirror Lake por alguns dias.

Em seguida começo a navegar pelos sites especializados em gravidez, evitando links sobre emergências médicas e me concentrando nos estágios da gestação, informações sobre ultrassonografias e matérias sobre sexo.

Por curiosidade, clico em um link com ilustrações sobre as posições mais confortáveis.

Fique por cima de seu parceiro.

Certo.

Fique deitada de lado.

A gente pode fazer isso.

Fique de joelhos e se apoie sobre os cotovelos enquanto seu parceiro a penetra por trás.

Com certeza vou querer experimentar essa.

"Ah, desculpa."

Desvio os olhos da tela e, com um sobressalto, vejo Paige entrando na biblioteca. Com um gesto apressado, clico em outro link qualquer.

"Oi, Paige."

Deus do céu. Espero que ela não tenha visto nada.

"Vamos sair daqui a quinze minutos, se quiser ir também", ela me diz.

"Quero, sim. Só estou lendo meus e-mails." Abro um sorriso radiante.

Paige dá de ombros e sai. Só para provar que não estava mentindo, abro meu e-mail de novo. Tem uma mensagem de Kelsey:

Ele vai voltar só por causa de uma reunião? Como assim?

É uma reunião importante, pelo que Dean falou, mas a reação de Kelsey só confirma meu estranhamento. Não faz muito sentido mesmo.

Fico me perguntando se tem a ver com o trabalho de Dean ou com o congresso internacional que ele está organizando. Faz só dois anos que Dean está na King's. Ele foi contratado com um salário alto e nunca teve verba de pesquisa negada, mas ainda não é professor titular.

Talvez seja isso! Talvez estejam pensando em oferecer a ele o cargo. Dean tem vários orientandos na pós, construiu uma reputação incrível em pouquíssimo tempo, tem diversas publicações no currículo e chamou muita atenção para a universidade com seu programa de estudos medievais. O congresso com certeza vai consolidar sua reputação, além do livro que ele vai publicar no segundo semestre e da bolsa...

Só pode ser isso. E ele não vai me contar porque quer que seja surpresa.

Uma onda inesperada de empolgação me envolve. Se Dean conseguir o cargo de professor titular, vai ter estabilidade no emprego. Então vamos poder planejar um futuro em Mirror Lake.

Em vez de me sentir insegura, fico cheia de expectativa. Eu *quero* ficar em Mirror Lake. Finalmente percebo o quanto aprendi a gostar da cidade nos últimos dois anos.

Quero criar nosso bebê lá, quero que estude em uma escola local, que nade no lago, que tome sorvete na Avalon Street, que brinque no Wizard's Park, que ande de bicicleta pelas ruas menos movimentadas. Tenho amigos em Mirror Lake, ótimos amigos e, apesar de não ter uma carreira consolidada, não posso esquecer o emprego na livraria e os trabalhos voluntários que eu adoro.

Posso dar ao nosso bebê a vida estável e segura e o lar que nunca tive.

Essa possibilidade recém-descoberta alivia boa parte da minha inquietação. Pego a bolsa e vou me juntar a Joanna e Paige para a visita ao hospital.

Mal posso esperar pela volta de Dean.

"Como foi seu dia?"

A voz dele reverbera bem grave. Animada por ouvi-la, levo o telefone à orelha e me sento na beirada da cama.

"Foi bom. Fui com Paige e sua mãe visitar seu pai, que ficou reclamando da comida. Acho que ele já quer voltar para casa. Ainda está em observação por causa de um inchaço na válvula cardíaca, mas o médico disse que deve receber alta na quinta. Como foi a viagem?"

"A decolagem da segunda escala demorou por causa do gelo na pista em Chicago."

"Esqueci que no Meio-Oeste ainda é inverno."

"Está doze graus negativos agora. As estradas estão bem escorregadias."

"Você está em casa?"

"Acabei de chegar."

"Como estão as coisas no apartamento?", pergunto.

"Tudo certo. Kelsey manteve suas plantas vivas."

"Ela me disse. Parecia bem orgulhosa disso."

"Você falou com ela?"

"Por e-mail. Comentei que você ia passar uns dias na cidade. Ela estranhou que precisasse voltar só por causa de uma reunião."

Ele fica em silêncio por um tempo. Sorrio. Não quero perguntar demais para não estragar a surpresa.

"Você deveria encontrar Kelsey, já que está aí", sugiro.

"Vou ligar para ela." Ele limpa a garganta. "Quais são seus planos para amanhã?"

"Pensei em ir ao centro ver umas lojas de bebês."

"Ah, é?"

"Estou animada", admito. "Está tudo bem com seu pai e vamos voltar para Mirror Lake em breve. Sabe aquela sorveteria perto da praia, aquela com o piso xadrez e uma máquina de refrigerante? Tem uma loja de brinquedo bem ao lado?"

"Não sabia."

"É o sonho de qualquer criança. Tomar um sorvete e ir comprar um brinquedo. Mas deve ser enlouquecedor para os pais."

"Verdade."

"Enfim." Tento conter meu entusiasmo. "Eu estava vendo umas coisas sobre gravidez na internet. Achei melhor me informar sobre o que vamos precisar além de fraldas."

"Boa ideia."

Ele não parece muito disposto a conversar. Deve estar cansado e estressado depois de um voo com duas escalas e atraso, e da viagem de carro do aeroporto para casa, através das estradas cheias de gelo.

Deito na cama. Talvez possa ajudá-lo a relaxar um pouco antes de ir dormir. Uma pontada de ansiedade surge dentro de mim.

"Li sobre sexo na gravidez", comento.

"Ah, é?"

"Para quando minha barriga estiver maior, sabe? Fiquei pensando em como a gente pode se virar."

"Conta mais."

"Tem um site que recomenda várias posições."

"E quais são?" Ele parece mais animado agora.

"Eu por cima."

"Muito boa."

"De ladinho."

"Legal."

"Eu de quatro e você me comendo por trás."

Dean solta o ar com força. Abro um sorriso.

"Achei bem... promissor", digo.

"Parece muito mais que isso."

"Você está na cama?", pergunto.

"No sofá."

"Vestindo o quê?"

"Calça de flanela e camiseta."

"Você nunca usa camiseta para dormir."

"Porque você me esquenta. Está doze graus negativos aqui."

"Vai tirar agora?", pergunto.

"Por quê?"

Solto um suspiro. "Para eu poder imaginar você sem camisa no sofá da sala."

"Espera um pouco." Ouço um farfalhar do outro lado da linha. "A camiseta já era."

"Ótimo."

"Sua vez."

Dou uma olhada. "Se eu tirar a camisola, vou ficar sem nada."

"Ótimo."

"Espera um pouco." Largo o telefone e tiro a camisola. Por precaução, me certifico de que a porta do quarto está trancada antes de voltar para a cama. "Pronto."

"Você está sem roupa?"

"Só de calcinha. Está meio apertada, inclusive. Acho que minha bunda aumentou também."

"Mais coisa para eu apertar."

"Hum..."

"Já fiquei de pau duro."

Uma excitação me domina. "É mesmo?"

"Agora estou pensando nos seus peitos, e em você se curvando para mim para mostrar sua bunda redonda e gostosa... já estou quase gozando."

Dou risada. "E eu que pensei que ia precisar me esforçar um pouco mais para fazer você relaxar."

"Ah, mas nada impede que se esforce." Ele faz uma pausa. "Seus mamilos estão duros?"

"Sim." Eu me apoio sobre um dos cotovelos. Meus seios caem para o lado, com os mamilos bem pontudos, e o tecido da calcinha fica úmido. Passo uma das mãos pela barriga e depois pelos peitos sensíveis. "Por falar em me curvar para você, lembra aquela vez que a gente transou na varanda?"

"Como posso esquecer?"

"Em que andar foi mesmo?"

"Décimo sétimo."

Mais ou menos um ano depois do nosso casamento, fui com Dean a um congresso de estudos medievais realizado em um hotel em Los Angeles. O quarto dele tinha varanda. A vista era espetacular — o céu enevoado sobre a imensidão da cidade, os prédios altos à distância. Os carros que trafegavam em grande número pelas ruas pareciam brinquedos daquela altura.

Enquanto Dean assistia a apresentações sobre coisas da Idade Média, eu visitava os pontos turísticos e museus de Los Angeles. Uma tarde cheguei ao hotel antes dele, cansada e suada depois de passar pelo Hollywood Boulevard e pelo Los Angeles County Museum of Art. Depois de um banho rápido, coloquei um vestido branco de verão e fui me sentar na varanda, deixando a porta de vidro aberta.

Seduzir meu marido fazia parte dos planos, mas transar *na varanda* nem me passara pela cabeça.

Então ele apareceu, exausto depois de passar o dia discutindo costumes medievais e topografia urbana. Dean deu um beijo distraído na minha testa, murmurou alguma coisa sobre um jantar do congresso e foi para o chuveiro.

Meu marido trabalhador...

Pus os pés sobre o gradil da varanda. Um vento quente começou a soprar, agitando as cortinas do hotel. Meus cabelos estavam soltos e despenteados. Eu não estava usando calcinha. Nem sutiã, aliás.

Virei quando ele saiu do banheiro, só de cueca boxer, com a pele ainda úmida. Dean ergueu os braços para enxugar os cabelos, flexionando os músculos.

"Como foram as apresentações?", perguntei.

"Algumas muito boas, principalmente uma sobre política florentina."

Claro.

"Interessante", comentei. O vento soprava no meu sexo descoberto, provocando cócegas deliciosas. Abri um pouco as pernas. "E a que horas é esse jantar?"

"Daqui a meia hora. Podemos levar acompanhante." Ele passou a toalha no peito. "Mas vai ser formal."

"Ah. Nada de vestidinho de verão, então."

"Acho que não."

"E calcinha e sutiã?"

Ele parou e olhou bem para mim. "Hã... como é?"

Subi o vestido. "Não posso usar um vestidinho de verão, mas imagino que tenha que usar lingerie."

"Você não está usando?"

"Não." Tirei as pernas de cima do gradil da varanda e me virei em sua direção, abrindo-as só o suficiente para ele constatar minha nudez. "Acho que vou ter que colocar então."

Dean estreitou os olhos, e sua respiração começou a se acelerar. "O que está acontecendo aqui?"

"Nada." Olhei para ele e pisquei algumas vezes, com uma inocência fingida. "Só esperava que quisesse me comer na varanda antes do jantar."

Um arrepio me percorreu quando Dean largou a toalha e veio andando na minha direção, com uma expressão bem séria no rosto.

"É melhor você saber exatamente o que está pedindo, sra. West", ele grunhiu.

Eu não sabia exatamente (na *varanda*?), mas meu coração disparou quando Dean me agarrou pela cintura e me puxou para um beijo profundo. A atmosfera se encheu de eletricidade, uma sensação que eu adorava tanto quanto o fogo brando e constante de quando transávamos sem pressa. O fato de eu poder fazer aquilo só abrindo um pouco as pernas — transformá-lo de um acadêmico cansado em um tarado — era um poder estonteante.

Dean enfiou a língua na minha boca, me comprimindo contra seu peito rígido, com a pele ainda úmida e cheiro de sabonete. Ele me pegou pela nuca e aprofundou o beijo enquanto eu lançava os braços sobre seu corpo.

Ele agarrou meu vestido e o levantou, com o pau duro visível junto aos músculos do abdome. Senti um ventinho na bunda e estremeci.

"Espera", falei, ofegante. "Será que ninguém consegue ver a gente mesmo?"

Ele deu risada, passando as mãos grandes na minha bunda descoberta. "É meio tarde demais para se preocupar com isso."

A ideia de que alguém pudesse estar olhando fez minha pulsação disparar. Dean enfiou o braço entre nós para pôr o pau para fora da cueca. Soltei um gemido bem alto ao vê-lo todo duro. Peguei-o na mão e comecei a acariciá-lo, deixando que Dean controlasse os movimentos com os quadris.

Uma rajada de vento soprou meus cabelos sobre o rosto, e meu vestido ainda mais para cima. Dean enfiou a mão entre minhas pernas, soltando o ar com força pela boca. Ele se afastou de mim e entrou no quarto, aparecendo em seguida com uma camisinha.

"Agora vira." Foi uma ordem, em tom grave e gutural.

Respirei fundo e virei. O suor brotou entre os meus seios. Comecei a estremecer com uma mistura de excitação e nervosismo. Dean pôs as mãos nos meus quadris e me empurrou com delicadeza um pouco mais para perto da extremidade da varanda. Em seguida me pegou pelos pulsos e colocou minhas mãos sobre o gradil.

"Aguenta firme, linda", ele murmurou, mordendo de leve o lóbulo da minha orelha. "Vai ser uma experiência e tanto."

Um tremor me percorreu da cabeça aos pés. Me agarrei ao gradil de metal, com as palmas molhadas de suor. Um avião atravessava o céu, e o barulho das turbinas ressoava nos meus ouvidos. O sol batia forte na minha nuca.

Dean puxou meu vestido até a cintura, me deixando totalmente exposta ao vento e a seu olhar.

"Gostosa pra caralho", ele murmurou.

Então afastou um pouco mais as minhas pernas. Tremores desciam pela minha espinha sem parar. Encolhi a barriga de tensão. Ele passou um dedo pela minha bunda e enfiou em mim, de um jeito leve e provocante que me deixou até um pouco frustrada. Depois de ser agarrada de um jeito tão sexy e poderoso, estava pronta para ser *possuída*.

"Quer mais?", Dean perguntou, passando a ponta do dedo no meu clitóris.

"Ah, eu quero."

"O quê?"

Senti meu rosto ficar vermelho.

"Me diz e eu vejo se posso fazer", ele murmurou, esfregando minha bunda com a mão espalmada e criando um atrito bem gostoso.

"Quero seu... seu pau dentro de mim", falei, ofegante. "Quero que me coma com força."

Um instante depois, ele começou a se esfregar em mim, cravando os dedos nos meus quadris e me abrindo totalmente com seu pau. Minha pulsação reverberava com força nos ouvidos. Meu sangue estava em chamas. Me agarrei ao gradil e me preparei para recebê-lo por inteiro. Dean me segurou pela cintura e me puxou para junto de si.

"Abre mais." A voz dele estava tensa.

Afastei as pernas, sentindo-as tremendo. Dean passou uma mão pelas minhas costas, baixando meu tronco e puxando minha bunda.

"Dean!"

"Aguenta firme." Ele me agarrou pelos quadris de novo, então se inclinou para trás e para a frente com um movimento vigoroso.

Soltei um grito, atordoada pela força das estocadas, pela forma como cada movimento seu estimulava partes de mim que eu nem sabia que existiam. Ele entrou tão fundo que eu sentia seu saco bater em mim e suas coxas contra as minhas.

Meu vestido colou na minha pele, molhado de suor, e meus cabelos embaraçaram por causa do vento. Minhas pernas tremiam com o esforço para manter a posição, mas eu podia continuar daquele jeito durante horas, sentindo meu marido enfiar e tirar o pau de dentro de mim, sua barriga na minha bunda, nossos fluidos misturados escorrendo pelas minhas coxas.

Eu queria poder vê-lo com os músculos contraídos e os olhos cheios de tesão. Queria poder acompanhar o entra e sai de seu pau quando começou a meter com ainda mais urgência.

Dean deslizou uma das mãos para meu clitóris. Estremeci e tive que me esforçar para não fechar as pernas em sua mão. Com mais uma carícia, gozei com um gemido abafado, com minha carne trêmula apertando o movimento ainda incessante do pau dele. Enrijeci os músculos e, me segurando no gradil, comecei a projetar o corpo para trás enquanto ele grunhia de prazer, metendo forte e fundo.

"Ah, caralho, Liv..."

Ele me puxou e me fez ficar de pé, então sentou na cadeira. Eu me acomodei em seu colo. Fiquei toda mole, sentindo a cabeça pesada sobre os ombros.

Dean pôs a mão sob meu queixo e virou meu rosto para um beijo demorado. Eu estava toda derretida e sem defesas. Loucamente apaixonada.

"A gente chegou a ir àquele jantar?", Dean me pergunta agora ao telefone, com a voz rouca de tesão.

"Com meia hora de atraso, mas sim. O frango e o arroz estavam secos. Mas a sobremesa foi boa."

"Você está se tocando?", ele pergunta.

Eu tinha me acariciado o tempo todo, revivendo as lembranças acaloradas — passando as mãos nos seios, descendo pela barriga e enfiando na calcinha.

"Estou." Elevo os quadris para aumentar a pressão dos dedos. "Quero fazer isso de novo. Vamos pegar um quarto de hotel em um prédio bem alto antes do... do verão."

Antes do parto. Por alguma razão, não consigo dizer isso.

"Só se você topar ir jantar comigo sem calcinha depois."

"Combinado. Agora imagina que está metendo na minha bocetinha apertada e molhada enquanto estou curvada na sua frente, gemendo e pedindo para você gozar na minha bunda..."

Ele solta um grunhido no exato momento em que o orgasmo me domina, espalhando vibrações pelo meu corpo todo. Fecho os olhos e me deixo levar pela sensação, com a certeza de que as imagens quentes e suarentas que estamos visualizando são as mesmas.

14

DEAN

28 DE JANEIRO

Está um frio insuportável em Mirror Lake. Minhas botas impermeáveis esmagam a grossa camada de neve enquanto caminho até o prédio do departamento de história. Pego a correspondência na caixa de correio e vou para minha sala. Sigo minha rotina normal — leio os e-mails e tiro a papelada da pasta.

Evito olhar para o porta-retratos com a foto dela sobre a mesa. Quase consigo sentir seu olhar caloroso sobre mim, seu sorriso lindo. Parece achar que sou seu herói, o que me dá um aperto no coração.

Eu me distraio com algumas tarefas mais leves até a hora da reunião. Então atravesso o corredor e vou até a sala de Frances Hunter.

"Lamento que isso esteja acontecendo, Dean." Ela abre a porta e me faz um sinal para entrar. "Mas que bom que veio. Senta. O sr. Stafford ainda não chegou."

Eu me acomodo em uma das cadeiras diante da mesa.

"Como sabe, seria muito ruim para o departamento se esse caso viesse a público." Frances se senta atrás da mesa e me olha séria por trás dos óculos de aros finos. "E para a universidade como um todo. O sr. Stafford e eu concordamos em manter tudo em sigilo até nos informarmos melhor."

"Obrigado." O que mais posso dizer?

Meu estômago dá um nó. Não consegui dormir à noite. Não consigo parar de pensar nessa história.

"Quer um café?" Frances aponta para uma cafeteira na prateleira atrás de sua cadeira.

"Não, obrigado." Eu me remexo no assento. Detesto a sensação de ter sido chamado à sala da diretora. "Não fiz nada de errado, Frances."

Uma expressão de solidariedade surge em seu rosto. "Não precisa se justificar, Dean. Não é a hora nem o lugar para isso. Basta responder às perguntas do sr. Stafford com sinceridade."

Alguns minutos depois, Ben Stafford aparece. Tem cabelos ralos, barba aparada e rosto largo. Usa um terno amarrotado, com uma mancha de tinta na lapela. Ele estende a mão para mim enquanto Frances fecha a porta.

"Sou o diretor jurídico, professor West", ele explica, se acomodando na cadeira ao meu lado. "Todas as queixas de assédio sexual são passadas para mim. Meu trabalho é analisar e determinar se é necessário abrir uma investigação."

A palavra "investigação" me deixa inquieto.

Stafford abre uma pasta e pega uma caneta. "Muito bem, vou começar com algumas perguntas sobre o ambiente do departamento, o tratamento dispensado aos alunos, essas coisas." Ele olha para nós dois. "Certo?"

"Você tem nossa cooperação total", diz Frances.

"Ótimo. Devo avisar também que esta conversa vai ser gravada."

Ele liga o gravador e passa a meia hora seguinte explicando o regulamento da universidade e as providências cabíveis em casos de assédio sexual. Depois começa a fazer uma série de questionamentos que Frances e eu respondemos mais ou menos da mesma forma — o departamento de história proporciona um ambiente amigável, cordial e respeitoso. As relações com os orientandos são profissionais no ambiente acadêmico, mas às vezes evoluem para a amizade.

"Por exemplo, há pouco tempo fui convidado para o casamento de um aluno", conta Frances. "E o professor Jackson ofereceu seu apartamento em Nova York a um aluno que ia para lá. Também nos vemos o tempo todo em eventos sociais, como recepções na universidade."

Stafford faz várias outras perguntas — como os alunos são admitidos no programa de pós-graduação, como escolhem os orientadores, como os professores atuam, qual é o processo de aprovação e elaboração de uma dissertação.

Em seguida se concentra mais em mim e me pergunta como me comunico com os alunos (por e-mail ou pessoalmente), se os encontro fora do campus (apenas em sessões de estudos em grupo), se tenho alguma relação com eles fora do trabalho (jogo futebol com um grupo de alunos, por exemplo), se já tive alguma queixa de assédio sexual (nunca), com que frequência atendo orientandos na minha sala (três vezes por semana), quantas alunas de pós-graduação tenho (três, excluindo Maggie Hamilton).

Você teve algum problema com as outras alunas? Não.

Aprovou a dissertação delas e ajudou em suas pesquisas? Sim.

Já teve relação sexual com uma aluna? Não.

Já teve relação sexual com alguma professora ou funcionária do departamento? Não.

Já pediu favores sexuais a alguma aluna? Não.

Alguma aluna já se insinuou sexualmente para você?

Sinto o olhar de Frances sobre mim.

"Professor West?" Stafford me cobra uma resposta.

"Hã, sim. Maggie Hamilton."

Frances levanta as sobrancelhas. "Ela se insinuou para você?"

"Eu faço as perguntas aqui, por favor, professora Hunter", Stafford interrompe. "Maggie Hamilton se insinuou sexualmente para você?"

"Ela deu a entender que poderia fazer alguma coisa de caráter sexual para que eu aprovasse sua dissertação. Já estávamos nos desentendendo a esse respeito fazia algum tempo. A pesquisa e a metodologia dela não permitiam que eu aprovasse seu projeto. Ela ainda nem começou a escrever. Está enfurecida com isso desde o verão passado."

"E você tentou resolver esse problema?", Stafford pergunta.

"Tentei ajudar, colocar Maggie na direção certa. É o que faço com todos os meus alunos."

"A queixa da srta. Hamilton é de que você só aprovaria a dissertação caso ela aceitasse ter relações com você."

A raiva se instala no meu peito. "Isso é mentira."

"Ela vai dizer o mesmo sobre sua alegação." Stafford volta os olhos para sua lista de perguntas. "Você é casado?"

"Sim."

"Sua esposa já teve algum tipo de proximidade com algum aluno seu?"

"Nunca."

"Já conheceu algum?"

"Sim, em eventos da universidade ou em palestras." Eu me remexo na cadeira mais uma vez. "Maggie Hamilton a abordou no outono passado, pedindo ajuda para me convencer a aprovar sua proposta. Minha mulher se recusou. Eu disse a Maggie que tinha sido totalmente inapropriado e sugeri que trocasse de orientador, já que parecíamos estar em um impasse."

"Foi quando ela fez uma insinuação de caráter sexual?", Stafford pergunta.

"Não. Isso aconteceu quando ela apareceu na minha sala algumas semanas depois."

"Como você respondeu?"

"Pedi que saísse e insisti que procurasse outro orientador. Em seguida escrevi para a dra. Hunter avisando que não podia continuar trabalhando com a srta. Hamilton, por causa desse impasse."

Stafford vira para Frances. "Você se recorda de ter recebido esse e-mail?"

"Sim. Estava cuidando do assunto quando você me comunicou da queixa da srta. Hamilton."

Stafford balança a cabeça, verifica o gravador e repassa seus papéis. Mais perguntas são feitas sobre minha pesquisa, minhas aulas, a proporção de mulheres entre meus orientandos, o número de alunas com quem trabalhei na carreira, os temas de suas teses e dissertações.

Por fim, depois de mais de três horas de conversa, Stafford se espreguiça e solta um suspiro. "Muito bem, então. Acho que já temos o que precisamos. Minha conversa com a srta. Hamilton seria ontem, mas ela precisou adiar. O próximo passo é marcar uma reunião de mediação com as partes para chegar a uma solução sem precisar recorrer a uma queixa formal."

Ele se inclina para a frente para desligar o gravador.

"Só um minuto." Frances ergue a mão para detê-lo. "Eu gostaria de deixar registrado que o professor Dean West chegou à Universidade King's com uma reputação destacada e impecável. Apesar de só fazer parte do nosso corpo docente há dois anos, ele se mostrou um estudioso e professor de grande valor. Sempre recebeu excelentes avaliações dos alunos. Até este momento, não tínhamos nenhuma reclamação a seu respeito, e o mesmo vale para as instituições em que trabalhou anteriormente."

"Suas colocações estão registradas, professora Hunter." Stafford desliga o gravador e o guarda em sua pasta. "Vou entrar em contato para marcar a mediação. Enquanto isso, o caso vai ser mantido em sigilo, podem ficar tranquilos."

Frances e eu nos levantamos para cumprimentá-lo, e ela o acompanha até a porta. Assim que o advogado está longe o bastante, Frances passa a mão na testa.

"Isso foi bem desagradável", ela comenta.

Quase sorrio. "Desagradável" é pouco.

"Ei, obrigado", digo, sem saber como expressar o quanto seu apoio é importante para mim. "Por dizer aquilo."

"É verdade. Você fez muitas coisas importantes pelo departamento." Ela cruza os braços e me encara. "Por outro lado, Dean, se as acusações da srta. Hamilton forem verdadeiras... você que arque com toda a culpa."

"Entendido."

"Ótimo." Ela aponta com o queixo para a porta. "Vá dormir um pouco. Você parece exausto. Vai voltar para a Califórnia?"

"Meu voo é amanhã. Devo voltar para Mirror Lake no fim de semana, assim que meu pai receber alta."

"Mantenho você informado sobre o caso por e-mail." Frances se senta atrás da mesa outra vez. "Boa viagem. Tem uma onda de mau tempo chegando da Costa Leste, fique atento ao cancelamento de voos."

Fico contente por sair daquela sala abafada. Estou com fome, porque não comi nada o dia todo, mas preciso me livrar da tensão primeiro. Paro na minha sala para pegar a mala de ginástica.

"Professor West." Jessica, uma das minhas orientandas, acena para mim do corredor. "Pensei que estivesse viajando."

"Viajo amanhã de novo", digo, e fico parado com a mão na maçaneta. Uma semana atrás falei que íamos nos sentar para discutir sua pesquisa, seu seminário e o que mais fosse preciso. Agora estou com medo de deixá-la entrar na minha sala.

Seguro a maçaneta com mais força. A raiva se espalha.

"Encontrei aquele artigo que você sugeriu." Jessica remexe na mochila. "Tem um minuto para conversar a respeito?"

"Não. Desculpa, eu... eu preciso ir."

"Ah." Ela parece meio decepcionada, mas guarda os papéis na mochila. "Desculpa se peguei você em um mau momento."

"Não." Engulo em seco de vergonha por estar literalmente fugindo dela. "É que vou pegar um voo amanhã bem cedo. Me mande suas perguntas por e-mail, respondo assim que puder."

"Certo." Ela me lança um olhar confuso. Eu me viro e tomo o caminho dos elevadores.

Deus do céu. Parece que vou ficar com o pé atrás com todas as minhas alunas daqui para a frente.

Afasto esses pensamentos da cabeça enquanto vou para a academia da universidade. Depois de alguns minutos no saco de pancadas, de levantar pesos e de correr seis quilômetros na pista coberta, estou cansado demais para sentir o que quer que seja. No caminho para o vestiário, pego uma toalha.

"Ei, professor Maravilha!" A voz de Kelsey interrompe meus pensamentos enevoados. "Fala sério, seu departamento fez você voltar só por causa de uma reunião?"

Eu me viro para ela. Kelsey está no elíptico com uma expressão indignada. Seus olhos azuis estão afiados como lasers por trás dos óculos de aros finíssimos.

"Que tipo de departamento manda alguém voltar de viagem para uma simples reunião?", ela insiste.

Passo a toalha no rosto e solto o ar com força. "Tenho um congresso para organizar. Um livro para escrever. Um programa de estudos para tocar. Tem um monte de coisas acontecendo ao mesmo tempo."

"E você precisou voltar para uma simples reunião? Eles não podiam esperar até a semana que vem?"

Não sei como lidar com isso. Então viro e me dirijo ao vestiário masculino, estendendo a mão para avisar que não quero que ela me siga.

"Liv e eu vamos voltar para a cidade daqui a alguns dias", aviso. "Pode continuar cuidando das plantas dela até lá?"

"Dean, você teve uma *emergência* familiar. Acho que precisa comunicar à reitoria que seu departamento está..."

"Deixa pra lá, Kelsey." Minha voz sai em um tom brusco e frio.

Ela pisca algumas vezes e dá um passo atrás. "Uau. Então tá."

Estou exausto demais para me sentir culpado. Abro a porta do vestiário e vou para o chuveiro.

No caminho de volta para casa, compro uma pizza e como quase inteira enquanto assisto ao canal de esportes na tevê. Liv deixou duas mensagens no meu celular. Finalmente resolvo ligar para ela, antes que fique muito tarde, ainda que não sinta vontade, o que é inédito para mim.

Quando ouço sua voz, suave e doce como mel, a tensão se dissipa.

"Tentei ligar para você mais cedo." Percebo um sorriso na voz dela. "Como foi a reunião?"

"Boa. Durou a tarde toda, depois fui à academia. Vi a chefe do covil por lá."

Liv dá uma risadinha. "Como Kelsey está?"

"A mesma cobra."

"Vou contar para ela que você disse isso", Liv comenta.

"Conhecendo Kelsey, vai se sentir lisonjeada."

"Ei, vi no noticiário que vai chegar uma onda de mau tempo aí amanhã", Liv avisa. "Pode ter nevasca. Estou preocupada."

"Vejo se o voo foi confirmado e a previsão do tempo antes de sair."

"Tá, mas nem tenta ir até o aeroporto se estiver perigoso", ela diz. "Você sempre pode pegar outro voo. Promete?"

"Prometo. Agora me conta sobre seu dia."

Ela conta que fez uma caminhada, saiu para almoçar, mexeu no jardim dos meus pais, colheu três laranjas e terminou um livro. Diz que está tudo bem com meu pai. Minha mãe ao que parece está ocupada arrumando um quarto extra para a volta dele.

A qualquer observador externo, a atenção que minha mãe dedica ao meu pai parece sincera e carinhosa.

Aperto o telefone com mais força. "Como está se sentindo, Liv?"

"Muito bem, na verdade. O segundo trimestre começa daqui a duas semanas. Quase não acredito."

"Archer não..."

"Dean, está tudo bem, é sério. Nem cruzei com ele hoje."

"Bom, eu volto amanhã, certo?"

"Se o tempo estiver bom. Não quero que se arrisque."

"Pode deixar. Mal posso esperar para ver você."

“Vou estar aqui esperando”, Liv diz. “Te amo.”

“Também te amo.”

Desligo o telefone e vou para a cama, caindo logo em um sono pesado e sem sonhos.

15

OLIVIA

29 DE JANEIRO

"Ainda bem que você não tentou ir para o aeroporto", digo para Dean. "As estradas estão um perigo. Falaram no noticiário que todo mundo deve ficar em casa e que as equipes de resgate estão em alerta."

"Meu voo ainda não foi remarcado", ele avisa. "Já liguei duas vezes para a companhia aérea. Vou tentar mais tarde."

"Certo. Aqui está tudo bem."

Depois que desligo, vejo mais algumas notícias sobre "a grande nevasca no Meio-Oeste", então desço. Com Dean fora, fico mais atenta à movimentação na casa dos West. Escuto cada ruído — passos nas escadas, a porta da frente sendo aberta, vozes murmurando. E mesmo o silêncio aqui é estranho, como uma camada de gelo cobrindo um lago de águas agitadas.

Está tudo tranquilo no andar de baixo. Joanna West está sozinha à mesa da cozinha. Olha para a entrada de carros pela janela enquanto toma uma xícara de chá.

Fico parada na porta. Joanna em geral tem uma postura rígida, como se estivesse sempre se contendo, mas agora está de guarda baixa. Fico me perguntando se não é melhor deixá-la sozinha, então ela se vira para mim. Um véu de frieza cobre seus olhos.

"Oi, Olivia."

Entro na cozinha. Passei pouquíssimo tempo sozinha com ela. Com certeza ainda me culpa por ter afastado Dean de vez da família.

Para ser bem sincera, não gosto muito dela. Joanna forçou o filho de nove anos a carregar o fardo de seu segredo. Depois o culpou quando a verdade foi à tona. E vem punindo Dean nos últimos vinte e cinco anos por ter contado.

A única coisa que me impede de detestá-la é o fato de ser mãe de Dean. Apesar de todos os problemas da família, ele é um homem honrado e íntegro. Ele sempre acreditou que poderíamos mudar nossa vida juntos, e fez com que isso se concretizasse. Me ensinou muito sobre amor, confiança, paixão e perdão. E esperança.

Joanna West pode ter feito coisas erradas na vida, mas seu filho mais velho deu incrivelmente certo.

Ponho a caixa de bombons que trouxe para ela no balcão da cozinha. "Comprei para você quando fui à cidade outro dia."

"Obrigada."

Uma movimentação do lado de fora da cozinha chama minha atenção. Archer está se preparando para arremessar uma bola na tabela de basquete pendurada na garagem. Se não soubesse de quem se tratava, poderia achar que era um jovem como outro qualquer, aproveitando a manhã de sol ao ar livre. Ele erra o arremesso.

"Archer sempre teve dificuldades", Joanna comenta.

Eu o vejo tentar outro arremesso. E errar de novo.

"Ele não é como Dean, que foi feito para o sucesso", ela continua. "Sempre conseguiu tudo o que queria com facilidade."

Fico incrédula. "Não sei se Dean concordaria com isso."

"Ah, ele é muito esforçado. Sei disso. Mas também tem uma facilidade natural. Tanto para lidar com pessoas como com coisas mais complicadas. Archer não tem essa confiança, nem de longe."

Considerando o histórico familiar dele, não chega a ser surpresa. Olho para Archer e sinto uma inesperada proximidade com ele. Quando a pessoa passa boa parte da vida em um campo minado, sendo considerada a ovelha negra da família... não é fácil se sentir confortável na própria pele. Só consegui isso depois que conheci Dean.

"Ele nunca soube."

Olho para Joanna, demorando um tempinho para me dar conta de que está falando do pai de Archer.

"Ah."

"Foi embora antes que eu descobrisse a gravidez." Ela continua olhando para Archer. "Mais tarde percebi que era melhor assim. Ele poderia acabar complicando tudo se ficasse sabendo. E bem na época da segunda indicação de Richard."

Fico sem saber o que dizer. Então me dou conta de que Archer não sabe onde está seu pai biológico. Não sabe nem *quem* ele é.

"Vocês devem estar contentes com a visita de Archer", digo.

Joanna continua olhando para o filho como se fosse um desconhecido, um animal exótico em um zoológico, uma criatura a ser mantida atrás de um painel de vidro.

"Gostei do centro de Los Gatos", comento, ciente de que meu tom de voz alegre soa um pouco forçado. "Estava pensando em dar um passeio por lá de novo. Tem umas galerias de arte bem legais, e adorei a loja de utensílios de cozinha."

Joanna se levanta e põe a xícara na pia. "Você foi ao Museu Histórico? Dean falou que você trabalha em um. Poderia ser interessante visitar o daqui."

"Ainda não."

"Pode usar o carro do Richard, se quiser. A chave está pendurada perto da porta." Joanna olha para o relógio e diz que precisa ir a uma reunião em uma instituição beneficente.

Depois que ela sai, lavo os pratos e as xícaras deixados na pia, ponho no escorredor e volto para o andar de cima. Acho que é mesmo uma boa ideia passar algumas horas no Museu Histórico de Los Gatos. Talvez eu possa falar com um dos curadores e trocar ideias sobre exposições.

Vou para o banheiro e solto um suspiro de alívio quando abro a calça jeans. Definitivamente está chegando a hora de começar a usar as roupas de gestante.

Assim que abaixo a calcinha, sinto um frio na barriga.

Sangue?

Não.

Não consigo entender o que estou vendo no algodão até há pouco branco. Minha visão parece borrada enquanto olho para a mancha amarronzada. Não pode ser...

Meu coração quase para, como se hesitasse em continuar batendo. O pânico comprime meu peito tão depressa e com tanta força que desabo sentada no vaso. Levo as mãos ao rosto e fecho os olhos com força.

Não. Não é possível.

Eu me agarro à pia, abro os olhos e observo melhor a calcinha. A mancha parece seca e enferrujada. Com as mãos trêmulas, pego um pedaço de papel higiênico e passo no meio das pernas. Sai vermelho.

Ai, Deus.

Abro o armarinho da pia e começo a procurar em meio aos rolos de papel e aos frascos de xampu e creme. Atrás de tudo, há uma caixa aberta de absorventes diários. Ponho um e subo a calça.

Estou tremendo tanto que quase não consigo abrir a torneira. Faço força para continuar respirando e jogar uma água no rosto. Vejo no espelho minha expressão chocada e pálida.

Não sei o que fazer. Não tenho com quem conversar. Ninguém sabe que estou grávida.

Pego o celular na bolsa e ligo para a dra. Nolan. A secretária diz que vai pedir que me ligue assim que possível.

Levo a mão à barriga. Meu coração está acelerado demais. Sinto medo. Vou ao banheiro de novo e, com a mão trêmula, passo mais um pedaço de papel entre as pernas.

Vermelho.

Puta merda.

Meu celular toca. Vou correndo atender.

"Liv? É a dra. Nolan." O tom de voz dela é sério e tranquilo. "Você viu uma mancha na calcinha, é isso?"

"Eu... é sangue." *Inspira. Expira.*

"Quanto sangue?", a dra. Nolan pergunta.

"Hã... algumas gotas."

"Saiu no papel também?"

"Sim."

"Vermelho ou marrom?"

"Hã... marrom na calcinha, acho, mas vermelho no papel e no absorvente." Desabo na cama, sentindo um frio na espinha.

"Algum coágulo?", ela quer saber.

Nossa. *Coágulos?*

"Não", consigo responder.

"Sente dor? Cólica?"

"Não."

"Está enjoada? Vomitando? Com febre?"

"Não, nada."

"Quando foi a última vez que teve uma relação?"

Preciso parar para pensar. Dean e eu fizemos algumas coisas, mas a última vez que transamos mesmo foi quando acordei de um cochilo com ele na cama ao meu lado. "Hã, uma semana atrás."

"Você tem feito esforço? Sua rotina de atividade física mudou?"

"Não, nada mesmo."

"Certo", diz a dra. Nolan. "Algumas mulheres têm escapes no início da gravidez. Não é incomum."

Não gosto dessa frase. O fato de *não* ser incomum não significa que seja *comum*. Não significa que não haja motivo para preocupação.

"Mas", continua a médica, "você precisa estar preparada para o caso de ser algo mais sério. Quero que espere algumas horas para ver se o sangramento piora."

Algo mais sério? Algumas horas?

"Eu... tudo bem."

"Se o absorvente ficar encharcado em meia hora ou se você sentir dor, vá para o pronto-socorro", diz a dra. Nolan. "Tem alguém aí com você?"

Dean. Ai, meu Deus.

"T-tem."

"Ainda está na Califórnia?" Ouço-a digitando no teclado.

"Sim. Perto de San Jose. Em Los Gatos."

"Vou passar o endereço e o telefone do hospital. Tente ficar calma."

"Tá." Pego uma caneta no criado-mudo e anoto as informações do hospital.

"Vou estar de plantão nas próximas doze horas. Me liga."

"Pode deixar. Obrigada."

Encerro a ligação e jogo o celular na cama. Passo os braços em torno do corpo. Começo a bater os dentes. Fecho os olhos e respiro fundo, contando até três antes de soltar o ar. Não posso entrar em pânico. Não agora. Preciso ficar calma.

Fica calma.

Fica calma.

Meus olhos se enchem de lágrimas.

O celular toca. Meu coração dispara quando vejo o nome na tela. *Dean West.*

Jogo o aparelho de volta na cama e deixo tocar até cair na caixa postal. Como posso contar a ele? A mais de três mil quilômetros de distância, só vai se preocupar e sofrer. Conhecendo Dean, sei que ele se arriscaria pelas estradas perigosas e cobertas de gelo para chegar ao aeroporto ou à estação de trem. Faria qualquer esforço para estar ao meu lado.

Volto ao banheiro e jogo mais água no rosto, tentando conter a sensação de terror.

Não posso esperar algumas horas para ver se piora. Caso aconteça, vou entrar em pânico de verdade e não vou conseguir dirigir. E não posso causar uma comoção na casa dos West chamando uma ambulância.

Certo, tudo bem, preciso de um plano. Se vou ter que esperar, que seja no hospital.

Pego o celular e a bolsa e desço a escada. Meu estômago se revira quando vejo Archer entrando. Ele me olha com indiferença.

"Oi."

Faço um aceno com a cabeça, segurando com força a alça da bolsa. Preciso passar por ele para chegar à porta.

"Eu vou... sair por algumas horas", gaguejo.

"Aonde vai?"

"À cidade. Só para... dar uma volta. Joanna disse que posso usar o carro do Richard."

Passo por ele na porta, me encolhendo quando sinto a manga de sua blusa roçar meu braço. Archer me chama no caminho para a garagem.

"Ei!"

Eu paro.

"Está tudo bem?", ele pergunta. "Você está meio... sei lá."

"Ah, sim... é só uma enxaqueca. Tenho de vez em quando. Já tomei remédio, então logo melhora."

Entro no carro. Respiro fundo e fecho os olhos, fazendo força para controlar a respiração. Tento colocar a chave no contato, mas minha mão está tremendo demais.

Ouço uma batidinha na janela. Archer está parado ali e faz um gesto para que eu abra a porta.

"Quer que eu leve você?", ele pergunta.

"Eu..." Engulo em seco antes de confessar. "Preciso ir ao hospital."

"Ah. Vai visitar meu pai?"

"N-não. Estou com... é uma emergência."

Ele fica surpreso. "Ah. Você está... quer que eu chame uma ambulância?"

"Não." Tento pôr a chave no contato de novo. "Preciso ir agora."

"Passa para o outro banco, Liv. Eu dirijo."

Como não consigo nem ligar o maldito carro, dou a volta e me acomodo no banco do passageiro. Archer senta ao volante e dá a ré para sair. Fico contente por ele estar comigo, já que não tenho nem ideia de como chegar ao hospital. Em quinze minutos, ele entra no estacionamento do pronto-socorro.

"Vou estacionar", ele avisa ao me deixar.

"Não precisa ficar, nem sei quanto tempo vou demorar." Pego o celular. "Me passa seu telefone? Ligo quando estiver liberada."

Salvo seu número no meu celular. Entro apressada enquanto ele arranca com o carro.

Sigo as placas até o atendimento de emergência e explico na recepção o que aconteceu. A funcionária me entrega uma ficha e me aponta onde esperar. Me arrependo de não ter trazido uma blusa, porque estou morrendo de frio. Há algumas outras pessoas na sala de espera, porém ninguém que pareça estar muito mal.

Fico um pouco mais calma no hospital. Preencho os formulários e entrego na recepção. Tento me distrair folheando uma revista de entretenimento.

Sinto uma pontada do lado esquerdo do abdome.

Não. É só um mau jeito.

As letras e fotos começam a oscilar diante dos meus olhos. Minha lombar está doendo. A enfermeira chama algumas pessoas. Fico olhando para uma página de críticas de filmes. Depois uma receita de cookies com gotas de chocolate. Uma matéria sobre uma atriz de tevê. Um anúncio de xampu para bebês.

A pontada de dor se espalha pela minha barriga. *Não.*

"Sra. West?"

Levanto os olhos. Quem me chamou foi uma enfermeira com uma prancheta na mão.

"Entre", ela diz. "As coisas estão tranquilas hoje, então você só vai ter que esperar uns dez minutinhos."

Quando fico de pé, sinto a calcinha ensopada. Começo a tremer de novo.

Respira. Respira. Um, dois, três... solta o ar...

"Você está com dez semanas de gestação, é isso?", a enfermeira me pergunta enquanto me conduz para trás de uma cortina. "E está tendo escapes?"

"É... acho que está sangrando."

"Algum coágulo?"

"Da última vez que olhei não."

Ela digita as informações no computador, faz mais algumas perguntas, mede minha pressão e minha temperatura. Em seguida me diz para tirar toda a roupa da cintura para baixo e me cobre com um lençol de papel enquanto fico à espera do atendimento médico.

Ela fecha a cortina ao sair. Mal consigo controlar meus dedos trêmulos para tirar a calça. Uma onda de náusea me domina. O absorvente está encharcado. Tem sangue até na parte interna das minhas coxas.

Pego um lenço de papel para me limpar. Um filamento espesso gruda nele.

Então eu me dou conta. Um terror renovado me domina.

Estou sofrendo um aborto.

O médico chega. É um homem alto, magro e simpático, com um bigode bem aparado. Ele percebe qual é a situação antes mesmo de me examinar. Ponho os pés nos apoios e olho para o teto, sentindo as lâmpadas fluorescentes queimando meus olhos.

"Vou pedir um exame de sangue, sra. West", o dr. Paulson me diz ao inserir e abrir o espéculo, "mas lamento informar que sofreu um aborto. O sangramento foi grande e houve perda de tecido."

Não consigo dizer nada. O médico e a enfermeira cochicham. Ele retira o espéculo.

"Infelizmente não há nada que se possa fazer", o dr. Paulson me diz ao largar o instrumento ensanguentado numa bandeja e tirar as luvas. "Mas saiba que abortos espontâneos são bastante comuns, e não impedem gestações saudáveis no futuro. Você notou alguma redução nos sintomas da gravidez?"

"Eu... meus enjoos sumiram há mais ou menos uma semana. Mas ainda parecia que eu estava grávida."

"Provavelmente por causa do nível hormonal." Ele começa a apalpar meu abdome. "Vamos fazer exames para confirmar tudo. Alguma dor forte?"

"Só umas pontadas na barriga e dor na lombar." Faço força para me sentar quando ele termina de me examinar. "O que... o que acontece agora?"

"Você vai continuar sangrando por uma semana ou duas." O dr. Paulson começa a digitar no computador. "As pontadas devem passar em alguns dias. Pode tomar ibuprofeno para aliviar. Também vou passar uma guia para atendimento psicológico, porque um aborto espontâneo pode ser algo difícil de administrar. Seu corpo vai cuidar de tudo, mas caso todo o tecido não seja expelido pode ser preciso fazer um procedimento de dilatação e curetagem."

Deus do céu. Ontem eu estava pensando em levar o bebê ao Wizard's Park e à sorveteria. Hoje estou expelindo tecido.

"Marque um retorno para daqui a uma semana", continua o dr. Paulson. "Volte antes se o sangramento piorar, se sentir febre ou se notar algo diferente."

Ele me entrega uma lista de lembretes e conversa um pouco mais com a enfermeira. Meu celular toca dentro da bolsa.

Dean.

Deixo cair na caixa postal de novo.

"Tem alguém com você?", a enfermeira pergunta quando o médico vai embora.

Faço que sim com a cabeça, apesar de ter mandado Archer embora. Ela me entrega um folheto com informações sobre como lidar com um aborto espontâneo e me passa o telefone do atendimento psicológico. Por último, deixa comigo um pacote de absorventes e uma cópia do relatório médico.

Volto a vestir a calcinha manchada e a calça. Outra enfermeira aparece para tirar uma amostra de sangue. Ela me entrega um protocolo, que guardo na bolsa. Pego minhas coisas e volto à recepção.

Archer está sentado em uma cadeira, à minha espera.

"O que está fazendo aqui?", gaguejo.

Ele fica de pé, cauteloso. "Bom, eu não podia deixar você sozinha."

Ponho a mão na barriga dolorida. Estou chocada demais para sentir o que quer que seja.

"Você, hã..." Archer parece desconfortável, enfiando as mãos nos bolsos da blusa de moletom. Ele olha para a porta que leva ao atendimento. "Está tudo bem?"

Faço que não com a cabeça. A exaustão me impede de mentir. "Preciso ir para casa."

Quero voltar a Mirror Lake, ao apartamento na Avalon Street. Quero meu cobertor velho e quentinho e meu roupão acolchoado. Quero meu marido.

As lágrimas começam a cair. Limpo o rosto com a manga e tento segurar os soluços. Archer pega alguns lenços de papel no balcão e entrega para mim.

"Vamos para casa", ele diz.

Saímos do hospital e nos dirigimos ao carro. Meu corpo todo treme. Ainda bem que ele está dirigindo.

"Podemos parar na farmácia?", pergunto.

Para minha sorte, Archer não faz perguntas. Para no estacionamento de uma Walgreen's e espera no carro enquanto compro mais um pacote de absorventes e um frasco de ibuprofeno. Ficamos em silêncio durante o que resta do trajeto.

"Você poderia não contar para ninguém?" Não consigo nem olhar para ele quando abro a porta do carro. "É um problema pessoal... não quero que fiquem sabendo."

"Claro. Se o pior já passou..."

Não sei se o pior já passou, mas faço que sim com a cabeça e corro para dentro da casa. Subo para o quarto e tranco a porta. Uma onda de solidão e tristeza me domina. Despenco na cama, enfio a cara no travesseiro e choro.

16

OLIVIA

Liv, cadê você? Os voos de hoje foram cancelados, os de amanhã estão incertos. Ainda estou em casa. Te amo.

Aperto o botão para apagar a mensagem. A luz do fim do dia entra pelas cortinas do quarto. A tarde passou em uma lenta e entorpecida névoa de devastação.

Ouço uma batida na porta. Afasto os cabelos do rosto e ensaio uma expressão tranquila para atender. Joanna está no corredor, com o telefone na mão.

"Ah, você está aqui." Ela me olha de cima a baixo antes de me passar o aparelho. "É o Dean. Disse que não conseguiu falar com você no celular."

"Obrigada. Eu... desculpa, estou com enxaqueca." Ergo a mão para pegar o telefone, mas então me dou conta de que vou precisar sair para devolvê-lo depois de falar com Dean. "Hã, você pode dizer que eu ligo daqui a pouquinho do meu celular?"

Joanna leva o telefone ao ouvido e desce a escada. Fecho a porta, aperto o botão de discagem rápida e sento na cama.

Não posso contar para Dean pelo telefone. Ele vai entrar em pânico e querer vir a qualquer custo, apesar da nevasca. Respiro fundo enquanto ouço o telefone chamando.

"Liv?"

"Oi."

"Por onde andou? Deixei três mensagens."

"Desculpa. Meu celular ficou desligado e... acabei esquecendo no quarto."

"Ah. Como foi seu dia hoje?"

Sinto um aperto no peito. "Hã, fui fazer umas comprinhas. Comecei um livro novo. Não vai ter voo amanhã também?"

"Ainda não sei. Posso conseguir pegar um voo à noite ou de madrugada se as estradas forem liberadas. O problema é que a tempestade foi para Chicago, o que bagunçou todas as conexões." Ele suspira. "Enfim, no máximo na quinta. Estou morrendo de saudade."

"Eu também."

A voz dele fica um pouco mais grave. "Quer me contar o quanto?"

Uma risada fica presa na minha garganta. *Ai, Dean.*

"Na verdade... estou com um pouco de dor de cabeça agora, e bem cansada."

"Você não exagerou no esforço, né?"

"Não, não. Mas vou dormir cedo hoje." Faço um esforço para colocar alguma leveza no meu tom de voz. "Hoje à noite você está por sua conta, professor."

"Você vai estar nos meus sonhos, linda."

Eu me despeço e encerro a ligação. Só então me dou conta de que não disse que o amo. Recebo uma mensagem do hospital, avisando que o exame de sangue confirmou o aborto espontâneo e que o relatório vai ser mandado para a dra. Nolan. Ligo para a médica, explico o que aconteceu e escuto suas instruções, bem parecidas com as que me passaram no pronto-socorro.

Desligo o telefone e vou tomar um banho. Fecho os olhos ao sentir o jato quente, sem querer ver os redemoinhos vermelhos descendo pelo ralo. Visto a camisola, coloco um absorvente e vou para a cama.

Meu sono é intranquilo, permeado de pensamentos desagradáveis, e meu abdome se contrai em cólicas. É impossível impedir as perguntas que atravessam minha cabeça como um trem em alta velocidade.

O que aconteceu? O que fiz de errado? Foi por minha causa? Estou sendo castigada porque nem sabia se queria um bebê? Por quê? Por quê? Por quê?

Perto do amanhecer, consigo dormir um pouco, então levanto da cama para tomar mais ibuprofeno e usar o banheiro. Quando estou sentada no vaso, sinto algo enorme saindo.

Me seguro na pia, sentindo os tremores percorrendo minha pele. Espero alguns minutos para me acalmar antes de me arriscar a olhar para a água.

Meu estômago se revira. Lágrimas escorrem pelo meu rosto. Aciono a descarga, permanecendo de olhos fechados até que tudo vá embora.

Respira, Liv. O pior já deve ter passado.

Deito de novo na cama para dormir e esquecer a dor. Algumas horas depois, as cólicas cedem um pouco a ponto de permitir que eu me mexa. Faço um esforço para me vestir e descer, imaginando que Joanna deve estar estranhando meu comportamento.

No entanto, só encontro Archer na cozinha. Ele está fazendo um sanduíche. Percebo que é quase meio-dia.

"Ela saiu para comprar umas coisas", Archer diz quando pergunto sobre sua mãe. "Você, hã... está tudo bem?"

Respondo que sim com a cabeça, porque não me resta mais nada a fazer.

"Quer comer alguma coisa?", pergunta Archer.

"Na verdade, não."

"É melhor se alimentar." Ele põe uma fatia de pão na torradeira, joga um saquinho de chá em uma caneca com água e põe no micro-ondas.

Agradeço quando coloca tudo à minha frente. Archer pega um refrigerante na geladeira e se senta para comer seu sanduíche.

"Você... você não perguntou o que aconteceu", digo depois de dar uma mordida na torrada.

Ele dá de ombros. "Achei que não era da minha conta."

Ficamos em silêncio. Archer come o sanduíche. Dou alguns goles no chá e tento terminar a torrada. Parte de mim quer voltar para o quarto e chorar, mas outra parte não quer ficar sozinha com meus pensamentos devastados.

"Dean falou que você estava em Los Angeles", comento.

"É. Estava trabalhando lá."

"Morei em West Hollywood quando criança." Dou mais um gole no chá. "Minha mãe queria ser atriz."

"Uma ex também tentou. Nunca chegou a lugar nenhum."

"Nem minha mãe. Fez um comercial de cereais matinais quando eu tinha cinco anos, e a partir daí foi ladeira abaixo."

"Ela ainda está por lá?", ele pergunta.

"Não sei." A verdade escapa da minha boca antes que eu me dê conta.

"Nunca tentou descobrir?", ele pergunta.

"Não. Nosso relacionamento nunca foi fácil. Não saberia nem por onde começar a procurar." Fico olhando para ele por um momento. "O que você fazia em Los Angeles?"

"Colocava pisos." Ele dá uma mordida no sanduíche e continua respondendo de boca cheia. "Nada muito sofisticado."

"Ajudo em uma livraria. Sei que um trabalho não precisa ser sofisticado para ser satisfatório."

Ele balança a cabeça em sinal de concordância. Ficamos sentados em silêncio por alguns minutos, então me levanto e ponho a caneca e o prato na pia. "Obrigada pelo chá. E pela ajuda."

Subo e deito na cama. Fico no quarto o restante do dia, sofrendo com as cólicas e o sangramento. Tento ler, mas acabo cochilando. Estou tão sonolenta que não consigo pensar direito.

Já é início de noite quando escuto a voz grave de Dean no hall.

Meu coração quase para. Pego o celular, que deixei desligado desde a noite anterior. Tem algumas mensagens de voz dele.

"*As estradas foram liberadas, estou no aeroporto. Parece que consigo pegar um voo para Minneapolis e depois Denver, assim não preciso passar por Chicago. Devo chegar a San Jose no fim da tarde, caso não tenha nenhum atraso.*"

A ansiedade me domina. Corro para arrumar os lençóis e o edredom na cama, ajeito os travesseiros e recolho minhas roupas do chão. Entro no banheiro, jogo água no rosto, penteio os cabelos e prendo em um rabo de cavalo, então passo um pouco de base e batom. Jogo alguns lenços de papel no lixo para cobrir os absorventes ensanguentados.

Saio do banheiro no momento em que ele bate na porta do quarto.

A maçaneta é virada.

Sento na beirada da cama.

A porta se abre, e ele entra — todo desalinhado por causa da viagem, com a calça jeans amassada e uma camisa polo, a barba por fazer e os cabelos grossos despenteados. O cansaço está estampado em seu rosto, mas seus olhos castanhos com toques dourados brilham ao me ver.

"Ah, linda, que saudade." Ele sorri e vem andando na minha direção, esperando que eu vá correndo me jogar em seus braços.

Então para no meio do caminho. Não estou conseguindo respirar.

"Liv?"

Eu me agarro ao pé da cama. Meu coração bate rápido demais. O pânico toma a forma de uma nuvem pesada e sufocante que rouba o ar dos meus pulmões.

"O que foi?"

Ele se aproxima de mim e me segura pelos ombros, com os olhos arregalados de preocupação. "Você está... Respira, amor. Está tudo bem. Respira fundo, conta até cinco e solta."

Fecho os olhos para não precisar encará-lo. Consigo conter o pânico e forçar meu coração a bater mais devagar. A voz dele se mantém firme, em um tom calculado para reconfortar minha alma dolorida.

Finalmente abro os olhos. Ele está me olhando, confuso e preocupado.

"Liv, o que aconteceu?"

"Dean, eu... no..." As lágrimas não demoram a chegar, saindo em um jorro. Levo as mãos aos olhos e tento conter o choro.

"O que foi?" Alarmado, ele aperta meus ombros com mais força. "O que aconteceu?"

Não consigo olhar para ele. Os soluços se acumulam na minha garganta.

"Liv!" Dean me chacoalha. "O que foi que... ai, meu Deus. O que foi? Liv?"

Ele me sacode mais uma vez, com mais força. Engulo em seco e tento falar.

"Ontem eu estava no... no banheiro. Saiu sangue. Na minha calcinha."

O rosto dele fica pálido. "Não."

Enxugo os olhos. "Eu não... quer dizer, eu estava bem, aí fui usar o banheiro e... e..."

"Mas quanto?" Ele segura meus ombros com tanta força que até machuca. "Quanto sangue?"

"A-algumas gotas, no começo. Liguei para a dra. Nolan e ela me disse para esperar e ver se... se piorava, mas fiquei com tanto medo que fui para o pronto-socorro."

Dean fica me olhando.

"Eu... eu sofri um aborto, Dean." Preciso me esforçar para conseguir dizer a verdade feia e amarga. "Desculpa! Desculpa!"

"Você... ai, meu Deus." Ele me solta e cai de joelhos. "Não."

"Desculpa." Não sei mais o que dizer. Limpo os olhos com a manga. "Foi... O médico falou que pode ter sido uma semana atrás, mas que só agora comecei a... expelir."

"*Expelir?*" A voz dele está embargada.

"Teve um monte... muito sangue. O exame confirmou. Perdi o bebê."

"Não." Ele fica de pé, com os punhos cerrados.

"Dean..."

"Ontem? Isso aconteceu ontem?"

"No começo da tarde."

"Por que não me *contou*?" Dean começa a andar de um lado para o outro do quarto. "A gente conversou ontem à noite e você... você passou por tudo isso sozinha, no hospital, sem ninguém para... porra, Liv, como assim?"

"O que eu podia fazer?" Continuo chorando, e enxugo os olhos de novo. "Você não tinha como ajudar, só ia ficar preocupado, e eu não podia falar para sua mãe ou sua irmã que estava tendo um aborto, porque elas nem sabiam da gravidez!"

"Você... você estava sozinha quando... *puta merda.*" Ele dá um soco na parede, quebrando o revestimento de gesso. Um quadro despenca no chão. O vidro se espalha sobre o carpete.

"Eu não estava... Archer me levou para o hospital quando..."

Paro de falar quando Dean se vira para mim.

"Archer?"

"Ele me viu quando eu estava saindo para o hospital e... percebeu que tinha alguma coisa errada, então... Dean!"

Ele sai pela porta e começa a descer as escadas. Meu coração dispara. Vou correndo atrás.

"Dean, não é..."

A porta da frente se abre. Archer está lá fora, jogando basquete. Ele para ao ver nossa aproximação. Antes que eu possa alcançá-lo, Dean dá um empurrão desconcertante no irmão.

"O que foi que você fez?", esbraveja Dean. "O que falou para ela?"

"Como assim?" Archer recua, erguendo as mãos para se defender enquanto olha para mim e para Dean.

"Dean, para com isso!" Seguro seu braço, com a visão borrada pelas lágrimas. As lembranças daquele dia horrível cinco anos atrás ressurgem na minha mente. "Ele não fez nada. Só me *ajudou.*"

De repente percebo o que foi que deixou meu marido tão bravo.

"Nossa." Archer encara o irmão. "Sei que não nos damos bem, mas eu nunca..."

"Não... não é isso." Aperto com mais força o braço de Dean. "É só um... mal-entendido."

Os músculos de Dean estão tensos. Ele fecha e abre as mãos sem parar. Eu o puxo pelo braço, tentando levá-lo de volta para dentro.

"*Ele* sabia que você estava sofrendo um aborto." Uma veia começa a pulsar na têmpora de Dean.

"Não." Minha garganta dói. "Não sabia."

Archer baixa as mãos. "Eu não sabia."

"Dean, *por favor.*"

Seus olhos ainda estão cravados em Archer, mas ele me deixa levá-lo para dentro. Fico com medo de que Joanna ou Paige West tenham visto tudo, mas nenhuma das duas parece estar em casa. Consigo convencê-lo a subir, em meio a outra crise de choro.

"Ele só me levou para o hospital." Desabo na cama e cubro o rosto com as mãos. "Não podia... não tinha como ir dirigindo, porque estava muito abalada. Archer ficou esperando para me trazer de volta. Não contei nada a ele, nem ele perguntou. Seu irmão foi... ele me fez uma torrada e um chá."

Por algum motivo, essa lembrança me faz chorar ainda mais. Posso sentir a raiva de Dean irrompendo de dentro dele como lava. Uma raiva de si mesmo porque não estava aqui. E por ter direcionado injustamente sua fúria contra o irmão.

"Liv." Dean se coloca na minha frente de novo, me segurando pelos pulsos e afastando minhas mãos do rosto. "Liv... desculpa. Porra, desculpa. Eu... eu não deveria ter saído do seu lado. Não sei onde estava com a cabeça. Deixei você sozinha enquanto..."

A voz dele fica embargada. Dean me pega nos braços e apoia o rosto nos meus cabelos, com o corpo tremendo. Eu o abraço e aperto com força, sentindo seu peito contra o meu, sentindo seu calor me invadir.

Sua solidariedade e sua presença são um bálsamo que alivia um pouco a dor devastadora. Pouco a pouco, os soluços começam a se acalmar. Afundo o rosto em seu pescoço e sinto seu cheiro tão familiar.

Ele se afasta para me olhar, com os olhos vermelhos e cheios de angústia, então tira uma mecha de cabelo do meu rosto.

"Desculpa", ele repete. "Você está bem? Os médicos cuidaram de tudo?"

Faço que sim com a cabeça. "Disseram que vai ser preciso fazer uma curetagem se as coisas não... progredirem bem, mas... estou expe... perdendo bastante coisa."

Ele solta um palavrão e se afasta da cama. Então vai até a janela, pisando sobre o vidro quebrado da moldura.

Meu coração se aperta. Sua culpa e sua raiva são visíveis, me provocando uma agonia piorada pelas sombras do passado. Sei que ele queria essa criança, o que parte ainda mais meu coração.

As lágrimas brotam nos meus olhos de novo.

Ele vai me culpar? Principalmente depois de ter contado que nem queria ter filhos?

"Você falou com a dra. Nolan?", Dean pergunta.

"Liguei para ela ontem, quando começou, e depois que voltei do hospital."

Quando vejo que ele está cerrando os dentes, me arrependo de ter mencionado o hospital. Ele pega meu celular no criado-mudo.

"É tarde", eu digo.

"Não me interessa." Ele procura o número e exige falar com ela. Quando a dra. Nolan atende, Dean faz uma saraivada de perguntas sobre abortos espontâneos, tratamentos e acompanhamento posterior.

Meia hora depois, finalmente desliga o telefone. Percebo que não perguntou à médica se vou poder engravidar de novo.

"Certo." Ele esfrega o rosto. "Vou tomar um banho. Minha mãe acha que você está com enxaqueca, então vamos manter essa história. Depois vou ver como está meu pai e comprar nossas passagens para Mirror Lake."

"Não faz diferença se eu estiver aqui ou lá, Dean."

"Para mim faz", ele retruca a caminho do banheiro. "Não quero que fique aqui. Vamos para casa o quanto antes."

Para *casa*.

Ele fecha a porta do banheiro. Instantes depois, o chuveiro é aberto. Enxugo as lágrimas e vou recolher os cacos de vidro.

Então penso no motivo pelo qual minhas dúvidas começaram a se dissipar. Por que estava começando a gostar da ideia de ter um filho que ia crescer em Mirror Lake.

Uma pontinha de esperança vem à tona. Dean sai do banheiro de cueca, secando o peito com a toalha. Espero que ele vista a calça para puxar assunto.

"E a reunião da universidade? Você conseguiu?"

Ele veste uma camiseta, com os músculos tensos. "O quê?"

"O cargo de professor titular."

Dean vira para mim. "Professor titular?"

"Não foi por isso que voltou?" Passo as mãos nas coxas. "Pensei que só podia ser, pra ter tanta importância. Não ofereceram o cargo a você?"

Ele só fica me olhando. Alguma coisa surge em seus olhos, mas não consigo detectar o que é.

"Dean?"

"Você..." Ele limpa a garganta. "Acha que voltei porque o departamento queria me promover a professor titular?"

Confirmo com a cabeça. "Achei que quisesse me fazer uma surpresa."

Sua energia parece se esvair do corpo, e seus ombros desabam.

"Não", ele murmura. "Não virei professor titular."

"Você recusou?"

Ele ergue a cabeça para me encarar. Por um instante, parece atordoado, como se não acreditasse no que está vendo e ouvindo.

"Liv, eles não me *ofereceram* nada."

"Ah." Eu estava tão convencida de que aquilo ia acontecer que não consigo processar a informação. "E por que não?"

"Liv, de onde tirou isso?"

"Ué, com sua reputação e o sucesso do programa de estudos medievais... Isso sem falar na bolsa. Seria muita burrice deles não quererem garantir sua permanência no corpo docente."

Ele continua me olhando com uma expressão incrédula. Não entendo. Dean sabe o quanto é bom no trabalho.

Em um gesto repentino, ele cruza o quarto em três passadas largas e me pega nos braços de novo, me arrancando do chão. Então cola a boca à minha em um beijo.

"Não mereço você", Dean diz.

"Para com isso."

"Não mesmo." Ele se afasta, passando a mão nos meus cabelos. "Nunca mereci. Fui atrás de você por egoísmo e ganância. Desejava você mais do que tudo. Para quem vê de fora, pode parecer diferente, não? Como se *eu* tivesse salvado *você*."

"Mas você me salvou."

"Salvei nada! Você não precisava ser salva. Eu que era um imbecil inseguro que só conseguia fazer as coisas para impressionar os outros, para parecer que era o melhor. Você era a única que estava pouco se lixando para o que eu fazia... só se preocupou com quem eu era. Só consigo ser minha melhor versão quando estou com você."

"Eu..." Meu coração se aperta. "O mesmo vale para mim, Dean. A questão é essa. Mostramos nosso melhor lado quando estamos juntos."

"Então por que continuo decepcionando você, porra?"

"Como assim? A gente nem estaria junto se me decepcionasse."

Dou um passo em sua direção, mas paro quando ele recua.

O ar fica carregado de tensão, desconforto e culpa. E alguma coisa mais, que não consigo entender nem identificar.

Dean desvia o olhar, com uma expressão arrasada. Dou um passo cauteloso à frente e ponho a mão em seu peito. Seu coração está batendo forte, acelerado.

"Desculpa", ele diz, apesar de não saber se diz isso por não ter estado comigo durante o aborto ou por não ser o que acha que precisa.

"Por favor, Dean", murmuro, sentindo uma dor intensa por ele. "Preciso tanto de você."

Ele ergue minha mão, dá um beijo na cicatriz e se afasta.

Um medo repentino brota dentro de mim quando Dean fecha a porta. Conheço meu marido. Sei que ele nunca vai se perdoar por não ter estado ao meu lado.

17

DEAN

31 DE JANEIRO

Corro mais de onze quilômetros logo cedo. Depois conserto um cano que estava vazando, troco alguns ladrilhos quebrados no terraço, levo pilhas de revistas e jornais velhos ao centro de reciclagem e tapo o buraco que abri no revestimento de gesso do quarto. Entre um trabalho e outro, fico rondando Liv como um inseto, porque não sei o que fazer, ainda que minhas perguntas sejam inúteis.

Você está bem? Como está se sentindo? Quer que ligue para a médica? Precisa de algo? Quer que eu faça alguma coisa?

As respostas são sempre as mesmas. *Estou bem. Não preciso de nada.*

Tento não pensar. Não posso continuar assim.

O terror está por perto, só esperando para derrubar minhas barreiras e se apossar de mim. Se eu continuar em movimento, posso evitar isso.

Toda vez que olho para ela, que vejo seu rabo de cavalo balançando, meu coração se despedaça. Toda vez que ouço sua voz, a culpa me domina. Toda vez que me olha...

É impossível suportar. Não consigo nem confortá-la. Não sei como fazer isso. Errei todas as vezes em que o mesmo aconteceu com Helen.

No início da tarde, vou ao hospital para buscar meu pai. Há uma movimentação quando ele chega em casa, com os amigos que vêm visitá-lo trazendo comida. Deixo minha irmã e minha mãe lidarem com isso. Archer dá uma passada para ver papai e avisa que está indo visitar alguém em San Francisco.

Eu o acompanho até a porta. O fato de o meu irmão estar aqui, de ter ajudado minha mulher...

Paramos ao lado da moto dele. Preciso me esforçar para falar. "Desculpa por..."

"Esquece." Archer pega o capacete e olha para a casa. "Ela está... você sabe... está legal?"

"Acho que sim. Fisicamente, pelo menos."

"Que bom." Ele sobe na moto.

"Ei."

Archer para e se vira para mim.

"Como era aquele sanduíche que você gostava?", pergunto.

"Sanduíche?"

"Acho que era de cheddar e... não." Balanço a cabeça. "Queijo suíço e ketchup?"

"No pão integral." Uma expressão de divertimento surge no rosto dele. "Eu adorava."

"Eu lembro."

Ele põe o capacete. "A gente se vê."

"Certo."

Archer baixa a viseira e liga o motor. Fico observando. O ruído se intensifica quando Archer acelera e arranca. Ouço o ruído de sua moto se afastando.

Contorno a lateral da casa e pego um velho cortador de grama manual na garagem. É um dia mais ou menos quente, e o sol ainda está alto.

Empurro o cortador pelo gramado, depois dou meia-volta e atravesso na outra direção. Vou de um lado para o outro. O gramado é enorme, e em pouco tempo o suor brota no meu pescoço. Limpo a testa com a bainha da camiseta e continuo a empurrar o cortador. Gosto do esforço necessário para empurrar o mecanismo, do som das lâminas em movimento, do cheiro da grama cortada.

"A gente está no século XXI, sabe?"

Levanto a cabeça e vejo Helen cruzando o gramado, com uma lata de refrigerante na mão.

"Temos veículos movidos à gasolina e cortadores de grama elétricos agora", ela continua.

"Isso é para gente molenga", resmungo.

"Então você deveria estar usando um." Ela sorri e me oferece o refrigerante, então me olha de um jeito desconfiado.

"Você está um caco", comenta.

"Estou mesmo." Abro a lata gelada e dou um gole. O líquido borbulhante provoca uma sensação gostosa na minha garganta. Bebo metade e limpo a boca com o braço. "Obrigado."

"Sua ausência foi notada durante o chá."

"Não gosto de chá nem de eventos sociais."

"O que está acontecendo?" Helen olha para o cortador.

"Como assim?"

"Paige falou que de repente você incorporou o zelador e saiu limpando e consertando tudo o que vê pela frente." Ela põe as mãos na cintura e estreita os olhos para mim. Por um instante, faz com que eu me lembre de Kelsey. "E então, o que está rolando?"

Inclino a cabeça para trás para dar mais um gole. Me sinto tentado a contar, o que me deixa inquieto. Ela é minha ex-mulher. Tivemos um casamento de merda, cheio de raiva e mágoa. Nunca mais nos falamos depois do divórcio.

Por que eu deveria contar alguma coisa para ela?

"Sei que você gosta de fazer coisas quando está chateado, Dean", diz Helen. "Me lembro muito bem disso. É por causa do que está acontecendo na King's?"

Apesar de não haver ninguém por perto, agradeço por não ser específica ao mencionar o problema. Empurro o cortador com uma das mãos. As lâminas começam a estalar e rodar.

"É", digo.

"É nada. Se você só tivesse um tigre para segurar pelo rabo, não estaria louco como um cão e ocupado como uma abelha."

Não consigo segurar a risada.

"Já contou a Liv?", Helen pergunta.

Minha nossa. Meus dedos amassam a lata sem que eu perceba.

"Não."

"Certo." Helen me observa por um momento, então dá de ombros. "Me avisa se quiser conversar." Ela toma o caminho de volta para casa, mas se detém. "Só para você saber, não tenho nenhum motivo para querer ferrar sua vida."

"Nunca achei que faria isso."

"Só estou avisando."

Fico observando Helen por um momento antes que a confissão escape da minha boca.

"Liv sofreu um aborto."

Helen para, então se vira com gestos lentos, pálida. "Quando?"

"Terça."

"Ai, Dean. Sinto muito."

"A gente não estava... não foi nada planejado. A gravidez."

"Que pena." Ela hesita. "Seus exames genéticos saíram todos normais, Dean. Às vezes ninguém sabe por que acontece. Não vai pensar que é culpa sua."

É justamente isso que não sai da minha mente.

"Quando aconteceu com a gente..." Olho para a casa atrás dela. Meu peito se inflama. "O que você queria de mim?"

"Como assim?"

"Sempre senti que não estava dando... o que você queria." Engulo em seco. "Não quero que aconteça a mesma coisa com a Liv."

Helen me observa por um momento antes de responder. "Liv e eu somos pessoas diferentes, Dean."

"Eu sei."

"O que eu precisava pode não ser o mesmo que *ela* precisa."

Eu me obrigo a encará-la. "Mas o que era?"

"Bom, a gente não estava bem quando tentei engravidar", Helen admite. "Agora percebo isso. Na minha cabeça a gente deveria fazer de tudo, ser o casal invencível com carreiras ilustres e perfeitas, um ótimo casamento, dois filhos e tal. Foi por isso que insisti tanto, apesar da situação. Acho que foi uma sorte infeliz o fato de nunca termos conseguido engravidar."

"Desculpa", digo. "Por tudo o que fiz e não fiz."

"Você sempre foi meio... fechado, sabe?", Helen diz. "Independentemente de qualquer coisa, seria legal ter você ao meu lado. Na terceira vez, você viajou uma semana depois para fazer pesquisa na Espanha. Foi muito ruim ter passado por tudo sozinha, mesmo que nosso casamento já tivesse ido pro buraco."

"Achei que você *quisesse* ficar sozinha."

Ela pisca algumas vezes. "Por que eu ia querer isso?"

"A gente teve uma briga séria, lembra? Você queria tentar de novo, fazer tratamento de fertilidade. Eu não. Estávamos os dois estressados por causa de trabalho, dissertação, dinheiro, família. Você disse que o casamento tinha sido um erro."

"E você entendeu que eu queria ficar sozinha?"

"E como deveria entender?"

Helen faz que não com a cabeça. "Ah, Dean. A gente não se dava bem mesmo, né? Acho que você nunca se deu conta de que os abortos não aconteceram só comigo, mas com você também. Talvez agora entenda isso." Fico em silêncio. Não sei se entendo. "Olha, dá pra ver que você e Liv têm uma ligação bem forte." Helen se afasta um pouco. "Você não precisa de mim para dizer do que sua mulher precisa. Já sabe. Só tem que deixar de fugir." Ela vai andando na direção da casa. "Merdas acontecem, Dean, e às vezes ninguém consegue evitar. Nem mesmo você."

É exatamente o tipo de coisa que me faz querer quebrar tudo.

Termino o trabalho e guardo o cortador de grama na garagem. Tem um monte de gente na sala, conversando animadamente. Atravesso a cozinha e subo a escada. Liv está no quarto, arrumando as coisas.

"Estou me adiantando um pouco", ela diz, fechando a mala.

Vejo as roupas de gestação que ela comprou na semana passada, ainda com as etiquetas.

Minha mente entra em colapso. Não há nada que eu possa dizer ou fazer para facilitar a situação para ela.

"Está preparado para a palestra?", Liv pergunta.

Faço que sim com a cabeça. "Confirmei nossos voos também. Vou fazer o check-in hoje à noite, para a gente não precisar se preocupar com isso amanhã."

Vamos direto de Stanford para o aeroporto na sexta. Chegamos a Mirror Lake no início da noite.

Vou vestir uma camiseta limpa. Não posso continuar adiando o assunto.

"Liv."

Sentindo a tensão na minha voz, ela se vira.

"Preciso contar uma coisa."

"O quê?" Vejo a preocupação em seus olhos.

"Senta um pouco."

Ela se apoia na beirada da cama. Não desvia o olhar do meu rosto nem por um momento enquanto conto tudo — a insinuação de Maggie Hamilton de que poderia me oferecer favores sexuais, os e-mails de Frances, o envolvimento do jurídico, as perguntas, o motivo por que precisei ir a Mirror Lake e a possibilidade de uma investigação.

Quando termino, me sinto mais leve, como se ter contado para ela aliviasse meu fardo.

"Dean, eu..."

"Desculpa." Não sei mais o que dizer.

"Você não precisa se desculpar." Liv fica em silêncio por um instante, com os dentes cerrados, olhando para o chão. "Não tem como resolver isso direto com ela?"

"Não. Maggie usaria isso como prova. Não posso fazer nenhum tipo de contato. Nem quero."

"O que pode acontecer?"

Meu coração dispara. "Se... ela registrar uma ocorrência, o caso pode ir parar no tribunal."

"Quanto tempo ela tem para decidir?"

"Não sei. No momento não... nada veio a público ainda. Estão tentando manter tudo em caráter confidencial, porque não querem prejudicar a reputação da universidade. Mas nada impede que Maggie saia espalhando boatos."

Liv se levanta da cama e vem até mim. Quando segura minhas mãos, vejo a raiva faiscando em seus olhos castanhos, mas sei que não é direcionada a mim. É em meu benefício.

"Certo." Ela aperta minhas mãos e respira fundo. "Vamos nos encastelar para preparar a defesa. Erga a ponte levadiça, ferva o óleo e espalhe as balestras pelas passarelas."

Minha tensão se alivia um pouco. Solto as mãos para poder passar o polegar na manchinha logo abaixo de seu lábio inferior.

"Vamos nos encastelar, é?"

"Aprendi alguma coisa sobre fortalezas medievais nesses anos todos." Liv me abraça pela cintura. "As muralhas tinham passarelas atrás dos parapeitos. Uma ótima defesa para quando os inimigos se aproximavam. Ficar encastelado era a opção mais segura em caso de ataque." Ela aninha a cabeça no meu peito, entrelaçando nossos dedos. "Assim como nós ficamos seguros quando estamos juntos."

"Sem dúvida, bela." Pressiono o rosto contra seus cabelos perfumados. "Sempre vou estar seguro encastelado com você."

18

OLIVIA

Quando Dean e eu nos apaixonamos, foi pra valer. Era como se flutuássemos, aquecidos pelo sol no céu azul sem nuvens.

Para um casal que progrediu tão devagar no início do relacionamento, foi ao mesmo tempo um choque e um alívio quando nos entregamos tão sem reservas depois daquela visita à família dele no Dia de Ação de Graças. Foi como se tivéssemos rompido com o passado. Como se o futuro só dependesse de nós.

Conforme ele pediu, esperei o recesso de fim de ano e me mudei para seu apartamento. Nós nos fechamos em uma bolha de atração intensa, confissões e descobertas sexuais. Foi fácil demais deixar o restante do mundo de fora. Foi fácil demais ficar sozinhos.

Antes do Natal, antes da primeira neve do inverno, fizemos uma viagem para Door County. Ficamos em um hotel bem gostoso, fomos fazer trilhas e correr, participamos de degustações de vinhos, assistimos a concertos e presenciamos o acendimento das luzes de Natal.

Estávamos voltando de um jantar certa noite quando Dean parou o carro perto de uma elevação cercada de árvores. O sol se escondia no horizonte, deixando a maior parte do céu escura, embora decorada com toques de vermelho.

"Vamos parar aqui?", perguntei. "Tipo, *aqui*?"

"Você já fez isso antes?"

"Está falando sério?" Faço que não com a cabeça. "Eu estava ocupada demais sendo uma aluna nota dez e editora da seção de opinião do jornal da escola."

Dean sorriu para mim. "Queria ter conhecido você nessa época. Ia poder ensinar algumas coisinhas."

"Imagino que sim. Mas boas meninas não fazem essas coisas."

"O que elas fazem, então?"

"Estudam e assam tortas."

"Você vai assar uma para mim?"

"Algum dia, talvez. Se você se comportar bem."

"Pode deixar."

Não consigo deixar de sorrir e sinto o coração bater forte. Não facilitei as coisas para ele, mesmo quando comecei a me dar conta de que meu coração era frágil.

Meu coração nunca tinha sido partido. Pelo menos não por um homem. Eu o protegia muito bem. Minha mãe me havia feito sofrer de maneiras que só ela era capaz, mas ao longo dos anos consegui curar as feridas evitando o contato com ela. E não deixando que ninguém mais se aproximasse o bastante.

No entanto, sentada ali no carro de Dean na semiescuridão, percebi que ele era o único homem no mundo que tinha o poder não apenas de partir meu coração, mas de arrebentá-lo.

Mas eu sabia que ele não faria aquilo. Não se fosse possível evitar. Eu jamais permitiria tamanha proximidade se achasse que Dean algum dia ia me magoar de forma deliberada.

Senti seu olhar sobre mim. "Quê?"

"Mas você pensou a respeito, né?", ele perguntou. "De fazer alguma coisa no carro?"

"A maioria das garotas já deve ter pensado."

"Mas você não é como a maioria?"

Olho para ele. "Claro que pensei. E em muitas outras coisas."

"Como o quê?"

"Você sabe." Fiquei ainda mais vermelha. O interior do carro já parecia bem quente, e não só por causa do aquecedor ligado. Eu me recostei no assento, passando a mão pelo revestimento de couro.

"Conta", Dean pediu.

"Não."

"De repente posso fazer."

Fiquei até sem fôlego. "Sério?"

"Talvez." Ele disse como se não tivesse muita certeza, mas o brilho em seus olhos era bastante seguro.

"Certo." Meu coração acelerou com uma combinação de nervosismo e ansiedade. "Pensei em... hã, fazer no banco de trás. Como nos anos cinquenta."

Dean deu risada. "Acha que depois dos anos cinquenta ninguém mais fez isso?"

"Bom, foi em filmes dos anos cinquenta que eu vi isso..." Franzi a testa. "Para de rir."

"Desculpa." Ele continuou sorrindo. "Bom, as pessoas continuaram transando no banco de trás do carro."

"Você já transou?"

"Claro."

"Recentemente?"

"Recentemente, não." Ele apontou com o queixo para o banco traseiro do carro. "Então, está a fim?"

"Aqui?" Meu coração disparou. Engoli em seco e olhei pelas janelas. Já havia escurecido, estávamos cercados pelas árvores e não havia ninguém por perto, mas mesmo assim...

"Bom." Levei a mão ao peito. "Hã... sempre achei que seria uma das coisas que eu gostaria de fazer antes de morrer." Fiz uma careta. "Espera, não foi bem isso que eu quis dizer. É mais como uma aventura. Tipo visitar Machu Picchu, voar de balão, ver a aurora boreal, transar no banco de trás de um carro..."

Minha voz começa a falhar. O silêncio recai sobre o carro. Dean está parado com as mãos no volante. À espera.

Finalmente resolvo tirar os sapatos, soltar o cinto de segurança e saltar toda sem jeito para o banco de trás. Dean abriu o porta-luvas e pegou um pacote de camisinhas.

"Você guarda camisinhas aí?", perguntei.

"Luvas é que não ia guardar", ele respondeu com uma piscadinha.

Dean desceu do carro e abriu a porta de trás para se acomodar no banco traseiro.

Estávamos num sedã, mas o espaço no banco de trás era apertado para nós dois deitados. O que não era necessariamente ruim. Eu já estava com calor só de pensar na ideia, e fiquei ainda mais quente com a proximidade física. Me senti meio nervosa.

Escorreguei até chegar à porta. "Isso é meio ridículo."

"Ah, é?"

"Não somos adolescentes."

"Adolescentes não têm o monopólio do sexo no carro."

Dean e eu estávamos juntos havia quatro meses. Tínhamos feito sexo na cama, no sofá, no chão, no chuveiro. Em uma noite inesquecível, na mesa da cozinha. Mas nunca fora de um apartamento ou de um quarto de hotel.

"Certo, então... o que eu faço?", perguntei.

"Relaxa, pra começo de conversa."

Olhei bem para ele. Sua postura era tranquila, com a linda boca curvada em um sorriso e um olhar suave e divertido. Dean estendeu a mão para colocar meus cabelos atrás da minha orelha.

"Você está comigo", ele falou.

Era uma afirmação bem simples e óbvia, mas que me proporcionava conforto e segurança.

A tensão nos meus ombros se desfez. Se algum dia ia me sentir confortável fazendo sexo no banco de trás de um carro, seria com Dean. O que significava que aquela poderia ser minha única chance, apesar de não querer nem cogitar a terrível possibilidade de algum dia não estar mais com ele.

Fui me movendo pelo assento até sentir minha coxa comprimida contra a dele, então me inclinei para beijá-lo. Sua boca recebeu a minha em uma carícia suave que fez meu corpo se acender. Dean pôs a mão na minha cintura e me puxou para mais perto. Eu me deixei cair em seus braços, encostando os seios em seu peito. Ele separou meus lábios com a língua, me atiçando. Fiquei toda arrepiada de desejo.

Respirei fundo e cheguei mais perto quando ele levou a mão aos meus seios. Dean passou o polegar em torno dos mamilos por cima da blusa, em seguida enfiou os dedos por dentro da peça para arrancá-la. O ar frio tocou minha pele.

"A gente precisa tirar toda a roupa?", perguntei.

"Precisar não precisa." Ele puxou a cintura da minha calça jeans. "Mas pelo menos isto aqui, sim."

"E se a polícia aparecer?"

"Ninguém vai aparecer." Dean começou a beijar meu pescoço.

"Como você sabe?"

"A gente está no meio do nada." Eu podia sentir seu hálito em minha orelha, seus cabelos tocando de leve meu rosto.

Estremeci. "O meio do nada é... é onde os alienígenas sempre aparecem."

"Certo, então se preocupa com isso em vez da polícia." Dean apertou meus seios por cima do sutiã. "Você tem peitos incríveis."

As janelas começaram a ficar embaçadas. Ainda não tinha anoitecido totalmente. Pus a mão sobre sua virilha e respirei fundo ao sentir seu pau duro. Antes que ele tirasse a roupa, eu me recostei e abri a calça, remexendo os quadris para tentar arrancá-la. Dean ajudou, jogando-a no branco da frente junto com a calcinha. Fiquei sem nada a não ser o sutiã. Meu coração estava disparado, em uma combinação de nervosismo e excitação.

"Sua vez", falei.

Se fôssemos flagrados por um policial, não queria ser a única pelada.

Minhas mãos tremiam quando desabotoei sua calça jeans e a puxei até o meio das coxas. O pau duro esticava o tecido da cueca boxer. Enfiei a mão pela braguilha e o agarrei.

Dean fez uma careta de prazer. "Ah, Liv, isso não vai durar muito, não."

Provavelmente era melhor, considerando a possibilidade de policiais ou alienígenas aparecerem. Sem falar na urgência pulsante entre minhas pernas.

Tentei deitar, mas ele me impediu, puxando minha perna para seu colo.

"Vem por cima", Dean falou. "É a posição mais fácil."

Ignorei como ele havia descoberto aquilo, então ele segurou o próprio pau e minha atenção se voltou inteiramente para os movimentos de sua mão. Minha pulsação acelerou para um ritmo enlouquecido.

"Que tesão ver você fazendo isso", murmurei. Minha garganta estava ficando seca.

"Hum..." Um brilho malicioso surgiu em seus olhos. "Mais um motivo para eu continuar fazendo."

Passei as mãos em seu peito, seguindo o caminho dos músculos até a bainha da camiseta. Ele agarrou minha bunda e me puxou para mais perto. Deslizei as mãos para baixo da camiseta e toquei sua pele lisa. Um calor subiu pelos meus braços. Comecei a me esfregar em suas coxas.

Dean apertou minha bunda com mais força. Tirei as alças do sutiã dos ombros e o baixei para expor os seios. Um grunhido reverberou no peito de Dean, o que me encorajou a levar as mãos aos seus cabelos e puxá-lo para mim. Um arrepio percorreu minha espinha quando ele passou a língua em um mamilo, beliscando o outro de leve. Seu perfume doce, misturado com o cheiro de couro do assento, me deixou inebriada.

"Agora..." Dean ajeitou a posição, apoiando a cabeça em uma porta e o pé na outra.

Enquanto colocava a camisinha, tentei encontrar a melhor maneira de me posicionar. Não era uma tarefa fácil, com o pau dele na minha frente em um convite obsceno e minha respiração ofegante. Por fim, apoiei um pé no chão e passei a outra perna por cima da cintura dele para apoiar no assento.

Dean agarrou meu quadril e me guiou para baixo. Segurei com força o encosto do assento do passageiro para me equilibrar e respirei fundo quando ele entrou. O confinamento do carro o fazia parecer ainda maior, o que não pensava que era possível.

"Quer saber?" Segurei com força no assento e apoiei a outra mão em seu abdome. "Eu não teria concordado com isso se soubesse que ia ter que fazer todo o trabalho."

"Foi por isso que omiti esse detalhe." Ele projetou os quadris para cima, me penetrando com uma estocada forte. "Mas não *todo* o trabalho também."

"Ah... que bom."

Mesmo assim, não foi exatamente tranquilo e fluido — não era como quando transávamos na cama. A movimentação era esquisita, minhas pernas doíam por causa da posição desconfortável e Dean batia a cabeça no vidro quando eu me mexia de um modo um pouco mais enérgico.

Mas ficar pelada com ele era sempre gostoso, e estávamos os dois tensos e ofegantes quando o orgasmo dominou meu corpo. Movi os quadris e me esfreguei nele até que se aliviasse também.

Quando por fim nos separamos, percebi que as janelas estavam todas embaçadas, e que os assentos de couro tinham ficado encharcados de suor.

"Por mais estranho que tenha sido, também achei... divertido", admiti, colocando as alças do sutiã de volta no lugar. Eu me inclinei sobre o assento para pegar a blusa, a calça e a calcinha. "Dá para entender qual é o apelo."

Dean acariciou minhas costas.

"Concordo", disse, passando a mão na minha bunda.

Olhei para ele por cima do ombro. "Quantas vezes você fez isso?"

"Sei lá." Dean olhava para minha bunda exposta. "Algumas."

"O suficiente para conhecer a melhor posição."

Ele parou de passar a mão em mim. Peguei a calcinha e me contorci para vesti-la, em seguida tentei desvirar a calça, que estava do avesso.

"O que foi?", Dean perguntou enquanto vestia a calça. "Está brava porque eu fiz isso antes com outra?"

"Não estou *brava*", retruquei, sacudindo a cabeça.

"Mas parece. E soa brava."

"Estou *irritada*."

"Por quê?"

Meus pensamentos estavam confusos. Terminei de virar a calça com gestos bruscos e enfiei as pernas nela. Não era fácil vestir o jeans com a pele toda suada. Bati a cabeça no teto, o que só me deixou mais nervosa.

"Liv."

"Ah, que coisa, Dean!" Foi então que me dei conta, e com uma clareza inesperada. Eu me joguei contra o encosto do assento bufando. "Por que você pode ser meu primeiro em tanta coisa e eu sou, tipo, a número *vinte* pra você?"

Seus olhos acenderam de divertimento. "Posso garantir que não fiz sexo com vinte garotas no banco de trás de um carro."

"A questão não é essa."

"Eu sei."

Enfiei os braços nas mangas da blusa. Meu coração estava apertado. Fiz menção de voltar ao assento da frente, mas Dean me agarrou pelos quadris e me puxou para seu colo.

Fiquei toda tensa, tentando me afastar. Não sabia bem por que estava tão irritada, mas tinha certeza de uma coisa: eu queria ser tudo para Dean. Assim como ele era para mim.

Dean me apertou com mais força, impedindo que eu escapasse. Não que eu pretendesse ir muito além do banco da frente, para a escuridão do lado de fora e a estrada deserta onde alienígenas e assassinos em série deviam estar à espreita.

"Ei." O hálito de Dean agitou meus cabelos e roçou minha orelha. "Acha que é só mais uma entre muitas?"

"Levando em conta o que você falou, não vejo nenhum motivo para não acreditar nisso." Virei para encará-lo.

Tinha escurecido de vez durante nossa rapidinha, mas ainda dava para ver bem as feições do rosto dele, o contorno da boca, o afeto nos olhos. Seus cabelos castanhos estavam desalinhados, e as têmporas, suadas.

Dava para entender por que as mulheres se interessavam por ele. Eu sabia que não seria realista, para não dizer que seria idiotice, esperar que um homem tão atraente chegaria aos trinta e três anos sem ter sua cota de casos para contar.

Dava para entender. Mas não era obrigada a gostar.

"Você não acha que é a primeira para mim?", Dean perguntou.

"Sei que não sou", eu disse, puxando um fio solto da minha blusa.

"Não sexualmente, mas em outros sentidos você é."

"Ah, sou?"

"É, sim." Dean me pegou pela nuca e me puxou para um beijo longo e carinhoso.

Em seguida, pegou minha mão e a posicionou no peito. Podia sentir seu coração acelerado contra minha palma.

"Está sentindo?", ele perguntou. "Você é a primeira mulher que faz meu coração bater assim. A primeira mulher com quem quero passar o tempo todo, a única capaz de me fazer querer começar uma vida nova. Você é a primeira mulher que me deixa feliz de verdade. Que faz com que eu me sinta contente por estar vivo, queimando por dentro. Você é a primeira mulher que me faz ter medo."

Eu o encarei. "Medo?"

"Por estar vivendo uma coisa tão boa. De que não dure." Ele afastou uma mecha de cabelo da minha testa. "De perder você."

"Ah." Engoli em seco, sem fala. "Você... não precisa ter medo de me perder."

Em sua expressão, detectei algo que não entendi, que não consegui decifrar.

"Não mesmo?", Dean perguntou.

"Não." Balancei a cabeça. "*Não.*"

"Ótimo." Ele me puxou para mais perto. "Porque você é a primeira mulher na minha vida que eu não quero perder."

4 DE FEVEREIRO

Coraçõezinhos em tons de rosa e vermelho, ursinhos de pelúcia e cupidos sorridentes estampam as vitrines da Avalon Street. Há grandes pilhas de neve nas calçadas, e as ruas estão cobertas de uma lama congelada. A superfície do lago está cheia de marcas de lâminas de patins, e trilhas de esqui serpenteiam pelas montanhas.

Ando pelo centro da cidade, olhando sem perceber para todas as jovens com quem cruzo na esperança de encontrar Maggie Hamilton. Na minha imaginação, temos uma luta ninja, e eu a nocauteio com uma porção de chutes giratórios.

Agora entendo a maneira protetora que Dean sempre teve comigo. Conheço a raiva intensa, a certeza de que faria qualquer coisa, qualquer coisa *mesmo*, para resolver a situação. Odeio a sensação de impotência, o medo de que meu marido seja prejudicado. Quero me colocar à frente dele como um anjo vingador, para enfrentar qualquer um que tentar destruir o que se esforçou tanto para construir.

Apesar de saber que não deveria, procurei o contato de Maggie no diretório de alunos e liguei para ela de um dos telefones da biblioteca pública. Uma garota atendeu e disse que Maggie vai passar o semestre na casa dos pais.

Sei que não posso procurá-la e exigir explicações, então vasculhei toneladas de informações sobre assédio sexual, recursos legais, precedentes jurídicos e como lidar com falsas acusações. O advogado de Dean o colocou em contato com um colega especializado nesse tipo de caso. Pelo menos assim podemos começar uma defesa.

Mas é assustador demais. Encontrei uma matéria na internet revelando que educadores são vulneráveis a falsas acusações de alunos rancorosos, enfrentando consequências muito sérias no longo prazo mesmo provando sua inocência. Em termos profissionais, emocionais e financeiros.

Não pode acontecer com Dean.

Sem chance. Não agora. Nem nunca.

Estou parada do lado de fora da Happy Booker esperando Kelsey, que vem andando na direção da livraria com as mãos enfiadas nos bolsos do casaco e os ombros encolhidos.

"De onde será que os pioneiros tiraram a ideia de que este era um bom lugar onde se assentar?", ela pergunta enquanto entramos. "Com esse inverno terrível?"

"Toma um chocolate quente." De trás do balcão, Allie aponta para a máquina de bebidas quentes que instalou perto do caixa. "Vai esquentar você. E tem biscoitos."

Kelsey pisca algumas vezes e vai até a mesinha. "Acho que é uma boa ideia."

Allie abre um sorriso. Eu as apresento e vou para trás do balcão para verificar meus próximos turnos e marcar no calendário do meu celular.

"Vocês vão almoçar juntas?", Allie me pergunta.

"Kelsey vai comigo à Matilda's Teapot", digo. "Ela está mais tolerante, agora que sabe que o lugar vai fechar."

"E, como seu marido anda distribuindo coices para tudo quanto é lado, acho que você deve estar precisando de uns bolinhos de framboesa e chá de damasco", explica Kelsey.

"O que está acontecendo com o professor gostosão?", Allie pergunta.

"Ele só está estressado com o trabalho", respondo, ciente de que Kelsey está de olho em mim.

Queria poder conversar com elas a respeito, mas precisamos segurar essa barra sozinhos. Desde que voltamos a Mirror Lake, alguns dias atrás, ele anda quieto e carrancudo, sempre enfiado no escritório ou na academia. Ele me abraça o tempo todo, pergunta se estou bem e dorme juntinho de mim, mas se recusa a conversar.

Tem certeza de que você está bem?

Tenho.

Precisamos marcar aquela sessão de terapia logo.

Certo.

Marquei uma consulta com a dra. Nolan.

Vou com você.

Agora, Allie me diz: "Eu estava pensando em fazer uma festa da Fantástica Fábrica de Chocolate. Podemos embrulhar uns tabletes com papel dourado e deixar na loja de brinquedos aqui da rua e em outros lugares frequentados por crianças". Ela afasta os cachos ruivos dos olhos enquanto examina a planilha de horas de trabalho. "Pode levar alguns à biblioteca? De repente dá até para distribuir antes da contação de histórias?"

"Claro. Vou lá amanhã de manhã."

"Posso dar alguns para minhas colegas com filhos", Kelsey se oferece. Pelo jeito os biscoitos adoçaram um pouco seu humor.

"Seria ótimo", diz Allie. "Podemos fazer uma mesa de doces, com balas de goma e pirulitos. E tocar as músicas do filme, fazer um quiz... Ah, e podemos encher balões com brindes para as crianças estourarem. Vamos precisar arrastar algumas estantes para abrir espaço."

Ela morde a unha do polegar enquanto olha ao redor da loja, cujas prateleiras estão quase vazias.

"Pelo menos as prateleiras estão leves", comento.

Allie suspira e sacode a cabeça, empurrando os óculos de armação roxa para cima do nariz. "Você me acha totalmente maluca, né?"

"Sim, mas admiro muito sua perseverança."

Apesar da situação crítica e das vendas em baixa, do aumento do aluguel e da perda de clientes... Allie nem uma vez fraquejou em sua determinação de virar o jogo usando balões e pirulitos.

Sinto uma pontada de tristeza por não conseguir ajudá-la com um investimento na loja. Todas as minhas outras ideias parecem divertidas e viáveis, mas nenhuma tem potencial de retorno financeiro.

"Ah, também vi uma matéria sobre como fazer xícaras de chá com casquinha de sorvete." Allie começa a anotar tudo. "E podemos ter uma fonte de chocolate. Não seria divertido?"

"Você é muito boa nisso."

"Eu gosto. É recompensador, não acha?"

Não sei, mas queria me sentir igual. Olho para Kelsey. "Acha que seu trabalho é recompensador?"

"Se puder tomar uma taça de vinho no fim do dia, com certeza."

Allie sorri e dá um tapinha na minha mão. "Todo mundo quer fazer algo recompensador. O difícil é descobrir o quê."

"E o que *você* procura?", pergunto.

"Gosto de ser criativa, ajudar as pessoas, fazer coisas bacanas para as crianças..." Ela encolhe os ombros. "Por isso que gosto de festas, acho. Todo mundo se diverte, come coisas gostosas, esquece os problemas por um tempo e vai embora se sentindo bem. Adoro proporcionar isso. E adoro sugerir livros, conversar com clientes, aprender coisas novas, ser minha própria chefe, tudo isso."

"Como sabe que é disso que gosta?", pergunto.

"É o que me faz feliz. Não é sempre assim?"

Olho de novo para Kelsey, que encolhe os ombros e depois balança a cabeça de leve. Nem mesmo ela é capaz de refutar os argumentos de Allie.

Pego a bolsa e me despeço de Allie com um abraço, então vou com Kelsey à Matilda's Teapot. Uma mulher com ares de vovozinha nos coloca em uma mesa perto da janela e serve sopa caseira, quiche, salada de frutas e chá.

Conto por alto como foi nossa passagem pela Califórnia. Não me sinto pronta para contar sobre o bebê — nem a ela nem a ninguém. Nem imagino quando vou me sentir.

Mas gostaria de poder falar com ela sobre Maggie Hamilton. Kelsey ficaria exaltadíssima se soubesse que Dean está sendo falsamente acusado. Nunca a vi exaltada, mas imagino que seria impossível controlá-la.

Mudo o rumo da conversa para o trabalho dela, assim não corro o risco de cair na tentação. Dividimos um prato de docinhos antes de pegar nossas coisas para sair. Recuso sua oferta de carona, e nos despedimos ao lado do carro dela.

Vou caminhando até a Avalon Street. Tem uma loja chique de roupas para bebês não muito longe de Wildwood Inn. Abro a porta e sou recebida por um perfume de lavanda e pelo ritmo gentil de uma canção de ninar. Tudo lá dentro tem tons suaves de rosa, bege, azul e amarelo. Os berços são feitos de madeira de lei, as roupas de cama são bonitas e macias, e desenhos de animais fofinhos enfeitam as paredes.

"Oi." Uma mulher bem-vestida sai de detrás do balcão para falar comigo. "Em que posso ajudar?"

"Só estou dando uma olhadinha, obrigada." Entro com passos cautelosos, fechando a porta atrás de mim.

Olho as roupinhas, os babados dos berços e as bolsas de maternidade. A loja também tem banquinhos decorados, blocos de madeira pintados à mão, abajures de borboletas e cadeiras de balanço.

Paro ao lado de uma prateleira de roupinhas e pego uma touca de algodão azul macia como uma nuvem.

"Esse é um dos gorros para recém-nascidos com mais saída", diz a vendedora. "É feito de algodão orgânico e bordado à mão. Tem um joguinho combinando também."

Não tenho ideia do que esse "joguinho" possa ser, e não tenho interesse em descobrir. Pego a mesma touca em tom rosa bebê.

"Vou levar só isso."

"Quer que embrulhe?" Ela vai para trás do balcão com os gorros. "São para presente?"

Fico hesitante. "Hã, sim."

"Gêmeos?" Ela começa a embalar as peças em uma caixa de listras amarelas com papel de seda.

"Não. São para... uma amiga."

"Legal." Ela fecha a caixa com um laço amarelo enorme.

Pago as toucas e volto para o ar gelado do inverno. Quando chego em casa, ponho a caixa debaixo da cama e tento me esquecer dela.

19

DEAN

8 DE FEVEREIRO

A janela da sala de reuniões está coberta de gelo. O céu está cinza. Os alunos circulam pela lama congelada que cobre o gramado.

Volto o olhar para o outro lado da mesa. Ben Stafford, do jurídico, está revisando suas anotações. Frances Hunter está sentada ao meu lado.

"Vou falar com a srta. Hamilton em duas semanas", avisa Stafford. "Ela está fora da cidade. Depois, vamos tentar marcar a reunião de mediação. Enquanto isso..." Ele limpa a garganta. "Sou obrigado a conduzir uma investigação completa."

A raiva cresce dentro de mim.

"Por que fazer uma investigação se ela nem registrou ocorrência?", pergunto.

"O pai da srta. Hamilton entrou em contato comigo expressando suas... preocupações em garantir que tudo seja esclarecido", explica Stafford.

"Ou seja, ele está usando sua influência aqui dentro."

Frances me lança um olhar de advertência. Ela me orientou a não preparar minha defesa ainda, mas já me arrependi de ter seguido seu conselho. Edward Hamilton é advogado e sabe exatamente como foder com minha vida.

"Você não vai conseguir manter o caso em sigilo se estiver conduzindo uma investigação", digo a Stafford.

"Garanto que vamos fazer nosso melhor."

"Dean, não interessa à gente que o caso venha a público", argumenta Frances. "A universidade vai tomar todas as medidas para preservar a privacidade de todos os envolvidos."

“Mas precisamos tomar algumas providências nesse meio-tempo, professor West”, diz Stafford. “E isso envolve seu contato com outros alunos.”

Um silêncio carregado de tensão se estabelece. Ajeito o nó da gravata. Frances põe a mão no meu braço.

“Dean...”

Puta merda. O tom de voz dela é ao mesmo tempo conciliador e de lamento. Não quero ouvir isso.

“Você não pode continuar na King’s enquanto a investigação estiver em andamento”, ela diz.

“Tenho palestras e um seminário a realizar neste semestre, Frances.” Faço um esforço para manter um tom de voz tranquilo, apesar de estar morrendo de vontade de atirar alguma coisa na parede. “Tenho cinco orientandos.”

“Você vai precisar tirar uma licença.”

“Não.”

Frances e Stafford trocam olhares.

“Professor West, o regulamento determina que você seja suspenso durante a investigação”, argumenta Stafford. “Mas pode justificar sua ausência com um pedido de licença.”

“Isso não vai prejudicar em nada sua reputação, considerando que recebeu a bolsa do IPH”, acrescenta Frances. “Vamos anunciar que o excesso de trabalho impediu você de lecionar este semestre.”

Cerro os dentes até minha cabeça doer.

“Preciso trabalhar, Frances.”

“Você ainda pode trabalhar, mas... não na King’s.” Sua voz falha, porque ela sabe que isso não é consolo nenhum. “Se não tirar uma licença, vai ter que ser suspenso. Sinto muito, Dean.”

Viro a cadeira para olhar para o céu fechado. “E meus alunos?”

“Vou pedir para Worth e Collins cobrirem você até encontrarmos um substituto adequado.” Ela faz uma pausa. “Seu pagamento vai continuar sendo feito normalmente.”

Não estou nem aí para a porra do salário, mas o comentário deixa uma coisa bem clara: essa história pode acabar muito mal. Mesmo se eu conseguir me defender.

Minha carreira e minha reputação podem ser destruídas. Se a história vier a público — e é só uma questão de tempo —, meu nome vai ficar manchado ainda que eu prove que Maggie Hamilton mentiu.

"Professor West, de uma forma ou de outra você vai precisar manter distância do campus", diz Stafford. "Pode continuar orientando seus atuais alunos de pós, mas peço que limite o contato a e-mails e copie sempre tanto a professora Hunter quanto a mim."

"Deus do céu." A expressão escapa da minha boca com um sibilado. "Porra, quer que eu use uma tornozeleira eletrônica também?"

"Dean, isso é para sua proteção também", argumenta Frances.

"O cacete. Duvido que uma suspensão seja o procedimento-padrão quando uma aluna inventa mentiras sobre um professor."

Eles ficam em silêncio.

A raiva faz minhas entranhas ferverem. Sei que estão fazendo isso por causa de Edward Hamilton. Quando eu sumir de cena, vão poder dizer que já tomaram as medidas disciplinares plausíveis.

Um dos prédios da universidade tem o nome do pai de Edward Hamilton, que mantém o legado de doações generosas. A reitoria não quer perder isso. Se pudessem dar um título de ph.D. a Maggie Hamilton para agradar a seu pai, fariam isso sem pensar duas vezes.

"E o que *ela* quer?" Viro para Frances. "Que eu assine a proposta de dissertação dela e passe para a frente? Porque posso fazer isso, se for calar a boca dela."

"Nosso objetivo não é calar a boca de ninguém, professor West", diz Stafford.

Frances estreita os olhos para mim em sinal de reprovação, então vira para Stafford. "Podemos encerrar por aqui. Mantemos contato."

Stafford fecha sua pasta. "Me mande a papelada de aprovação da licença também, supondo que seja esse o rumo que as coisas vão tomar. Espero concluir a investigação em um ou dois meses, professor West, mas às vezes demora mais."

Ele se despede com um aceno de cabeça e sai da sala. Ouço o clique da fechadura e seus passos se afastando.

"O que a srta. Hamilton *quer*", Frances me diz, "é que seja feita justiça..."

"Eu não assediei essa garota!"

"Mas ela se sente injustiçada", Frances continua, bem séria. "Pode não ser verdade, e você sabe que estou seriamente inclinada a achar isso, mas é meu dever como chefe de departamento considerar todas as hipóteses."

Fico de pé. "Ela só está fazendo isso para ter a quem culpar por não conseguir terminar o mestrado. Para continuar sendo sustentada pelo pai. Só quer salvar o próprio rabo."

"Dean, você não pode falar dela assim, principalmente na frente do Stafford." Frances solta um suspiro. "Não gosto da ideia de perder você por um semestre inteiro, mas é melhor manter distância da universidade. Quando eu disse que era para sua proteção também, estava falando sério. Pode entrar com um pedido de licença para pesquisa, por favor?"

Dou aula em universidades há dezessete anos, primeiro como assistente, depois como professor. O único ano que passei afastado da sala de aula foi quando meu avô adoeceu. Detesto não ter a rotina e a familiaridade do ambiente acadêmico na minha vida. Quando Liv e eu ficamos separados, passei boa parte do tempo na universidade, porque era o único lugar em que eu sentia que sabia o que estava fazendo.

Liv.

Sinto um aperto no coração. "Frances, se eu não puder trabalhar agora, vou acabar enlouquecendo, porra."

"Você não tem escolha, Dean. Está suspenso da King's até segunda ordem."

"Você não tem essa autonomia para me banir."

"Quer mesmo levar o caso ao conselho diretor?"

Esfrego as mãos no rosto, me sentindo impotente e furioso.

"Espero seu pedido de licença até o fim do dia." Frances vai até a porta. "Vai vigorar a partir de segunda-feira, primeiro dia do semestre letivo." Ela faz uma pausa. "Sinto muito, Dean, mas você precisa deixar o processo se desenrolar, o que significa manter distância para não se comprometer ainda mais."

Ouço seus passos se afastando no corredor. Tomo a direção oposta, para minha sala. Sem pensar muito, me sento à mesa e escrevo um pedido formal de licença para Frances e o conselho diretor, para realizar uma "pesquisa urgente e não programada dentro do escopo da bolsa de estudos recebida do IPH".

Envio o e-mail para o conselho diretor, para o reitor, para Frances e para Stafford, depois imprimo para assinar e datar. Levo as cópias para Grace, assistente administrativa, que me garante que vai encaminhá-las imediatamente.

Volto à sala e escrevo um e-mail a meus orientandos explicando que vou estar fora do campus neste semestre, mas que me mantenho disponível para sanar dúvidas e passar orientações por e-mail ou telefone. Em uma atitude inútil de desafio, não copio Frances ou Stafford.

Pego alguns livros das prateleiras e enfio junto com um monte de papéis, além de separar algumas outras coisas para pegar no fim de semana. Mando um e-mail para Liv avisando que vou trabalhar até mais tarde.

Mas só porque preciso descobrir como contar tudo a ela.

Aproveito para fazer algumas coisas, como organizar os currículos que vou ter que passar para outro professor. Às sete e meia, desligo o computador e vou para a academia. Corro alguns quilômetros na pista coberta, levanto pesos e acerto o saco de pancadas como se estivesse em uma luta de verdade.

Quando paro para pegar água, Kelsey está à minha espera nos bancos, com os braços cruzados e os olhos apertados.

É exatamente do que eu não preciso. Outra pessoa para me dizer o que fazer e o que não fazer.

"O que aconteceu?", ela pergunta.

"Do que está falando?"

"Quando vi Liv no outro dia, ela parecia pálida como uma donzela de um drama vitoriano que acabou de ter o coração partido."

Puta merda. Não quero isso.

"Vocês estão com problemas de novo?", Kelsey pergunta.

Fico olhando para ela por um bom tempo. Estou exausto demais para oferecer resistência. Por um lado desejo ceder e confessar tudo, só para tirar isso de dentro de mim. Mas não posso, nem mesmo para ela.

"Kelsey..."

Ela pisca algumas vezes por trás dos óculos, com preocupação estampada nos olhos azuis — como se soubesse que é uma situação ainda pior do que quando Liv e eu ficamos separados.

"Dean?" Ela me segura pelo pulso. "O que aconteceu?"

“É...” Não sei nem o que dizer. “Você sabe que eu te adoro, certo?”

“É melhor que me adore mesmo, considerando a quantidade de merda que já tive que suportar por sua causa”, ela responde acidamente.

“Mas não posso falar sobre o que está acontecendo.” Puxo meu braço de volta. “Sério.”

Kelsey fica me encarando. Seus olhos perdem um pouco da vivacidade. Ela dá um passo atrás.

“Certo, professor Maravilha.” Kelsey aponta com o polegar para o outro lado da academia. “Vamos lá para a quadra para eu acabar com você no squash.”

Jogamos duas partidas, então eu recuso a oferta de uma terceira e vou para o vestiário. Tomo um banho, visto uma calça jeans e um moletom e vou para casa.

É uma noite fria, e as calçadas estão cobertas de gelo. Entro no apartamento e deixo minha pasta e meu casaco na entrada.

Só tem um abajur aceso na sala. Liv está acomodada na poltrona, com as pernas enfiadas debaixo de sua velha colcha e um caderno aberto no colo. Está usando um moletom meu dos San Francisco Giants, com as mangas arregaçadas até acima dos cotovelos. A luz reflete em seus cabelos compridos. Ela me abre um sorriso que faz meu coração se acelerar.

Eu a amo. E como...

“Olha você aí.” Liv põe o caderno no sofá. “Estava ficando preocupada.”

“Desculpa. Tinha um monte de coisas para fazer, depois fui à academia.” Vou até ela. “Pensei que fosse estar dormindo.”

“Preferi esperar você.” Liv aponta para a mesinha de centro.

Tem um bolo de chocolate, dois pratos e dois garfos ali.

Fico sem reação. “É meu aniversário?”

“Desde a meia-noite passada.” O sorriso dela fica mais largo. “Queria dar parabéns de manhã cedo, mas você já tinha saído quando acordei. Então esperei para falar pessoalmente.”

Eu me jogo no sofá. “Obrigado por lembrar.”

“Outro dia a gente sai para jantar e comemorar.” Liv abre um pacote de velinhas e põe algumas no bolo. “Sei que você anda ocupado, então talvez no fim de semana.”

“Foi você que fez o bolo?”

"Sim. Chocolate com recheio de ganache e creme de laranja."

"Uau. Coisa fina."

"Você merece o melhor." Liv acende as velinhas, e o fogo lança um brilho avermelhado sobre seu lindo rosto. Ela empurra o bolo na minha direção. "Faz um pedido."

Obedeço sem pensar, e o pedido vem do fundo do meu coração.

Eu me inclino para a frente e sopro as velinhas. Liv corta duas fatias de bolo e põe nos pratos, então me entrega um e se recosta na poltrona com o outro.

Experimento. "Está incrível."

"Nada mau, né?"

Comemos em silêncio por um momento. Liv lambe a cobertura que grudou no dedo.

"Como foi a reunião?", ela pergunta.

"Nada bem." Não consigo nem olhá-la. Sua tristeza ao saber me atinge como uma punhalada.

"Quer conversar a respeito?"

"Mais tarde. Me conta como foi seu dia."

"Trabalhei na biblioteca e ajudei Allie a planejar um evento de caça ao tesouro, que vai ser depois da festa da Fantástica Fábrica de Chocolate." O divertimento na voz dela é perceptível. "Allie acha que pode atrair legiões de clientes com moedinhas de chocolate."

"Talvez esteja certa."

"Uma coisa eu preciso admitir: ela nunca desiste."

Liv deixa seu prato na mesa, pega a colcha e volta para o sofá, onde se aninha junto a mim.

Deixo o prato de lado para abraçá-la. "Estava uma delícia. Obrigado."

"De nada." Ela cobre nossas pernas.

Liv tem essa colcha de retalhos desde que a conheço, mas agora me dou conta de que não sei de onde veio. É uma peça desbotada e velha, com retângulos azuis, verdes e roxos. As extremidades estão esgarçadas, e algumas costuras se soltaram.

"Onde foi que você conseguiu isto?", pergunto.

"Nunca contei?" Liv começa a puxar um fio solto. "Da segunda vez que fui para Twelve Oaks, eu e outra garota visitamos uns antiquários perto da praia. Comprei em um deles. O vendedor falou que foi feita à mão, mas, considerando o estado da peça, não sei. Esse tipo de trabalho dura para sempre. Mas ela é quentinha, e é uma lembrança de Twelve Oaks."

"Você pensa em voltar para lá?"

"Por que voltaria, se tenho você?"

"Para visitar."

"Não. Adorei ficar lá, mas agora estou em outro momento da minha vida. Twelve Oaks é como um lugar mágico, mas não exatamente um lar."

Ela sobe a colcha até o peito. Seu caderno cai no chão. Estendo a mão para pegá-lo e vejo que está escrito "manifesto da Liv" na capa.

"O que é isto?"

"Hã? Ah, uma coisa que comecei umas semanas atrás."

"Posso ver?"

"Claro."

Abro o caderno e o folheio.

Vou confiar nos meus instintos... Vou descobrir o que fiz de errado... Vou descobrir em que sou boa... Vou comprar um gorro de bebê... Vou defender você, mesmo se estiver com medo...

Fecho o caderno e sinto minha garganta fechar também.

"São só umas promessas que fiz a mim mesma." Liv pega o manifesto de volta. "Enfim, coisas para o futuro."

Vou descobrir em que sou boa.

Conheço as inseguranças da minha mulher. Seus motivos. *Sei* que vive se perguntando o que teria feito se não tivesse casado.

Liv pega os pratos e leva para a cozinha. Quando volta, para ao lado da mesinha e fica me olhando.

"Você já pode falar sobre a reunião?", ela pergunta.

Tudo o que aconteceu volta à minha mente. Liv só queria ter uma vida normal e feliz. Só queria se sentir segura. Eu tinha certeza absoluta de que poderia proporcionar isso a ela. Mas só coloco mais medo e insegurança em sua vida.

Ela já duvidou de si mesma e de mim. Questionou nosso casamento. Encontrou em outro algo que eu não estava proporcionando.

Isso ainda ressoa na minha mente. O que aquele desgraçado tinha para oferecer a ela? Onde foi que eu errei?

"Dean, não faz isso."

Por um instante, chego a pensar que ela leu meus pensamentos.

"Não se isola", Liv pede. "Por favor. De novo, não."

"Fui suspenso da universidade."

"Quê?"

"Não oficialmente. Pelo menos não ainda." Esfrego a nuca. "Mas não posso lecionar nem aparecer no campus, porque vão começar uma investigação. Frances me falou que ou eu pedia uma licença ou seria suspenso. Preferi a licença."

"Ah, Dean." Ela se senta na beirada da poltrona. "Como puderam fazer uma coisa dessas com você?"

"Disseram que é a política da universidade. Mas sei que é porque o caso envolve os Hamilton."

"E seus alunos?"

"Um substituto vai ser contratado para dar minhas aulas. E vou manter contato com meus orientandos por e-mail."

"Sinto muito."

"Estava na hora de começar a trabalhar no meu livro mesmo. E preciso terminar de organizar o congresso. Além de ver os programas da tarde na tevê, claro."

"Quanto tempo você vai ter que ficar fora?"

"Pelo menos um semestre. Ou quanto tempo durar a investigação. Era para demorar só um mês ou dois, mas, com Edward Hamilton envolvido, a coisa pode se arrastar." Balanço negativamente a cabeça. "Stafford vai falar com Maggie daqui a duas semanas. Ela pode alegar o que quiser."

"Ai, não."

"Eu deveria ter me prevenido quanto a isso, principalmente depois do que a Maggie falou para você. Helen disse que..."

Eu me interrompo. "Helen?"

Merda.

"Quando foi que vocês conversaram sobre isso?", Liv pergunta.

"Depois de receber o e-mail da Frances."

"E você contou para *ela*? Antes de falar comigo?"

Deus do céu. Não aguento mais magoar minha mulher.

"Você estava grávida, Liv. Eu não podia falar nada antes de descobrir o que estava acontecendo de verdade."

"Você não podia me contar porque eu estava grávida?" Ela me lança um olhar incrédulo. "Mas podia contar pra sua ex? Como assim?"

"Helen também é acadêmica. Ela conhece o ambiente universitário..."

"E eu não. Sou a mulherzinha frágil que você precisa proteger das más notícias."

"Não foi isso que eu quis dizer."

"E o que foi então?", ela esbraveja. "Você disse que as coisas ficaram feias com Helen, que não falou com ela depois do divórcio. Sei que acertaram as pontas quando a gente estava na Califórnia, mas daí a falar com ela antes de falar comigo..."

Não tenho como explicar isso de outra forma que não pelo meu medo de perdê-la.

"Desculpa. Eu só estava tentando..."

"Me proteger", Liv interrompe. "E deu certo?"

"Nunca vou parar de tentar, Liv. Não consigo."

Ela respira fundo, e sua expressão parece tão... tão *triste*, que sinto tudo dentro de mim doer.

"Dean..."

"Por favor, Liv. Por favor, não faz isso. Me desculpa. Se você chorar, vou enlouquecer. Vem cá. Por favor."

Por um instante que me parece eterno, ela não se move. Em seguida senta ao meu lado e põe a mão sobre a minha. Sinto a cicatriz em sua palma.

Por um bom tempo, ficamos sentados assim, olhando através da janela para as luzes da Avalon Street e para a superfície escura do lago mais adiante.

20

OLIVIA

12 DE FEVEREIRO

"Dean, parece que você ainda alimenta uma boa dose de culpa pelo que aconteceu com Liv." A dra. Gale o observa enquanto fala. "Principalmente em relação a circunstâncias que estão fora de seu controle, como a perda do bebê."

Ele não responde. Está tão tenso que seus dentes se mantêm cerrados.

"E vejo que sente raiva por causa de coisas que aconteceram com Liv antes de vocês se conhecerem", a dra. Gale continua, com um tom de voz suave. "Como a relação dela com a mãe e os abusos que sofreu. Sobre a maneira como era tratada em geral."

Dean desvia o olhar para a janela. Está com os braços cruzados, apertando os bíceps.

Respiro fundo e solto o ar lentamente, me segurando para não responder só para quebrar o silêncio. É nossa segunda sessão com a terapeuta que minha psicóloga anterior recomendou. Gostei dela — tem um estilo meio alternativo, com seus cabelos cacheados, suas saias largas e seu consultório cheio de plantas, iluminação discreta e mobília confortável. Há um pequeno jardim de pedras no canto da sala.

Mas a atmosfera zen não ajuda meu marido a ficar à vontade.

"Dean?", a dra. Gale chama sua atenção. "O que acha do que falei?"

"Acho que você tem razão", ele diz, com um tom de voz tenso.

"Precisamos examinar como sua raiva e sua culpa estão afetando o relacionamento de vocês", ela continua, então olha para mim. "Como você se sente a respeito, Liv?"

Triste. E culpada.

Se eu admitir isso, sei que Dean vai ficar ainda mais chateado. Mas, se não falar, vamos continuar presos na dolorosa bolha de segredos que achamos que nos protege.

"Liv?" A dra. Gale ainda está me olhando.

Aperto as mãos. Dean e eu estamos sentados no mesmo sofá, mas a distância entre nós parece vasta como o oceano.

"Não quero que ele sinta raiva", digo por fim.

"A questão não é o que você *não quer*", a dra. Gale me diz, "e sim *como se sente.*"

Dean solta um ruído impaciente. Tento me concentrar na terapeuta.

"Eu sinto... sinto que é por culpa minha que ele está assim", admito.

"Não é culpa sua", Dean me fala.

Sei que não é verdade. Começo a mexer na barra da saia, incomodada com a ideia de que meu marido ainda me veja como a boa moça sem culpa nenhuma na vida. Que não me considera responsável por minhas ações.

"Dean, você pode me dizer do que gostou em Liv quando se conheceram?", a dra. Gale pergunta.

Ele a encara, um tanto surpreso. "Gostei de tudo nela."

"Pode ser mais específico?"

"Liv é determinada, bonita, inteligente, meio tímida e..." Ele se interrompe.

"Um labirinto", complemento.

"Um labirinto", repete a dra. Gale.

"Ele sabia que ia ter trabalho para chegar até mim, e gostou do desafio."

A terapeuta se volta para Dean. "Isso é verdade?"

"Em certo sentido, sim."

"Então como se sentiu quando conheceu a verdadeira Liv? Quando chegou ao centro do labirinto, por assim dizer?"

Ele olha para a janela outra vez. "Não quis mais sair dele."

Ficamos em silêncio por um instante. Sinto um nó na garganta. A dra. Gale abre um sorriso para mim.

"E você, Liv?", ela pergunta. "Do que gostou em Dean quando se conheceram?"

"Confiei nele por instinto. Gostei de ver sua força e segurança. E da maneira como me senti. Achei que era capaz de me proteger de qualquer coisa."

"E como seus sentimentos por ele evoluíram durante o casamento?"

"Só se fortaleceram, mas..."

"Mas?", incentiva a dra. Gale.

"Mas às vezes parece que ele é forte demais, protetor demais. Foi por isso que não quis que eu fosse à Califórnia. Por isso só me contou sobre o problema na universidade quando não tinha mais como esconder. Ele não me deixa ficar sabendo das coisas ruins porque não quer que eu sofra."

"Qual é sua opinião sobre o que Liv acabou de dizer, Dean?"

"Acho que ela está certa", ele responde simplesmente.

"Pelo que estou ouvindo de Liv, ela não acha que seja sempre tratada como uma parceira", a terapeuta comenta com um tom de voz gentil. "Parece que esse seu lado superprotetor impede que se estabeleça uma cumplicidade que deveria existir naturalmente entre marido e mulher."

"Não é só ele." Não gosto da implicação de que não tenho nenhuma responsabilidade por isso também. "Deixei que as coisas chegassem a esse pé. Ninguém nunca tinha me protegido antes, e adorei que ele fizesse isso. Que fosse *capaz* de fazer. Nós... nosso casamento era como uma fortaleza. Achava que nada conseguiria nos atingir. Mas..."

"Mas..."

"Mas nós... acabamos magoando um ao outro." Essa confissão me dói na alma.

Dean está todo tenso. Sinto vontade de segurar sua mão, seu braço, *alguma coisa*. Meus dedos estão cravados nas palmas das mãos. Uma pontada de dor me lembra do que aconteceu no fim do ano passado e ainda não foi totalmente resolvido.

"Certo." Sentindo a tensão no ar, a dra. Gale olha para suas anotações. "Então, por um bom tempo, o casamento foi um porto seguro para os dois. O que mais tinha de bom nele?"

Eu me remexo no assento, envergonhada, mas logo admito:

"O sexo."

"E continua sendo bom?"

"Ótimo." Meu rosto fica vermelho. Arrisco uma olhada para Dean. Ele ainda está olhando pela janela com uma expressão indecifrável.

"Dean?", chama a dra. Gale.

"É verdade", ele diz.

"Então vocês sempre conseguiram estabelecer uma conexão no nível sexual."

Confirmo com a cabeça. "Sempre."

"Talvez isso seja parte do problema", ela especula. "Vocês podem estar usando uma vida sexual intensa como substituta para uma proximidade maior em termos emocionais e intelectuais."

"Que absurdo", ele murmura.

"Dean..."

"O quê, Liv?" Ele se vira para mim, com o rosto crispado de irritação. "Acha que porque a gente se dá bem na cama não tem 'conexão emocional'?"

Fico ainda mais vermelha. "Não, mas pode ser que a gente use o sexo para não ter que lidar com as coisas."

"Que coisas?", ele pergunta.

"Como sentir culpa e raiva quando coisas ruins acontecem. Ou ainda não ter conseguido conversar de verdade sobre o que aconteceu no fim do ano passado."

"A gente não teve tempo, Liv! Teve a viagem para a Califórnia e..."

"Mas a gente teve tempo de sobra para transar, né? Para isso nunca falta tempo." Sinto um estalo na minha cabeça. Uma onda de intensidade me domina. "Acho que o sexo é uma coisa que você pode controlar", continuo. "Quando o assunto é esse, você está sempre no comando. Sabe o que e quando fazer... Sabe como... orquestrar o meu prazer e o seu... me deixa tão louca de vontade que me esqueço de tudo."

"E por que isso é um problema?", ele retruca.

"Porque *o resto* é importante também! E você não pode controlar tudo, por mais que queira. Não tem como impedir que as coisas aconteçam."

"Eu poderia ter impedido a gravidez não planejada", ele rebate.

"Então continua achando que teve culpa?"

"Eu não usei camisinha! Você engravidou, estava cheia de dúvidas, sofreu um aborto... de quem foi a culpa, se não foi minha?"

"Também faço parte deste casamento, Dean! Você não transa com uma boneca inflável quando a gente vai para a cama... Pode até ser bom de cama porque controla tudo, mas é bom que saiba que não está só *me* comendo, está transando *comigo*."

"Acha que não sei disso?"

"Acho que você não quer admitir que tenho uma parcela igual de responsabilidade por tudo o que acontece no nosso casamento, tanto as coisas boas como as ruins." Um tremor me atravessa. "Se admitir isso, vai precisar aceitar que também tenho culpa."

"Nada disso foi culpa sua", Dean murmura.

"Se eu beijei outro homem, a culpa foi minha." Quase faço uma careta ao dizer isso.

Uma onda de raiva irradia do corpo de Dean. Meu coração dispara. A dra. Gale pisca algumas vezes.

"Precisamos falar sobre isso, Liv", ela sugere em um tom gentil. "Quando foi que aconteceu?"

Antes que eu possa responder, Dean levanta do sofá e vai até a porta.

"Dean..."

Ele sai e bate a porta. Lanço um olhar de desculpas para a dra. Gale, pego meu casaco e minha bolsa e vou atrás dele.

"Dean!"

Ele está na metade do estacionamento quando consigo alcançá-lo e segurá-lo pelo braço. Dean se desvencilha de mim e continua pisando forte, amassando a neve e o gelo com as botas.

"Dean, por favor." Detenho o passo, vendo suas costas largas se afastarem em longas passadas, seu corpo todo rígido de fúria.

Ele para ao lado do carro. Eu o alcanço. Um vento gelado faz seus cabelos voarem. Dean os afasta do rosto e vira para mim. Seus olhos estão sérios e amedrontadores.

"Que foi, Liv?" Ele abre as mãos trêmulas. "O que quer de mim agora?"

"Não sei! Estou tentando descobrir. É por isso que você precisa voltar lá para dentro e falar comigo."

"Não quero fazer isso na frente dela", ele esbraveja.

Minha respiração se condensa em vapor assim que sai da boca. Dean não abotoou o casaco, e as lapelas estão tremulando ao vento. Ele deve estar morrendo de frio.

"Então vamos conversar em casa", peço. "Por favor."

Ele não responde, mas vai até a porta do passageiro e a abre para mim. Em seguida se acomoda atrás do volante. Ficamos os dois em silêncio em todo o trajeto até a Avalon Street. Sua frustração e sua raiva são perceptíveis.

De repente me vem uma lembrança do nosso primeiro encontro. De Dean agachado na calçada, roçando minha manga. Parado na rua com as mãos nos bolsos, todo tranquilo e confiante. Da brisa sacudindo seus cabelos grossos, de seu sorriso fácil, sincero, arrebatador.

Nem me lembro mais de quando foi a última vez que o vi sorrir.

Dean põe a mão nas minhas costas para me orientar em meio às poças de gelo na calçada em frente ao apartamento. Ao entrar, penduramos os casacos e vou aumentar a temperatura do termostato. Observo meu marido enquanto vai até a janela. Ele tira um barbante do bolso.

Sinto uma ternura me invadir. Só o professor Dean West para se distrair fazendo padrões complicados com barbante. Depois de algumas torções, ele desfaz a figura e enrola o barbante nos dedos.

"Eu nunca..." Dean balança negativamente a cabeça. "Nunca considerei você *inferior*."

"Sei que não."

Enxugo uma lágrima que me escapa. Não pensei mais em Tyler Wilkes, meu antigo professor de culinária, o homem que cometi o erro de beijar perto do Natal do ano passado. Mas agora estou pensando. Não em termos românticos, e sim porque finalmente entendi o motivo de ter me sentido atraída por ele mesmo sabendo que Dean é o homem da minha vida.

Tyler me viu como alguém capaz quando nem eu mesma me via assim. Tudo bem que era só assar um suflê, e não escalar o Everest, mas ele queria que eu tentasse, fracassasse, tentasse de novo e fracassasse de novo, até conseguir. Ele não tentou me proteger da decepção porque queria que *eu* me considerasse capaz também. E me provou isso em um momento em que estava em dúvida quanto a tudo o mais na minha vida.

Dean sempre me amou, me apoiou, procurou me proteger. Mas nunca me desafiou a me valer apenas de mim mesma.

"Você sempre quis me dar a segurança que nunca tive", digo a ele. "Mas a vida tem seus riscos, por mais que deseje me manter segura."

Ele não responde.

"Dean, eu... eu passei muito tempo fazendo só o que minha mãe mandava." Preciso me esforçar para tirar as palavras de dentro do peito. "Ficando quieta, tentando cooperar. Quando fui embora, pensei que finalmente ia poder me virar sozinha. Mas morar com Stella e Henry foi uma experiência dura. E, apesar de eu ter me saído bem na escola, o que aconteceu em Fieldbrook..."

Consigo sentir a raiva que domina Dean. Evito olhá-lo. Uma reminiscência dolorosa ameaça ter início. Eu a interrompo e respiro fundo.

"Gastei muita energia tentando lidar com aquilo", continuo, enxugando as mãos suadas na saia. "Tentando esquecer. Tentando parar de me culpar. Quando conheci você, ainda estava tentando descobrir o que queria ser. O que *conseguia* ser."

Levanto a cabeça para encará-lo. Dean me observa com uma expressão indecifrável e uma postura tensa.

"Você me mostrou uma grande parte disso", explico. "Muito mais do que eu poderia imaginar. Me mostrou como ser livre, e como é se sentir segura, querida e amada. Me mostrou como *amar*. Como não ter medo. Como lutar pelo que quero. E o que eu mais queria era você."

Os olhos dele brilham. Levo a mão ao peito dolorido.

"Aí, quando... quando as coisas ficaram confusas entre nós, recorri a outro homem." Limpo mais uma lágrima, engolindo a bile com a culpa. "Foi como... como se eu não soubesse o que fazer sem você. Se o problema fosse com outra pessoa, você resolveria. Sempre foi forte, protetor e... *disponível*."

Respiro fundo. "Mas você não estava disponível, Dean, porque o problema era entre *nós*. E eu não sabia resolver sozinha, então... enfim. Aí teve a gravidez... eu estava insegura, mas queria descobrir como ser uma boa mãe. Pensei que sim, que ia ser outra maneira de provar meu valor, mas então... com o aborto..."

"E eu não estava disponível." A voz dele sai tensa. "De novo."

"Você não estava lá porque não podia! E não conseguiria fazer nada para evitar. Não foi culpa sua."

"Então por que isso está acabando com a gente de novo? O que eu falei em dezembro continua valendo. Não sei o que não estou conseguindo dar a você."

"Você precisa me deixar quebrar a cara, Dean, e acreditar que vou conseguir me levantar sozinha."

"Eu *sei* que você consegue."

Meu coração fica apertado. "Mas precisa me deixar provar. Tem que aceitar o fato de que vou me dar mal, mas também vou dar um jeito. Não pode me salvar sempre."

"Não. Não posso mesmo."

É a primeira vez que ele admite isso. Não consigo nem imaginar o quanto lhe custou.

Um longo silêncio se estabelece, cercado de um mau pressentimento doloroso. Não sei como prosseguir. Não sei o que vai acontecer conosco, com ele, com nossa vida.

O fato de Dean ter sido suspenso é péssimo. Ele vai ficar maluco sem poder dar aula, principalmente com uma investigação acontecendo nos bastidores. Vai se sentir encurralado, indefeso, como um tigre furioso trancado em uma jaula.

E, se cruzar com seus alunos e colegas professores, vão enchê-lo de perguntas. Se a acusação de Maggie acabar no jornal da universidade, Dean não vai poder nem se defender...

Sinto uma vertigem repentina. Meu coração está batendo depressa demais.

Para interromper meus pensamentos, pego o celular na bolsa e abro o e-mail. Encontro uma mensagem de Simon Fletcher com cópia para mim.

Dean,

A equipe de Cambridge vai chegar em breve e pediu uma verba extra para contratar você como consultor. O plano é começar em fevereiro e seguir até o verão. Todo mundo quer te rever, e você poderia aproveitar para dar um jeito na sua pronúncia horrenda do italiano.

Contei que James Fenton, da Universidade de Glasgow, está aqui? Ele disse que perdeu uma aposta e está te devendo uma cerveja. Os apartamentos disponíveis são bem simples, mas confortáveis. O tempo está bom. O vi-

nho e a comida são excelentes. É uma boa folga desse gelo que é o Meio-Oeste, e você precisa conhecer o dr. Billings. Tome as providências logo para sabermos quando chega.

SF

Leio o e-mail duas vezes, sentindo uma coisa estranha por dentro. Um florescer repentino, como um pontinho verde brotando de uma terra árida.

"Simon." Olho para Dean.

Ele está me observando, e sua expressão de repente se torna cautelosa. Eu me esforço para dizer a única coisa possível neste momento. A única solução.

"Quero que vá para Altopascio."

"Não."

Na minha vida toda, nunca tive muita certeza de nada. Sempre senti que estava pisando em solo instável. Sempre tive dificuldade em plantar os pés no chão com firmeza, em saber que direção seguir. Sempre questionei tudo — minha mãe, eu mesma, minhas escolhas, minhas decisões.

Mas Dean eu saquei direitinho. Desde o começo, soube que podia confiar nele, que tínhamos sido feitos um para o outro, que nosso amor brilharia com a intensidade das estrelas, por mais escura que a noite se tornasse.

E ainda estou certa disso.

"Quero que você vá." Minha voz sai mais forte, mais resoluta.

"Não vou abandonar você, Liv."

"Não vai mesmo." Vou até ele, estendendo a mão para tocar seu peito. Seu coração bate forte. "Mas você precisa se recuperar, e a única maneira de fazer isso é se afastando. Não pode continuar em Mirror Lake. Não pode ficar perto da universidade. Nem de mim."

"Liv, você acabou de perder um bebê!" Ele se afasta, contrariado.

"A dra. Nolan disse que está tudo bem."

"Tudo bem coisa nenhuma." Os olhos dele assumem um brilho desafiador. "Não vou deixar você sozinha. Sem chance."

Minha cabeça está a mil, meus pensamentos se atropelam, centrados em torno de uma convicção cada vez maior de que é disso que nós dois precisamos.

"Dean, lembra a viagem que a gente fez para ver as borboletas em Pacific Grove, quando elas estavam voltando do México depois do inverno? Todos aqueles eucaliptos com pontinhos cor de laranja, parecendo janelinhas de vidro colorido. Uma delas até pousou no seu ombro."

"Lembro."

"E lembra que o guia turístico disse que os cientistas não sabiam exatamente por que tantas gerações de borboletas voltavam ao mesmo lugar todos os anos?"

"Lembro."

"Acho que é porque sabem seu lugar por instinto."

"Eu também. E o meu é com você. Não do outro lado do oceano."

"As borboletas migram para sobreviver", digo. "Precisam fugir do frio. Precisam de alimento. E, quando o pior passa, voltam para casa."

"Não vou abandonar você."

Respiro fundo e procuro forças para continuar. "Dean, não estou *pedindo* que você vá."

"Então o quê?"

"Estou mandando."

Ele fica imóvel e me encara.

"Conheço você", continuo. "Quer se defender, limpar seu nome, provar que Maggie está mentindo. Acha que precisa entrar em ação. Quer mergulhar no trabalho, contratar advogados, voltar para a sala de aula, organizar o congresso... e ainda se preocupar comigo e com nosso casamento. Enquanto isso, não vai admitir que está sofrendo. Não vai nem perceber que precisa tirar um tempo. E que não pode fazer isso se todos os dias estiver diante de algo que considera um fracasso. Você não pode continuar aqui. Simplesmente não pode."

Ele só fica me olhando. Quase dá para sentir os músculos de seu corpo se contraindo para se proteger das minhas palavras.

"Quero que faça isso", digo. "É necessário."

Agora sei disso — ele precisa ir para um sítio arqueológico, desenterrar tesouros e relíquias. Precisa participar de discussões com outros professores sobre a cultura material da Idade Média. Precisa rever velhos amigos, beber bons vinhos, visitar os museus de Florença, comer peixes saborosos. Precisa lembrar que a vida pode ser ao mesmo tempo transitória e marcada por coisas permanentes.

"Só se você for comigo", ele argumenta.

Por um instante, imagino nós dois fugindo juntos para a Itália. Mas então faço que não com a cabeça.

"Já defini meus turnos na livraria até o fim do mês. Vou trabalhar dez horas por semana no museu para ajudar a organizar uma exposição, e já me comprometi em ir à biblioteca todas as terças e quintas de manhã. Tirei duas semanas de folga de tudo isso para ir à Califórnia. Não posso sair agora. Tem gente contando comigo." Sinto prazer em dizer, então repito: "Tem gente contando comigo".

Olho para o celular e começo a digitar uma resposta. É uma tática arriscada, mas tenho um marido teimoso e superprotetor a enfrentar. A única coisa que posso fazer é apelar para sua reputação profissional e sua carreira, que estão ambas em sério perigo.

"O que está fazendo?", Dean pergunta.

"Estou mandando um e-mail para Simon dizendo que você aceita. Ele vai avisar a equipe e estarão todos à sua espera. O pessoal de Cambridge já pediu a verba. Não pode deixar os caras na mão."

"Liv..."

"Se não for, você vai ficar aqui esquentando a cabeça e resmungando, detestando cada minuto sem poder ir à universidade. Vai odiar tanto a situação que pode acabar piorando as coisas." Termino de digitar a mensagem para Simon. "Ou então você pode ir para a Itália, Dean, reencontrar amigos e fazer aquilo que ama. Você precisa disso. E precisa se afastar."

Olho bem para ele e sinto uma dor me invadir. Meu marido lindo e forte está imóvel, com os ombros caídos, o rosto pálido e a boca franzida. Meus olhos se enchem de lágrimas.

"Não posso abandonar você", ele diz, com uma voz oca.

"Você não vai me abandonar." Nesse momento me passa pela cabeça que, quando ele for, vou estar sozinha. "Tenho coisas para fazer também, Dean. Vou ajudar Allie a arrumar uma maneira de salvar a livraria. Vou sair com Kelsey para beber até começar a embaralhar as letras. Vou pensar em você e sentir saudades suas. Vamos conversar com a certeza de que estamos fazendo a coisa certa."

O silêncio cai sobre a sala, reverberando a verdade da qual me dei conta e que Dean ainda se recusa a reconhecer. Nossa relação e nosso amor nunca vão ser perfeitos. Mas sempre serão só nossos, em toda a sua beleza intensa e imperfeita. A perfeição em forma de imperfeição.

"Me beija", murmuro.

A expressão dele se atenua. Dean atravessa a sala e segura meu rosto, inclinando minha cabeça no ângulo exato antes de colar seus lábios nos meus. Fecho os olhos e me deixo levar pela sensação e pelo gosto do meu marido, sentindo o calor de seu corpo aplacar o frio que tinha se instalado em minha barriga. Levo a mão ao seu rosto e abro a boca junto à dele.

E assim voltamos a ser *nós*, com nosso jeito familiar e delicioso de ficar juntos, sua língua deslizando pela minha, sua maneira gostosa de beijar meu lábio inferior. Eu o sinto como uma parte de mim, seu coração em sincronia com o meu, sua alma contemplando tudo o que fomos e ainda vamos ser.

Levo minha mão à sua nuca, puxando-o para mim, com a *certeza* de que somos um só, de que as diferenças e dificuldades que enfrentamos nunca vão ter força para destruir nossa essência.

Dean ergue a cabeça, apoiando a mão na lateral do meu pescoço.

"No semestre seguinte ao que a gente se conheceu..." Ele passa o polegar nos meus lábios e se afasta de mim. "Depois de entender que queria estar com você, que queria saber tudo a seu respeito... dei um curso de cosmologia medieval."

"Eu lembro." Limpo os olhos cheios de lágrimas com a manga.

Surge na minha mente uma imagem de Dean esparramado no velho sofá do apartamento em que morava. De jeans e camiseta, sua vestimenta-padrão nos longos fins de semana em que nos isolávamos do mundo para trabalhar, estudar, jogar e fazer amor. Lendo um livro sobre poesia medieval, com os óculos de leitura contrastando com os cabelos longos e ondulados e a barba por fazer.

Eu estava sentada diante dele, escrevendo um trabalho sobre preservação digital. Pensei que estávamos os dois compenetrados na leitura, mas quando arrisquei uma olhada para Dean do outro lado da mesinha de centro deparei com um olhar intenso que acendeu meu corpo todo.

Sem dizermos nada, tínhamos deixado os livros e os papéis de lado. Ele estendeu os braços. Com um sorriso, fiquei de pé e fui até o sofá. Nossas bocas se juntaram em um beijo quente e profundo.

O êxtase se seguiu. Puro e cru.

"Você... você ia falar sobre constelações, acho." Eu me seguro no encosto da cadeira. "E astronomia..."

"A música das esferas." Dean tira o barbante do bolso e começa a emaranhá-lo nos dedos. "Era parte do currículo. Tinha como base a descoberta de Pitágoras de que um pedaço de barbante era capaz de produzir o tom de uma nota musical. Na Idade Média acreditavam que os planetas e as estrelas estavam distribuídos em esferas concêntricas que giravam em torno da Terra em proporções harmônicas. Cada esfera produzia uma nota musical, e a movimentação de todas produzia uma espécie de sinfonia mística."

"É um conceito lindo."

"Sei que não sou muito romântico." Ele me olha. "Mas, naquele semestre, fui obrigado a admitir que não era só coincidência."

"O quê?"

"O fato de que eu estava estudando a harmonia perfeita das estrelas e dos planetas no momento exato em que me apaixonei por você."

Fico só olhando para ele. Não consigo nem falar.

Até esse momento, não sabia que era possível amar meu marido ainda mais do que nos últimos cinco anos. Não sabia que esse tipo de amor existia, capaz de me partir em pedaços e ao mesmo tempo me manter inteira.

Dean contorce o barbante nos dedos mais algumas vezes. Em seguida afasta as mãos e mostra o padrão que criou.

Um coração.

Sorrio em meio às lágrimas. Por um bom tempo, ficamos só nos olhando. Mil sentimentos pairam no ar. Em vez de tristeza, minha alma se enche de amor e ternura. De esperança. De força.

A sorte favorece quem tem coragem.

"Você se transformou no meu mundo assim que pus os olhos em você, Olivia Rose." Ele interrompe a troca de olhares e põe o barbante na mesa. "Sabe disso, não?"

"Sim. E é por isso que sei que você vai fazer o que for preciso pela gente."

Caminho até ele, que também vem na minha direção. Paramos a poucos centímetros um do outro. Dean ergue a mão esquerda. Ponho a minha espalmada junto à dele. Nossas alianças fazem o familiar clique. Nossos dedos se entrelaçam.

"Vou estar aqui, Dean." Aperto com força a mão dele. "Esperando por você."

Na primeira vez que levei Dean à casa de tia Stella, era primavera. A paisagem de Wisconsin estava repleta de dentes-de-leão, folhas verdinhas e tulipas. Até a cidade de Castleford parecia mais viva, mais colorida. Agora acho que minha percepção tinha menos a ver com a estação e mais com a presença dele.

Tia Stella e Henry moravam em uma casinha de dois andares que era o oposto da mansão dos West. Ela me deu um breve abraço e encarou Dean com olhos críticos e seu rosto azedo de sempre. Henry, um homem alto e magro, apertou a mão dele e desapareceu em sua oficina na garagem.

"Sentem." Minha tia ajeitou os cabelos curtos e apontou para o sofá gasto. "Olivia, vá buscar alguma coisa para seu... convidado beber."

Abri a geladeira enferrujada e encontrei uma jarra de limonada. Depois de servir três copos, voltei para a sala, onde Dean elogiava minha tia pela decoração de tema circense.

"Alguma notícia da sua mãe?" Stella me encarou.

"Não." Entreguei um copo a ela e me sentei ao lado de Dean no sofá. "E você?"

"Recebi uma carta um mês atrás. Ela disse que estava em Nova York ou Nova Jersey. Alguma coisa do tipo."

Um nó se formou no meu peito. Apesar de tia Stella ser irmã do meu pai, minha mãe às vezes escrevia para ela. Eu não conseguia deixar de pensar que o motivo para aquilo era que Stella era sua única maneira de chegar até mim. Caso algum dia quisesse.

"Como ela está?", perguntei.

"Bem, eu acho. Morando com um mecânico ou um músico. Alguma coisa do tipo."

"Ela passou um endereço?"

"Não. Já deve ter mudado."

Provavelmente.

Meu copo estava gelado e escorregadio. Eu detestava fazer aquilo, mas era inevitável. "Ela perguntou de mim?"

Stella fez que não com a cabeça e deu um gole na limonada. Dean pôs a mão na minha perna.

"Parece que esta primavera anda quente", ele comentou. "Percebi que as tulipas lá de fora já cresceram."

Stella se animou um pouco e começou a falar sobre o jardim. Fiquei esfregando o sapato no carpete marrom, tentando não me perguntar por onde minha mãe andava. Tentando não me perguntar se pensava em mim.

Ficamos para o jantar. Dean perguntou para Stella o que ela havia colocado no bolo de carne para ficar tão suculento (o que nem de longe estava). Ele ouviu Henry falar sobre como consertar uma cerca como se fosse uma coisa interessante (não era). Perguntou se a concha que estávamos usando era de família (era).

Dean perguntou sobre a cidade, o comércio, o trabalho de eletricista de Henry e o clube de bridge de Stella. Perguntou sobre as escolas, a igreja, a última eleição estadual, a feira de produtores locais. Perguntou quanto tinha nevado no inverno anterior.

Quando voltamos ao nosso quarto no único hotel da cidade, fiquei olhando para Dean enquanto ele desabotoava a camisa.

"Te amo", falei. Foi a confissão mais fácil da minha vida.

Ele se interrompeu antes de tirar a camisa. Meu coração disparou. Por um instante que se congelou no tempo, Dean ficou só me olhando.

Então abriu um sorriso — demorado e lindo.

"Fico feliz de ouvir isso, bela. Porque também te amo."

As palavras reverberaram dentro de mim, me enchendo de luz, esperança e felicidade. Atravessei o quarto correndo para seus braços abertos. Ele me abraçou com força. Envolvi seus quadris com as pernas e baixei a cabeça para um beijo.

Te amo, te amo, te amo.

Em questão de segundos, o beijo se aprofundou e se tornou mais quente, com nossa língua se esfregando. Passei as mãos pelos seus ombros lisos, sentindo sua pele quente sobre os músculos. Sua respiração roçava em meu rosto, e ele desceu os lábios para meu pescoço. Comecei a estremecer e me contorcer.

Ele me pôs na cama, assumindo uma expressão mais séria enquanto tirava minha camisa e minha saia, depois abria o fecho frontal do sutiã.

Sem roupa, eu me sentia diferente, exposta até as profundezas da alma. Com o coração disparado, eu o observei enquanto beijava meu corpo, lambendo os bicos dos seios, deslizando as mãos pelos meus quadris, enfiando a língua no meu umbigo.

Ele meteu as mãos entre minhas coxas e as abriu.

Ergui a cabeça para olhar para ele. "Dean..."

"Calma." Então acariciou minhas coxas com movimentos suaves, como da primeira vez que fizemos amor. "Você confia em mim?"

"Claro." Eu confiava tudo a ele — meu coração, minha alma, minha vida.

"Vai ser bom", Dean prometeu.

E foi mesmo. Ele tornava tudo bom. Me acariciou por cima da calcinha, deixando o algodão úmido. Seu simples toque era tão suave, tão gostoso, que já me fez começar a remexer os quadris e ofegar. Uma sensação de urgência tomou conta de mim.

Dean foi indo mais para baixo, segurando o elástico da minha calcinha e puxando para o lado. Seu hálito quente contrastava deliciosamente com a repentina lufada de ar frio. Meus olhos se fecharam e meu corpo começou a vibrar de excitação quando ele escorregou lentamente o indicador para dentro. Em seguida, enfiou a língua em mim. Respirei fundo, erguendo o corpo com tanta força que ele precisou me segurar pelos quadris para me manter no lugar.

"Ai, nossa... Dean... *Dean*."

O prazer se despejou sobre mim como uma cascata. Estendi os braços acima da cabeça e comecei a forçar meu corpo na direção dele, tentando intensificar o toque de sua língua a cada estocada rasa.

Eu me contorci e o agarrei pelos cabelos. "Dean, por favor."

Meu apelo não foi atendido, e ele começou a fazer tudo lentamente. Era melhor que bom — era maravilhoso, uma exploração lenta do meu sexo, uma busca constante pelo arrebatamento. Ele acariciava, lambia, sugava. Eu me contorcia, arfava, gemia. Por fim, quando as convulsões me dominaram, Dean manteve minhas pernas abertas e usou a boca para arrancar todas as sensações de dentro do meu corpo.

Ofegante, eu o vi levantar e tirar a calça. Em seguida pôs a camisinha, deixando seu pau reluzente sob a luz fraca. Ele arrancou minha calcinha e a jogou no chão.

Em seguida veio para cima de mim, apoiando uma mão de cada lado da minha cabeça, me penetrando devagarinho. Seus lábios capturaram os meus, e a pressão de seu corpo fez o desejo se acender dentro de mim.

Levantei as pernas para envolver seus quadris, e nós entramos em uma sintonia de movimentos que parecia totalmente perfeita e natural. Eu não queria que acabasse nunca. Tive mais um orgasmo intenso e forte, contraindo meus músculos em torno dele e sentindo suas convulsões em resposta. Dean meteu fundo, estremecendo ao gozar tão forte quanto eu.

Dean deitou de barriga para cima e me puxou consigo. Sua respiração balançava meus cabelos. Eu me aninhei junto a ele, com o rosto apoiado em seu ombro.

E lá estava eu, deitada com o professor Dean West em um hotelzinho antigo na única cidade em que morei por mais de alguns meses... foi naquele momento que me senti em casa. Finalmente amada.

Amada.

Nunca percebi como estava desesperada por amor. Como nós dois precisávamos saber que, em um mundo feito de cantos escuros e pontas afiadas, havia um lugar onde os beijos tinham gosto de torta de maçã e as estrelas se espalhavam como açúcar no céu.

Um lugar onde ruas desconhecidas não provocavam mais medo, porque eu tinha a quem dar a mão. Um mundo em que alguém sempre provocava um friozinho na barriga e um único toque bastava para espantar a solidão. Um lugar onde cada beijo parecia o primeiro.

Naquele lugar só nosso, o amor tinha sua própria poesia e linguagem. *Encastelados atrás de muralhas e arquitetura medieval. Bem aqui. PR9199.3 R5115 Y68. Meu cavaleiro gentil. Sou sua. Me dá um beijo. Você deixa meu coração quentinho. Professor. Bela.*

O farfalhar das páginas sendo viradas enquanto a chuva batia na janela. O retorcer de um barbante em dedos compridos. A tensão se desmanchando dentro de mim e se transformando em prazer pela primeira vez na vida. Artigos sobre acervos de bibliotecas, arquitetura medieval, bancos de dados e pesquisas arqueológicas.

Fins de semana silenciosos, jogos de tabuleiro, pizzas para viagem, vasos de plantas e filmes estrangeiros tediosos. O deslizar de sua mão pela minha pele, sua voz grave sussurrando no meu ouvido. A tranquilidade no meu coração.

A forma como ele sorria para mim. O jeito como eu olhava para ele. Nossa maneira de ser nós mesmos.

Agradecimentos

Tenho uma dívida com Kelly Harms Wimmer, da Word Bird Editorial, que ofereceu comentários e sugestões que ajudaram a tornar a história de Liv e Dean melhor. Um milhão de agradecimentos a Victoria Colotta, da VMC Art & Design. Meu muito obrigada a Martha Trachtenberg, Rachel Berens-VanHeest e Arran McNicol por terem corrigido uma imensa quantidade de erros. Também preciso agradecer a Kim Killion, da Hot Damn Designs, por seu trabalho nas capas das edições anteriores, e a Cathy Yardley pelos conselhos sobre o enredo. Jen Berg, muito obrigada por sua ajuda e seu incentivo constantes, sem falar nos emojis divertidos. Michelle e Karen, da Literati Author Services, Gitte e Jenny, do Totally Booked Blog, e Aestas Book Blog, Vilma's Book Blog e Yesi Cavazos, obrigada por tudo o que fizeram por mim e por tantos outros autores. Sou extraordinariamente grata aos blogueiros e amantes dos livros que abraçaram esta série e me ajudaram a compartilhá-la com o mundo.

Fique agora com o primeiro capítulo de *Declarar*,
o terceiro livro da trilogia *Espiral do desejo*.

1

3 DE MARÇO

Mesmo a milhares de quilômetros de distância, consigo sentir meu marido. Sinto seus pensamentos roçando minha pele, as batidas de seu coração em sincronia com o meu. Eu o sinto no mundo, uma presença poderosa e inescapável que sempre vai ser minha fonte de segurança e afeto. E, por causa disso, a distância entre nós não parece tão vasta, e minha solidão não parece tão *só*.

Mirror Lake está despertando da hibernação do inverno. Adesivos de tulipas, borboletas e pássaros estampam as vitrines do comércio da Avalon Street. A superfície congelada do lago está começando a rachar, e as placas de gelo derretem sob o sol cada vez mais quente. A neve continua acumulada nas montanhas ao redor e empilhadas pelas ruas, mas a promessa da chegada da primavera está no ar.

Visto calça jeans e um casaco e prendo os cabelos em um rabo de cavalo antes de sair. Paro em um café, pego duas bebidas quentes para viagem e vou andando até a Emerald Street, onde fica a Happy Booker. Pintadas em letras garrafais na vitrine da livraria estão as palavras GRANDE LIQUIDAÇÃO DE ENCERRAMENTO.

Abro a porta, sentindo uma pontada de tristeza. Eu me ofereci para ajudar Allie a salvar a livraria: tentei pedir um empréstimo no banco para me tornar sócia da loja, mas meu pedido foi recusado. E não conseguimos gerar faturamento suficiente para pagar o aluguel depois do reajuste.

"Bem-vinda à... ah, oi, Liv." Allie fica de pé ao lado de uma pilha de livros e afasta uma mecha de cabelos ruivos da testa. Com seus vinte e sete anos de energia e determinação em estado bruto, ela não ia deixar a falência de seu negócio derrubá-la.

"Bom dia, Allie." Indico que um dos cafés é para ela e coloco a bandeja sobre o balcão. "O que eu posso fazer?"

"Ainda não mexi na parte dos infantis", ela me diz. "Os brinquedos e coisas do tipo também precisam ser encaixotados, mas vamos esperar mais uma semaninha para fazer isso. Daqui a meia hora o Brent vai passar com a picape dele para levar umas caixas."

Depois de tirar o casaco, vou até os fundos da loja, onde fica a seção infantil. A livraria vai fechar no fim do mês, e começamos a encaixotar os produtos em consignação e a liquidar o estoque restante. Pego uma planilha de inventário e começo a trabalhar.

"Ei, Liv, tem um monte de coisas para dar de brinde naquele cesto perto das vitrines", Allie avisa. "Vou deixar do lado de fora a partir de amanhã, então, se quiser alguma coisa, é melhor pegar agora. Tem um livro sobre história medieval que o professor gostosão pode gostar."

"Obrigada." Guardo alguns livros ilustrados e vou até o cesto cheio de edições econômicas.

Começo a vasculhar os volumes e separo um sobre literatura medieval, apesar de achar que Dean já tem. Acrescento mais alguns romances à pilha.

"Quando é que ele volta?", Allie pergunta.

"Ainda não sei. Essa fase do trabalho dura até o fim de julho." Tento ignorar o aperto no coração causado pela lembrança de que Dean foi embora.

Não, eu lembro a mim mesma. Ele *não foi* embora. Só está *fora*.

Ele se recusou a ir, a princípio. Parecia que nada — nem a ordem para manter distância do campus da Universidade King's, nem a ameaça à sua carreira, nem a acusação de assédio sexual por parte de uma aluna rancorosa — seria capaz de tirar meu marido do meu lado.

Depois do aborto espontâneo que sofri, Dean passou algumas semanas pairando ao meu redor, desesperado para fazer alguma coisa que amenizasse a situação. Logo percebi que essa proximidade era a maneira dele de lidar com a perda e a raiva, mas achava que um tempo longe de Mirror Lake faria bem para ele. A oportunidade de ser consultor em uma escavação arqueológica na Itália por seis meses estava à espera, mas Dean não queria aceitar, porque isso significaria ficar longe de mim.

Então, em uma tarde de fevereiro, ele foi à King's devolver alguns livros. Na biblioteca, viu Maggie Hamilton, a garota que fez a falsa acusação de assédio. Os dois não se falaram, mas Frances Hunter, diretora do departamento de história da universidade, foi até nosso apartamento nesse dia.

Frances estava abismada com a audácia de Dean de aparecer no campus durante a suspensão, ainda que ela não fosse oficial. E ficou ainda mais perturbada porque o pai de Maggie Hamilton ameaçou entrar com um pedido de medida cautelar contra Dean se ele não parasse de "perseguir" Maggie.

"Se você não tomar cuidado, as coisas vão ficar ainda piores", alertou Frances. "Pelo amor de Deus, Dean, uma medida cautelar. Uma suspensão não vai ser nada se Edward Hamilton conseguir uma ordem judicial impedindo você de chegar perto do campus. Que tal sermos mais discretos de hoje em diante?"

Frances olhou para mim. Dean entendeu o olhar. E eu percebi a difícil conclusão a que ele chegou naquele exato momento — se ele saísse de Mirror Lake, se deixasse de servir de alvo para Maggie Hamilton e o pai, teria mais chances de impedir que eu fosse atingida no fogo cruzado. Me proteger era o único argumento capaz de convencê-lo a se afastar.

Dean marcou o voo para o dia seguinte e foi para o aeroporto bem de manhãzinha. Eu conseguia sentir toda a tristeza e a raiva que emanavam de seu corpo, e quase voltei atrás na minha insistência de que não podia acompanhá-lo por causa dos meus compromissos em Mirror Lake.

Mas não cedi. Ele precisava ir, e eu tinha que ficar.

"Não sei como vai ser nossa vida daqui para a frente", Dean comentou, estendendo a mão para tocar meu rosto quando paramos na porta do apartamento.

"Eu também não sei", admiti. "Mas por que a gente precisa saber? Nem sempre é preciso ter um plano."

"É, sim."

Eu me virei para pegar a mala dele. Conheço bem meu marido. Ele gosta de planejamentos e cronogramas. Precisa estar no controle da situação. Está acostumado a conseguir o que quer. A avalanche de acontecimentos recentes — nossa breve separação no fim do ano passado, a perda do bebê e agora a ameaça à carreira dele — nos atingiu com uma força inimaginável e abalou nosso coração.

E ele não podia fazer nada para evitar.

Naquele momento, pensei em uma coisa que tinha escrito no meu manifesto alguns meses antes.

Vou ter em mente como as coisas eram quando nos conhecemos.

Como eu gostei daqueles primeiros meses de descoberta vagarosa, em que conhecemos cada parte do corpo e do coração um do outro. Sentíamos como se o mundo se resumisse a nós dois, como se nada fosse capaz de romper a barreira da nossa intimidade. Um lugar só nosso no mundo.

Desci a escada com ele e saímos para a manhã fria e cinzenta. Ele abriu o porta-malas do carro e guardou a bagagem.

Eu o encarei — meu marido alto e lindo, com seus cabelos escuros e ondulados e as feições marcantes intensificadas por olhos castanhos de cílios grossos. Seu corpo forte e de ombros largos parecia capaz de suportar todo o peso do mundo.

"Dean?"

"Oi." Ele fechou o porta-malas e enrijeceu os ombros.

"Lembra como os primeiros meses da nossa relação foram bons?"

"Nunca vou esquecer."

"Eu também não." Eu me aproximei dele. "Então, quando você voltar, a gente podia só... namorar."

"Namorar?"

"Como era no começo", sugeri. "De repente você pode me cortejar um pouco."

"Cortejar?"

Ele me olhou como se eu estivesse falando uma língua desconhecida. Estendi a mão para arrancar um fio solto de sua lapela.

"No nosso segundo encontro, você disse que adorava as histórias do rei Artur quando criança", continuei. "Que seu favorito era Sir Galaaz. O maior cavaleiro de todos os tempos. Que você adorava histórias sobre o Santo Graal, Excalibur, Lancelot. Lembra?"

"Lembro."

"Além de todas as aventuras, os cavaleiros com certeza deviam se empenhar um bocado para conquistar suas damas", falei. "Não era essa a base do amor cortês? Você deve saber alguma coisa sobre isso."

"Pois é, já pesquisei a respeito."

"E então?"

Foi quase possível ver a mente dele se voltando para o terreno confortável do conhecimento acadêmico. A tensão em seus ombros se aliviou um pouco.

"A ideia do amor cortês surgiu mais ou menos no século XI", ele explicou. "Na literatura, era um conceito de amor secreto, em especial entre os membros da nobreza. Uma intersecção entre desejo erótico e espiritual. O cavaleiro precisava se mostrar digno do amor da dama passando por uma série de provações, além de ter que aceitar a independência dela. E, de fato, ele a cortejava com rituais, cantigas, presentes e gestos elaborados."

"Parece promissor", comentei. "Para a dama, pelo menos."

"A dama era chamada de *domina*", contou Dean. "Ela era a amante idolatrada e exigente. O cavaleiro era o *servus*, seu criado inferior e fiel."

"Sério?"

"Sério." Ele estendeu a mão para prender uma mecha de cabelo atrás da minha orelha.

"Isso está ficando cada vez melhor", falei com um sorriso.

"Está mesmo." Dean me encarou com um brilho no olhar. "Fazia um tempão que eu não via esse sorriso bonito."

A ternura tomou conta de mim. Passei a mão no peito dele, sentindo o calor dos músculos sob a camisa. Ele se inclinou para me beijar, colando a boca à minha em uma pressão que fez meu sangue esquentar.

Ó prazer adorável.

"Começou bem, meu criado fiel", murmurei.

"Obrigado, dama idolatrada." Ali estavam aquelas rugas no canto dos olhos e o brilho que sempre aquecia meu coração.

"Os cavaleiros sempre saíam para longas jornadas e cruzadas, não?", perguntei. "Podemos encarar sua viagem assim. Mas sem a parte da pilhagem ou coisas do tipo."

"Eles viajavam muito mesmo", Dean falou. "E sempre levando uma lembrança de sua dama. Então preciso de alguma coisa sua para levar comigo."

"Uma lembrança de que tipo?"

"Um lenço ou uma luva." Ele encolheu os ombros. "De repente a sua calcinha."

"Não vou dar calcinha nenhuma. E se a segurança do aeroporto revistar a sua mala?"

Ele sorriu. "Só você para se preocupar com isso."

"Espera." Voltei correndo para o apartamento e entrei no quarto. Remexi uma caixa de sapatos no armário e corri de novo para fora.

"Aqui." Estendo a mão para Dean. "Uma lembrança *apropriada* do meu amor e da minha devoção."

Ele pegou o pequeno disco metálico preso a uma correntinha de prata e passou o dedo sobre a citação em latim: *Fortes fortuna iuvat.*

A sorte favorece os corajosos.

"Guarde em segurança para mim", pedi.

"Pode deixar." Ele guardou a correntinha no bolso da calça jeans.

"Então a ideia é essa", falei. "Você vai me cortejar à distância. E, quando voltar, podemos sair para jantar, ir ao cinema, esse tipo de coisa. Namorar. Vai ser divertido."

Só Deus sabe o quanto eu e meu marido precisamos de *diversão* depois de toda a turbulência dos últimos meses.

"Eu adoraria namorar você de novo, Olivia Rose." Dean pôs a mão no meu pescoço.

"Eu também adoraria."

Ele chegou mais perto, e sua voz grave reverberou dentro de mim. "Me dá um beijo, linda."

Fiquei na ponta dos pés para colar os lábios aos dele e me senti preenchida pelo amor e pela crença de que em breve estaríamos juntos novamente. Dean segurou meu rosto entre as mãos e moveu a boca para perto da minha com a perfeição que tornava cada beijo uma mistura de algo familiar e sempre novo. Em seguida, me abraçou tão forte que pude sentir seu coração batendo contra o meu.

Quando nos afastamos, dei um passo relutante para trás, na direção da porta. Apesar de saber que ele precisava ir, minha alma ainda estava um tanto inconformada com a ideia de ficar longe dele.

Ficamos nos olhando por um momento. Guardei na memória a aparência do meu marido naquele instante, parado ao lado do carro: a brisa agitando seus cabelos, a calça jeans desbotada e justa nas pernas, os olhos castanhos afetuosos expressando mil pensamentos voltados só para mim. Tão diferente de cinco anos atrás, quando ele ficou parado na calçada me olhando… e, ainda assim, exatamente o mesmo.

"Promete que vai relaxar um pouco quando estiver na Toscana", falei. "Colocar as mãos na terra. Comer bem. Curtir as conversas sobre coisas medievais com os colegas. Dar risada. Lembrar por que adora o que faz. Promete?"

"Prometo." Ele enfiou a mão no bolso do casaco para pegar a chave. "Agora fala."

"Eu sou sua." Sinto um nó na garganta. "Fala você também."

"Eu sou seu. Sempre vou ser."

Ele levou a mão ao peito e depois a ergueu para mim. Fiz um aceno rápido e voltei para dentro para não ser obrigada a vê-lo partir.

Dean está na Itália há dez dias. E, apesar de estar morrendo de saudade, tenho coisas a fazer, objetivos a alcançar. Tenho bastante trabalho na livraria todos os dias, sou voluntária na biblioteca e estou ajudando a organizar uma nova exposição no Museu Histórico de Mirror Lake. E preciso encontrar um novo emprego, já que Allie vai fechar a Happy Booker.

Volto para a seção infantil e continuo encaixotando os livros ilustrados. Folheio um sobre um menino e seu dinossauro de estimação. Desde o aborto que sofri, tenho pensado sobre a perda que tive, no fato de que estava começando a fazer planos. Comecei inclusive a imaginar como as coisas seriam — um bebezinho enrolado no cobertor, macio e quentinho como um bolo saído do forno. Com cabelinhos macios, sorriso banguela e passinhos cambaleantes.

Imaginei Dean com um recém-nascido no colo, sentindo a certeza profunda de que ele amaria e protegeria nosso bebê com uma ternura fervorosa. De que nossa criança teria uma sorte indescritível por ter Dean West como pai.

E, apesar de não conseguir me imaginar mesma como mãe, senti que em breve seria capaz. Estava conseguindo contemplar essa possibilidade no horizonte.

E ainda consigo.

"Liv, eu vou etiquetar as caixas lá no estoque", Allie avisa, interrompendo meus pensamentos. "Brent e eu vamos carregar essas primeiro."

Continuo trabalhando nos livros infantis, fazendo uma ou outra pausa para ler meus e-mails. Dean e eu trocamos duas ou três mensagens por dia, todas com assuntos deliciosamente mundanos — trabalho, uma viagem que ele fez a Florença, uma nova loja de esportes que abriu na Tulip Street —, mas guardamos o melhor para os telefonemas noturnos.

Com Allie e Brent no estoque, me posiciono no balcão para atender os clientes. Às cinco horas, quando começo a fechar a livraria, minha amiga Kelsey chega, vestida com um terninho risca de giz e salto alto; a mecha azul em seus cabelos loiros quase reluzindo.

"Oi, Kels. O que está fazendo aqui?"

"Pensei em convidar você para jantar. Até concordo em ir àquela casa de chá de que você tanto gosta."

"A Matilda's Teapot fechou de vez." Eu visto o casaco. "Que tal o Abernathy's?"

"Pode ser onde você quiser."

Durante a caminhada até o Abernathy's, falamos de seus estudos sobre física atmosférica. Depois que nos sentamos e fazemos os pedidos, Kelsey se recosta na cadeira e olha bem para mim.

"Você e o professor maravilha estão bem?", ela pergunta. "Quando ele volta?"

"Ainda não sei." Dean e eu não contamos a Kelsey sobre a gravidez e a acusação de assédio sexual. A dor do aborto ainda está muito viva, e não podemos falar sobre a acusação com ninguém.

"Ah, já que a Happy Booker vai fechar, estou procurando emprego de novo", eu digo. "Lembra que no ano passado você falou que poderia tentar me arrumar alguma coisa no departamento? Será que tem alguma vaga por lá agora?"

"Provavelmente não, porque o semestre já começou, mas posso perguntar. Às vezes pinta algum serviço administrativo."

"Bom, fui demitida do meu último emprego administrativo, a galeria de arte", admito. "Acho que não é muito a minha praia. Mas me candidatei a vagas de atendente em alguns lugares. Acho que gostaria de trabalhar com comida, já que aprendi a cozinhar."

Além de procurar vagas nos classificados e na internet, deixei meu currículo em uma pâtisserie francesa na Dandelion Street e em uma loja de tortas chamada Pied Piper.

Apesar de saber que quero mais da vida do que trabalhar no caixa, preciso de um emprego — *qualquer* um — o quanto antes. Então acho que pode ser legal trabalhar em uma doceria por um tempo, principalmente por conhecer o serviço de operadora de caixa e ter um amor profundo e eterno por confeitaria.

"Tem também uma vaga em um estúdio fotográfico na Ruby Street", continuo. "Eles estão procurando um agente de marketing, o que quer que isso seja. Mas não entendo nada de marketing ou vendas."

"Acho que você seria uma boa agente de marketing ou vendedora", Kelsey comenta.

"Sério?"

"Sim, *sério*." Kelsey se recosta na cadeira com um suspiro de contrariedade. "Liv, você parece uma... uma criançona às vezes. É por isso que as pessoas gostam de você, por esse ar de inocência, sem nenhuma malícia. Você é um doce. Todo mundo quer tomar conta de você. Mas às vezes você me irrita com essa falta de confiança no seu próprio talento."

"Eu sei! E também fico louca da vida comigo mesma. Nunca consegui entender qual é meu talento, então como posso ter confiança nisso?"

"Bom, então por que em vez de achar que não sabe fazer *nada* você não acredita que pode fazer *tudo*?"

"Estou começando, Kelsey. Estou tentando, pelo menos."

"Então faz uma lista do que você sabe fazer bem."

"Eu gosto de ler", digo. "E de jardinagem. E sei fazer um ótimo cappuccino."

"Que mais?"

"Sou boa em restaurar coisas, tipo móveis antigos. Sempre gostei de decoração, de organizar coisas. Estou ajudando a planejar uma exposição no museu e editando o catálogo. Sou boa na cozinha, e adorei trabalhar na livraria com a Allie. Ah, e desenho mais ou menos bem."

Dizer tudo isso em voz alta eleva o meu ego. Não é uma lista de se jogar fora.

"Então aí está", Kelsey responde.

"Aí está o quê?"

"Você é boa em um monte de coisas, Liv. Só precisa pôr em prática."

"Esse é um dos motivos para eu estar procurando um trabalho. Mas tenho medo de que seja como todos os outros empregos que tive. Não quero só um passatempo, e sim uma coisa que eu goste *de verdade*."

Afasto meu prato, já um pouco sem apetite. "Minha mãe sempre foi assim", digo. "Vive pulando de emprego em emprego."

"O que isso tem a ver com a sua situação?"

Fico olhando para o meu prato, sem conseguir confessar para Kelsey o que descobri nos últimos meses — que minha dependência de Dean e minha falta de perspectiva de carreira e estabilidade no emprego são bem assustadoras. Sem Dean e sem nenhuma garantia financeira, não teria muita escolha a não ser cair em uma vida errante e incerta.

"Bom... não quero acabar como a minha mãe", admito. "Nunca quis."

"Ela tem um casamento maravilhoso?", Kelsey pergunta. "Ela vive em uma cidade ótima e tem uma amiga incrível chamada Kelsey, que está disposta a falar umas verdades quando necessário e depois pagar um sundae com calda quente para compensar?"

"Não."

"Então para de usar sua mãe como pretexto para não saber o que fazer da vida." Kelsey sacode a cabeça. "Sinceramente, Liv, às vezes você precisa assumir o papel de adulta da casa e resolver as coisas."

Ela chama a garçonete e pede dois sundaes com calda quente.

Como minha amiga maravilhosa previa, aquelas palavras reverberam na minha mente bem depois de terminarmos nosso sorvete e irmos para casa.

Volto a pé para a Avalon Street, fazendo uma lista mental de potenciais carreiras com base nas minhas capacitações. Quando chego ao apartamento, dou uma ajeitada na casa, faço buscas de vagas na internet e trabalho no catálogo da exposição do museu.

Perto das dez horas, vou para o quarto e visto uma camiseta velha do San Francisco Giants. As roupas do meu marido têm sido meu pijama desde que ele partiu. É reconfortante, macia e larguinha, com um cheiro leve da loção pós-barba ainda entranhado no tecido de malha. Talvez eu até consiga sentir o calor de seu corpo. Penteio os cabelos e volto à cozinha para fazer um chá.

Vou até o escritório de Dean, ponho a caneca ao lado do computador, me acomodo na cadeira de couro e estendo minha velha colcha de retalhos sobre as pernas. É um ritual que aprendi a amar nos últimos dez dias, e meu corpo inteiro está pulsando de ansiedade.

São cinco da manhã na Toscana, então o dia de Dean está começando no momento exato em que o meu termina. Assim que o relógio bate as dez, o telefone toca. Aperto o botão para atender.

"Oi, professor."

"Aqui eu sou o Indiana Jones, gata."

Abro um sorriso. "Você é muito mais gostoso que o Indiana Jones."

"Fico feliz que você pense assim."

"Eu sei." Eu me ajeito para sentar em cima das pernas. "O que você vai fazer hoje?"

"Sentir saudade da minha menina."

Sinto um aperto no peito. "Sua menina também está com saudade."

"Ah, é? Você falou com ela?"

Dou uma risadinha, e o aperto se desfaz um pouco. "Todos os dias. E ela disse que é melhor você não se engraçar com nenhuma italiana bonitona."

"Não tenho olhos para mulher nenhuma além de você, linda." Sua voz profunda e carinhosa me deixa quente até os dedos dos pés. "Você é a única mulher que eu vejo."

Solto um suspiro e apoio a cabeça no encosto da cadeira. Apesar de saber que Dean precisa ficar longe de Mirror Lake por uns tempos, é impossível negar que nossa separação dói. E ainda mais porque não deveria ser assim.

Meu marido deveria estar esparramado no sofá agora, enrolando um barbante nos dedos. Eu deveria sentir o corpo dele junto ao meu à noite e passar a mão em seu peito. Deveríamos conversar sobre nosso dia e fazer planos para as férias de verão durante o jantar. Deveríamos estar juntos.

"Então, alguma descoberta interessante ontem?", pergunto.

"Algumas coisas de liturgia." Dean fala sobre seus achados, sobre o processo científico das escavações, de seu trabalho em parceria com um professor de Cambridge e sobre a organização do congresso que a Universidade King's vai sediar em julho.

Aperto o telefone com força ao ouvido, sentindo sua voz me envolver como um de seus abraços quentes e protetores.

"O que você fez hoje?", ele quer saber.

"Trabalhei na livraria e depois fui jantar com a Kelsey. Ela me chamou de criançona e me deu uma bronca por ser tão mole."

Assim que as palavras saem da minha boca, consigo sentir Dean estrilar de raiva do outro lado da linha.

"Por que ela fez isso?", questiona.

"Para o meu bem. Ela tem razão, eu acho, em certo sentido." Faço uma breve pausa. "Você por acaso já me viu assim, como uma criançona?"

A hesitação dele do outro lado da linha diz mais do que mil palavras. Sinto um frio na barriga.

"Sério mesmo?", pergunto. "Você me acha infantil?"

"Eu nunca vi você como uma pessoa fraca ou medrosa", Dean responde. "Muito pelo contrário, na verdade. Mas, quando a gente se conheceu, vi que você era bem tímida, meio que como uma ratinha. Como se quisesse ser corajosa, mas estivesse com receio de descobrir o que ia acontecer caso se soltasse. Foi um dos motivos que me fizeram gostar tanto de você."

Penso um pouco a respeito. Em termos objetivos, faz sentido. Eu me senti atraída por Dean desde o início porque percebi que com ele poderia me arriscar, coisa que sempre tive medo de fazer.

"Bom, pelo menos as ratinhas são bonitinhas", murmuro.

"De repente você podia se vestir de Minnie Mouse quando eu voltar", ele sugere. "Uma saia rodada e curtinha, uma tiara na cabeça, salto alto..."

Dou risada, apesar de considerar a ideia interessante. "Suas fantasias estão ficando bem criativas, professor."

"Elas são tudo o que eu tenho, sem você aqui."

Fico arrepiada ao pensar nele fantasiando sobre nós. Apesar de termos sido bem ativos nos dias anteriores à viagem dele, Dean e eu nunca ficamos tanto tempo sem algum tipo de intimidade sexual. Mesmo durante nossos telefonemas noturnos, nenhum de nós direcionou a conversa para esse rumo.

Mas eu sei que Dean sentiu vontade de fazer isso. Nossa vida sexual sempre foi boa porque sentimos tesão um pelo outro. Não sei qual é o magnetismo animal ou a química responsável pela nossa atração, só sei que temos de sobra.

O sexo é um prazer explosivo e avassalador para mim e para meu marido. É um desejo intenso, uma alegria inesgotável, uma forma de esquecermos todo o resto, de sentirmos as coisas da maneira mais natural e mais pura. É um ato a que podemos nos render sem medo.

Quero tudo isso de volta, e sei que Dean também quer. E, alguns dias atrás, finalmente senti minha excitação ser despertada outra vez. Comecei inclusive a ter sonhos luxuriosos e criativos, e as sensações que isso despertou em mim foram muito bem-vindas.

Apesar de estar ansiosa para fazer coisas gostosas com Dean de novo, acho que segurar um pouco a onda agora vai nos ajudar a encontrar o equilíbrio de novo — vamos relembrar *por que* gostamos da companhia um do outro.

Fecho os olhos e imagino meu marido sentado na cadeira. Estou em seu colo, sendo envolvida pela cintura por seus braços fortes. Consigo até sentir o cheiro delicioso e amadeirado de sua loção pós-barba e o toque áspero dos pelos raspados contra minha pele.

"Dean?"

"Liv."

"Tudo bem para você a gente não entrar muito nesse assunto por mais um tempinho?"

"Desde que você não se incomode em saber que fico imaginando você peladinha e suada o tempo todo."

"Não só não me incomodo como quero isso. A não ser quando você estiver escavando um esqueleto medieval ou coisa do tipo."

"Não precisa se preocupar, sou discreto." Ele faz uma pausa. "E não é só nisso que eu penso."

"Eu sei."

"Na verdade, a abstinência faz parte da filosofia do amor cortês", ele diz. "O cavaleiro suprime seus desejos eróticos para exaltar a alma e a essência da dama."

"Sério? E você acha que é capaz de fazer isso?"

"Posso exaltar sua essência, mas não há a menor possibilidade de suprimir meus desejos eróticos pelo seu corpo."

Abro um sorriso. "Adoro ser amada por você, professor."

"Adoro amar você, linda."

Um sentimento intenso de adoração preenche meu coração. Houve uma época em que eu não acreditava que pudesse existir um homem como Dean West. E com certeza jamais pensei que pudesse ter alguém como ele na minha vida, e essa separação só faz crescer minha gratidão.

"Tenho um poema para você", Dean me diz.

"Um poema?"

"Escrito por Guillaume de Machaut, um compositor de cantigas de amor do século XIV. Quer ouvir?"

"Claro."

"Certo." Ele limpa a garganta.

Quero ser fiel a ti, proteger tua honra,
Manter tua paz, obedecer-te,
Temer-te, servir-te e honrar-te,
Até a morte, inigualável dama.
Pois te amo tanto, tão sinceramente,
que seria mais fácil drenar
o mar profundo e deter suas ondas
do que me impedir
de te amar.

"Uau", murmuro. "Que impressionante."

"Quer ouvir em francês?"

"Ainda precisa perguntar?" Adoro ouvir Dean falar francês.

"*Je veux vous demeurer fidèle, protéger votre honneur*", ele murmura com sua voz de barítono que faz meu sangue pulsar, "*assurer votre paix, vous obéir, vous craindre, vous servir et vous honorer, jusqu'à la mort, gente dame...*"

Quando ele termina, estou toda derretida. "Era esse tipo de poema que os cavaleiros usavam para atrair as damas?"

"Bem melhor que rimar amor com dor, não?"

"Nem me fala." Abro um sorriso. "Obrigada."

"Só estou tentando cortejar você."

"Foi um belo começo. Me liga de novo amanhã?"

"Quando o relógio bater as dez, minha inigualável dama."

Nós nos despedimos e desligamos. Fico sentada na cadeira dele por mais um tempo, depois me levanto para cuidar das minhas plantas, que ficam na varanda. Enquanto arranco as folhas secas, vejo que meu lírio-da-paz desabrochou e está com uma flor branca voltada para o nascer do sol.

Acho que nunca assumi o papel de *adulta da casa*. Então, depois de receber meu último pagamento de Allie, decido comprar uma coisa mais condizente com isso. A antiga Liv tenta me dizer que é um desperdício de dinheiro, mas a nova Liv está surgindo, e uma calcinha nova parece ser uma forma inesperadamente boa de me sentir menos infantil.

A loja de lingerie é um oásis de rendinhas e delicadezas — papel de parede florido, lustre de vidro, cadeiras e móveis vintage, prateleiras abertas cheias de peças de cetim bem dobradas. O cheiro de incenso de baunilha preenche o ar, e uma sonata de Mozart sai dos alto-falantes escondidos em algum ponto do local.

A vendedora se aproxima com um sorriso acolhedor. O crachá diz que seu nome é Sophia, uma mulher bonita de quarenta e poucos anos que parece saber tudo sobre a importância do que usamos por baixo das roupas. Quando digo que preciso de lingeries novas, ela pega minhas medidas e me fala sobre diversos estilos de calcinha que nem sabia que existiam.

"Que tipo você costuma usar?", ela pergunta.

Fico um pouco envergonhada com minha resposta. "Das mais comuns, de algodão."

"E está procurando alguma coisa diferente?"

"Acho que sim." Lanço um olhar desconfiado para os modelos asa-delta e as tangas, e em seguida pego uma tão cavada que parece que vai me cortar ao meio.

Deixo de lado o modelo fio dental. "Mas, hã, talvez não tão diferente."

Pego um pacote de calcinhas comuns e leio a embalagem. Quase consigo sentir o desânimo de Sophia.

"Bom, essas são confortáveis", ela comenta, me pegando pelo braço e me conduzindo a outras prateleiras. "Mas você pode gostar dessas de cintura mais alta. São justinhas e ficam no meio-termo entre shortinho e biquíni, então cobrem bastante sem parecer... antiquadas."

"Eu não quero parecer antiquada", admito.

Kelsey disse a *adulta da casa*, não a *vovozinha da casa*.

"Esta aqui é do seu tamanho." Sophia pega algumas calcinhas nas prateleiras e me entrega. "Elas são sensuais, provocativas e confortáveis. Experimenta e me diz o que acha. Quer ver uns sutiãs combinando também?"

Penso em recusar, mas então decido que pode ser uma ideia. Sophia me entrega uma calcinha descartável para vestir por baixo e, com o braço carregado de lingeries elegantes, vou até o provador.

Depois de tirar a roupa e pôr o protetor de nylon, visto uma calcinha florida de renda com cintura alta e um sutiã de bojo combinando. Me viro para me olhar no espelho.

Então, *uau*.

Nunca fiz o tipo magra e esguia, mas... uau. Minhas curvas são um bom atributo. O sutiã levanta meus seios e cria um belo decote que complementa minha cintura curvilínea, e a calcinha fica bonita e esticadinha sobre meus quadris e minha bunda.

Depois de me olhar por todos os ângulos, agacho e me alongo algumas vezes para garantir que a calcinha não vai subir nem incomodar.

"O que achou?", Sophia pergunta do lado de fora. "Quer experimentar uns shortinhos também?"

"Claro."

"Também temos baby-dolls e conjuntinhos em promoção. Eles são bem confortáveis. Quer que eu traga alguns?"

"Por que não?"

Passo as duas horas seguintes experimentando mais sutiãs, além de camisolas de seda, bodies e pijaminhas com shorts e blusinhas combinando.

Saio da loja com uma sacola com três calcinhas de cintura alta e sutiãs combinando (em promoção, três pelo preço de dois), além de três calcinhas estilo shortinho e sutiãs combinando (em promoção, com vinte e cinco por cento de desconto). Comprei também um pijaminha sexy, duas camisolas de alcinha com um robe combinando e outras três justinhas de renda. Apesar de ter custado quase todo meu salário, a nova Liv tem um começo promissor.

Enquanto caminho de volta para casa, uma onda de excitação me invade ao pensar na reação de Dean quando me vir de calcinha e sutiã de renda. E me pergunto por que nunca me dei ao trabalho de comprar lingeries bonitas antes, nem que fosse pensando só nele.

A resposta me vem facilmente. Ele já me ama do jeito como sou. Calcinhas de algodão, sutiãs simples de malha e tudo o mais. Nem uma única vez meu marido desejou que eu fosse diferente.

Muito pelo contrário, aliás. Nunca quis que eu mudasse.

Mas eu mudei. Sou uma pessoa diferente em relação a seis meses atrás. Ora, a *um* mês atrás. Não, ainda não descobri o que fazer ou como me valer das coisas em que sou boa, e talvez ainda não esteja muito confiante a respeito do meu talento...

Você parece uma criançona, Liv.

A voz de Kelsey em minha mente interrompe os pensamentos derrotistas.

Antes de Dean viajar, eu disse que queria muito conseguir me provar para *mim* mesma. Saber me virar sozinha e encontrar meu próprio caminho.

Eu sei que consigo.

Sou inteligente. Dedicada. Leal. Organizada. Sempre levo comigo uma caneta extra. Sou trabalhadora. Responsável. Sei fazer as coisas acontecerem. Cometi erros e aprendi com eles. Sou uma boa aluna. Fui derrubada e consegui me levantar.

Uma *criançona*?

O caralho.

TIPOGRAFIA Adriane por Marconi Lima
DIAGRAMAÇÃO Osmane Garcia Filho
PAPEL Pólen Soft, Suzano Papel e Celulose
IMPRESSÃO Gráfica Bartira, maio de 2018

A marca FSC® é a garantia de que a madeira utilizada na fabricação do papel deste livro provém de florestas que foram gerenciadas de maneira ambientalmente correta, socialmente justa e economicamente viável, além de outras fontes de origem controlada.